北京华景时代文化传媒有限公司 出品

唐宋八大家文学课

《国家人文历史》◎编著

北京联合出版公司

Beijing United Publishing Co.,Ltd

图书在版编目（CIP）数据

唐宋八大家文学课 /《国家人文历史》编著 . -- 北京 : 北京联合出版公司 , 2023.3（2024.5 重印）

ISBN 978-7-5596-6643-7

Ⅰ . ①唐… Ⅱ . ①国… Ⅲ . ①唐宋八大家—古典文学研究 Ⅳ . ① I206.2

中国国家版本馆 CIP 数据核字（2023）第 025316 号

唐宋八大家文学课

作　　者：《国家人文历史》
出 品 人：赵红仕
责任编辑：徐　樟
封面设计：奇文雲海［www.qwyh.com］
版式设计：豆安国
责任编审：赵　娜

北京联合出版公司出版
（北京市西城区德外大街 83 号楼 9 层　100088）
北京华景时代文化传媒有限公司发行
北京中科印刷有限公司印刷　　新华书店经销
字数 210 千字　　710 毫米 × 1000 毫米　　1/16　　22 印张
2023 年 3 月第 1 版　　2024 年 5 月第 4 次印刷
ISBN 978-7-5596-6643-7
定价：78.00 元

序

好书的标志是什么？在更具体的内容上，这完全可能是一个"仁者见仁，智者见智"的问题。不过，就基本面而言，好书首先是内容好。所谓内容好，是指言之有物，能够力透纸背，把应有的问题讲明白。其次，需要文风好，文字清新，绝不追求晦涩难懂、故弄玄虚。如果还有形式美，插图、装帧令人赏心悦目，那就不能不交口称赞了。《唐宋八大家文学课》，在我看来就是这样一本好书。

"唐宋八大家"，是文学概念，但在我的心目中，唐宋八大家从来就不是单纯的文学问题。唐宋文学史向来是作为一个文学阶段来论述研究的，一个重要的原因就是这八位文学大家的存在，因为他们存在内在的文学联系，所以唐宋文学成为有机的整体。但是，仅仅从如今的文学概念看待八大家，就把八大家看小了，把他们的历史地位看低了。说韩愈"文起八代之衰"，是从古文运动视角评论的，其实更重要的是，韩愈开启了中国的新思想时代。陈寅恪评价宋代文化为："华夏民族之文化，历数千载之演进，造极于赵宋之世"。其中，不仅包括文学，更包括思想。而这一切的开端，都自韩愈始。从魏晋隋唐的佛教一统江湖，到宋代新儒学的兴起，带头扛起中国文化的大旗的就是韩愈。所以，八大家不仅是文学的，更是思想和文化的。

《唐宋八大家文学课》，依然从读者熟悉的文学入手，但文字叙述、思维触角都不限于文学，思想与文化，是本书很重要的一个视角，从而打开了读者的思想视野，让一个时代的更大风景，映入眼帘。看看从前以八大家为名的书籍，多展现八大家文选，介绍研读，常有不足，如今再看《唐宋八大家文学课》，就能感触到文学是文化的核心力量，绝不是谋篇布局、遣词造句这样的语文概念可以容纳的。

《唐宋八大家文学课》，文字清新就不必叙述了。令人惊喜的是装帧和插图。感谢画家们，他们把一代风流绘于纸上，八大家的时代，立刻有了可视的风景。如同我们可以触摸到八大家的创作与思考。十分感谢推出这部好书，这是我最想说的话。

读者的阅读，并不会读完即止，好书引发的拓展思维，会很自然地发生。为了满足读者的这个延伸阅读的需要，为了便于读者更进一步地理解唐宋八大家，我为本书提供了一份推荐阅读书单。我相信，给读者一个更广阔的阅读空间，让他们的思维扩展开来，这应该是所有作者和读者的共同希望。

中国人民大学历史学院教授

孟宪实

2022 年 10 月 21 日

前　言

　　文以载道，是千古不易之理。对于现代的日常工作和学习，写作说理，也是不可或缺的"技能"。而学习写作的范本，历朝历代公认首推"唐宋八大家"。

　　所谓唐宋八大家，乃是我国文学发展史上八位杰出散文家的合称，分别为唐代韩愈、柳宗元和宋代欧阳修、苏洵、曾巩、王安石、苏轼、苏辙（排名以生年为序）。经过了宋元两朝对各家的经典化塑造，至明初，朱右编《六先生文集》，采六姓，但实际上辑录八家之文。到明万历年间，茅坤编选《唐宋八大家文钞》，正式标举八家作为学习古文的范例，遂使"唐宋八大家"之名固定流传下来。八家自有风度，又合力令散文发展的陈旧面貌焕然一新，成为中国古代散文史上一座难以逾越的高峰。后世"治古文者皆以八家为宗"，即便在今天，要体会古代散文的艺术魅力，八家作品也多为必读经典，有启迪现代创作之功。

　　唐宋八大家之名在后世虽然如雷贯耳，也屡屡入选各类文选或教科书，但他们的文章到底好在何处，为何能从历代文人骚客中脱颖而出，对许多读者来说，这些问题的答案往往不见经传，即便偶有提到，往往也是只言片语，难成系统。为此，我们萌生出《唐宋八大家文学课》的最初创意，以八大家为师，以其作品为课本，精读揣摩，寻找蕴藏在这八位大家崇论闳议、景语情语中的精妙奥义，进而领略其作为"文学导师"的卓越风采，并以此回答读者最初的疑问：唐宋八大家的文章好在何处？

在回答了第一个问题之后，广大读者不禁会追问，为何此八大家之地位在文学史上如此举足轻重？于是，中国文学史上一个极具影响力的事件便来到了我们面前：古文运动。此次肇始于韩愈，大成于三苏、王安石的文学运动，不仅对中国文学影响深远，更重要的是，它实则在某种程度上塑造了中华文化的底蕴。西哲有云，遣词造句的文字表达方式，会深刻地影响一种文化的思维模式，此言不虚。自古文运动之后，中国人在写文表达上对"言简意赅""言之有物"的风格更为推崇，以语言精练为美，以虚言浮夸为丑。此种文化思维定式的延续，不可不归功于唐宋八大家，而将其肇始、历程、意义揭示给读者，也是本书的重要宗旨之一。

常言道，言为心声。那么到底是何等环境产生何等心境，才会让这八位大家写出名垂千古的雄文？事实上，八位大家大多命途多舛：韩愈一封朝奏九重天，夕贬潮州路八千；柳宗元遭逢二王八司马之变；王安石乃中国历史上罕见大变革之推手，但终遭败绩；苏轼更是一生凡九迁……苦难的暴风雨不值得歌颂，然而历经暴风雨所诞生的精神却值得人们再三玩味。追溯八大家的人生轨迹，探寻他们磨炼心境的历程，便是贯穿本书的重要线索。可以说，只有将其人生和文章结合起来认识，后世的我们才能更真实、更立体地感知八位大文学家的文字，体会甚至学到他们留在文字之外更重要的东西，也即中华文学中最重要的——意境。现在，就让我们一同开启这堂文学课，以八大家之生平为经，以其著述为纬，走进这星光灿烂的文学宇宙。

目录

韩愈

文起八代之衰，道济天下之溺

北宋元祐七年（1092），苏轼作《潮州韩文公庙碑》，盛赞韩愈"文起八代之衰，而道济天下之溺"，认为他扭转了自东汉以来文道衰颓的局面，可以"匹夫而为百世师，一言而为天下法"。后世人们提起韩愈，也多是从其"古文运动"领袖、"唐宋八大家"之首、"百代文宗"的角度去谈。但实际上，就"古文运动"而言，其滋生、发展、壮大的过程，是极其复杂的，有着深刻的时代背景。不对这一进程进行剖析，就不能理解韩愈对文学进行改良的意义何在，更不能理解他的努力对唐宋儒学复兴所起到的重要作用。

古文运动的酝酿

要了解韩愈对儒学复兴的贡献，首先要了解之前儒学衰颓的大背景。东汉末年，天下大乱，两汉四百年的经学传统未能挽大厦于将倾，接踵而至的曹丕篡汉、司马炎篡魏更使得皇权威严扫地。嵇康壮烈成仁，以《广陵散》号召天下英雄效仿聂政刺侠累，对抗司马昭，成为一曲绝响；这之后以酒逃避现实的二阮、刘伶，以黑色幽默姿态投身于污泥的王戎……都表明当时知识分子的信仰已然崩塌，内心充满绝望。崛起于两汉的士族豪强们，抓住机会攫取了巨大的权力，纷纷"由儒入玄"，以深奥难懂的玄学作为文化资本，进一步强化自己的地位，进一步加剧了儒学的衰落。

同时，西晋末年北方陆沉，佛图澄、鸠摩罗什等外来僧人利用人们朝不保夕的社会现实，以轮回之说吸引了大量信众，至佛图澄的徒孙慧远创净土宗，声称只需赞叹、供养弥陀一佛就可修行，极大地扩张了佛教的声势。到南北朝时期，就连社会高层也开始竞相学佛，其中最著名的是梁武帝，他精研佛典、广修佛寺，甚至极端到多次舍身出家。玄学、佛教的极大繁荣，揭示了知识分子阶层自儒学信仰崩塌之后，思想世界的消极化、内倾化。

到了韩愈生活的唐代，学者们重道、释而轻儒术的思想格局完全形成。据《唐会要》载："贞观十八年二月六日，引汴、郦诸州所举孝廉，赐坐于御前，上问以皇王政术，及皇太子问以曾参《孝经》，并不能答。"虽然初唐帝王们对此也颇为焦虑，但唐兴百年之间，海晏河清、民丰国富，他们并没有用儒学裨补时政的迫切愿望，而是希望通过一些仪式来证明自己的统治成果。如乾封元年（666）正月，唐高宗在泰山举行封禅大典；万岁通天元年（696），武则天在洛阳修建明堂、封禅嵩岳……这些仪式都需要熟稔礼学的儒生，由此一批礼学学者走上了政治舞台。唐玄宗在东宫之时，张说等人就给他灌输过很多礼乐思想，故其在位时重用张说、张九龄等崇儒之士，设立集贤殿书院，修《唐六典》《开元礼》等国家大典，举行封禅等大规模的国家典礼，但究其深层原因，其实还是利用儒学装点盛世，想把自己塑造成尧舜禹汤一般的古之圣君。

学者葛晓音在《盛唐"文儒"的形成和复古思潮的滥觞》中指出，盛唐时期经常将"文"与"儒"并举，很好地反映出玄宗皇帝的实际需求——所谓"文"，指擅长辞赋，可为盛世歌功颂德；至于"儒"，则是需要他们仿照三代、两汉，为大唐制礼作乐。这种情形之下，礼乐观念、复古思想在初唐、盛唐逐渐深入人心。这场"复古热"，深刻影响了当时士人们的文学观念，故而在韩愈之前，就已有人提出创作古文的文学观念了。如生活在武则天时期的陈子昂，就已提出"文章道弊五百年"，"常恐逶迤颓靡，风雅不作"（《修竹篇序》）的看法，主张"以风雅革浮侈"；开元年间，燕国公张说重气尚奇，创作了大量散文，"文章之雄，谈者为楷"，与许国公苏颋并称"燕许大手笔"；到天宝年间，萧颖士、李华、贾至、独孤及等文章名家应运而生，这一批人多是开元年间太学培养出的文儒，其文学思想自然也主张复古，他们都希望通过自身的努力，接续三代、两汉的文学传统。

但客观而言，玄宗时期的许多文化举措，皆源于其好大喜功的虚荣心，故只停留在礼乐这样的形式之上，而不能实际介入王朝政治之中，依附于帝王虚荣心的儒学和文儒阶层，实则都是虚浮的装点之物，缺乏稳固的生命力。文儒们的文学复古实践，也体现出这样的形式主义作风，当时的许多文人，都摹仿过《诗经》《尚书》等上古文本，如萧颖士拟《诗经》，不仅句式、格调要模拟，甚至连《毛序》都要原样模仿，但并没有体现出什么独特思想，显得机械而笨拙。

《十八学士图》（局部），宋，（传）刘松年，绢本设色，纵44.5厘米，横182.3厘米，现藏台北故宫博物院。唐武德四年（621），李世民在长安城设文学馆，以杜如晦、房玄龄、陆德明等十八人分为三番，每日六人值宿，讨论文献，商略古今，号为十八学士。当时学者们重道、释而轻儒术的思想格局彻底形成，帝王们没有用儒学裨补时政的迫切愿望，只是希望通过一些仪式来证明自己的统治成果。

天宝年间，伴随着张九龄罢相，玄宗先后选择薄于儒术、颇具吏能的李林甫、杨国忠等为相，《资治通鉴》中说李林甫"尤忌文学之士"，"凡才望功业出己右及为上所厚、势位将逼己者，必百计去之"。这就导致天宝年间，文儒们集体陷入了困顿。天宝十四载（755），渔阳鼙鼓动地而来，安史之乱爆发，玄宗仓皇逃窜四川，依附于玄宗的文儒阶层自然土崩瓦解，他们的古文思想一时间也陷入了低潮，时代等待着韩愈来接续他们的任务。

韩愈因何排佛

唐代宗大历三年（768），韩愈出生于一个多灾多难的士族家庭，此时距安史之乱结束才不到五年。回顾安史之乱的结束，处处都能体现出唐王朝的不得已。如其无法靠自身力量收复二都，只得"以纥治胡"，请回纥兵收复长安、洛阳，并纵容他们大肆剽掠；又如其无法彻底剿灭安史余部，只能姑息养奸，同意他们"分帅河北"，造成河朔三镇、昭义节度使等"各拥劲卒数万，治兵完城，自署文武将吏，不供贡赋"的割据局面。在长安内部，肃宗、代宗皇帝宠信宦官，逐渐形成尾大不掉之势。到德宗时，宦官掌管禁军神策军成为定制，专权之势不可逆转，穆宗以后九任皇帝，竟然有七人为宦官所立。中晚唐时期藩镇割据、宦官专权的局面，使得皇帝有利用儒学重振皇权的需要，士大夫群体也有承担历史责任、中兴王朝的愿望，这客观上提供了儒学复兴的土壤。

在唐王朝走向衰朽的大背景下，韩愈的少年生活也颇为动荡。两岁时，韩愈的父亲韩仲卿去世，只得由兄长韩会代为抚养，不料韩会

《张果老见明皇图》，元，任仁发，绢本设色，纵 41.5 厘米，横 107.3 厘米，现藏故宫博物院，描绘了唐玄宗与"八仙"之一的张果老相见的传奇故事。唐玄宗好大喜功，在位期间并不重视儒学，天宝年间，文儒们集体陷入了困顿。

《明皇幸蜀图》，明，（传）吴彬，纸本设色，纵112厘米，横65厘米，现藏天津博物馆。天宝十四载，安史之乱爆发，玄宗仓皇逃窜四川，依附于玄宗的文儒阶层自然土崩瓦解，他们的古文思想一时间也陷入了低潮。

又英年早逝，寡嫂郑氏带着年幼的他回乡奔丧，却不料又遇到淮西节度使李希烈叛乱，中原再次陷入战火，韩愈只好随郑氏避居江南宣州（今安徽宣城）。这段苦难生活给韩愈的精神世界打上了深刻的烙印，使得他对中兴大唐、重振家族有着强烈的愿望，这为他日后的崇儒倾向奠定了坚实的思想基础。

巧合的是，盛唐古文运动的倡导者萧颖士、李华等，当时也多因安史之乱，避居江淮一带，以文章名世的韩愈叔父韩云卿、兄长韩会与他们都有来往，韩愈由此得到了进入这一文学圈的机会。赵璘《因话录》载，韩愈少时，曾得到萧颖士之子萧金部的赏识；王定保《唐摭言》载，韩愈曾与李绛、崔群等人游于独孤及之徒梁肃之门。由此，这些盛唐文儒的复古文学观自然也影响到了韩愈。

历史选择了韩愈来接续萧、李未能完成的时代任务，以儒家道德和古文传统改良文学，重塑中国人的精神世界。

具体而言，唐代儒学真正的复兴，始于对安史之乱的反思。天宝年间的文儒阶层多出身于公卿豪门，在思想上具有严重的局限性，他们中的一批人，将肇乱之因系于科举制度导致的基层空虚，这无疑是魏晋以来以礼学维护士族地位的老调重弹，意义不大。但与此同时，也有不少人注意到，在安史之乱中，士大夫们毫无儒家道德所要求的忠诚与气节，苟且自保，为贼所污的贰臣半于天下。甚至许多人在伪燕附逆为官后，又声称自己是为贼人逼迫，混过朝廷审查，摇身一变，重新在唐为官。平乱之后，萧颖士在《登故宜城赋》中痛陈："彼邦畿之尹守，藩牧之垣翰，莫不光膺俊选，践履清贯。荣利溢乎姻族，繁华恣其侈玩。或拘囚就戮，或胥附从乱，曾莫愧其愚懦，又奚闻于殉难。"其措辞非常激烈。这无疑宣告文儒内部已经意识到当时深刻的道德危机。由此出发，他们开始对开元、天宝年间轰轰烈烈的"以礼为治"运动进行全面反思，普遍转向汉儒"以德化民"的思路，开始格外强调儒学的道德属性。

这种儒学道德化倾向也自然影响到韩愈，在这样的思想背景下，如何拯救世风、重新找到中国人的精神归宿，成为他最为关切的元问题。对于韩愈而言，这个问题的答案是儒学。

前文论及，唐代学风重道、释而轻儒术，盛唐文儒运动虽然对儒学的振兴起到一定作用，但都浮于表面。当时士大夫们普遍服膺"修身以儒，治心以释"的逻辑，认为儒学只是用来确立现实秩序、维持国家统治的学问，无法安顿人的内心，而只有释、道之学能帮助人们探寻人生的意义，得到内心的平静。直到宋代，僧智圆还作《中庸子传》，用佛教思想阐释儒家《中庸》："儒者饰身之教，故谓之外典；释者修心之教，故谓之内典也。"这俨然把儒学当作"用"，将佛学作为"体"了。韩愈等人注意到其中蕴含着极大的危险：

一方面，道、释二家都在追求内倾化的心灵自由，对现实问题并不十分关切。如《庄子》所呈现的政治观就十分消极，说"小人则以身殉利，士则以身殉名，大夫则以身殉家，圣人则以身殉天下"，认为投身于现实政治是"伤性以身为殉"，不如"曳尾涂中"来得逍遥自在；佛典则认为"三界众生，轮回六趣，如旋火轮"，更进一步以轮回说劝诱世人，希望能通过修行摆脱轮回，其关注点不在此世而在彼岸，自然更不关注现实问题。

知识分子、官僚阶层广泛沉溺于这些思想，无疑会导致他们在面对时代、个人的命运时，更倾向于逃遁到精神世界之中，缺乏刚健进取、解决时弊的勇气与决心，从魏晋名士到安史之乱前沉迷于讲经、隐居的文人士大夫，莫不如是。安史之乱后，国家的衰落更使得越来越多的士大夫逃遁到宗教当中。如王维晚年"表请舍宅以为寺"（《唐才子传》）；李华"晚事浮图法（即佛教）"，"客隐山阳，勒子弟力农，安于穷槁"（《新唐书》），二人都通过皈依佛教来逃避自己安史之乱中被授伪官、名节有亏的残酷现实。

另一方面，我们可以发现，自唐以来，道教、佛教之间，儒学、佛学之间，都有着漫长的论辩史。佛教作为外来思想，在传入中国的过程中与本土的文化产生了不少冲突，并且在逐渐发展的过程中取得了优势地位，对中国本土思想的主体性造成了严重冲击。学者杨立华曾论述道，"包容外来文化是有边界的"，这个边界"是不能失掉自己文化和文明的主体性"，"因为文化主体性的丧失，文化边界的模糊，我们无法发现并维护自身的固有价值，无法真正找到自己的论辩逻辑"。韩愈曾说："佛本夷狄之人，与中国言语不通，衣服殊制；口不言先王之法言，身不服先王之法服；不知君臣之义，父子之情。"正表现出他已经意识到佛教威胁到了本土思想存在的根基。

面对这一问题，韩愈创造性地实现了儒家的心性论转向，得以突破当时"内外之分"的思维定式，在"内典"层面与佛教相抗衡。宋人张舜民在《韩愈上下篇》中记载："昔张籍尝讽愈排释、老不如著书，愈亦尝以书反复之。既而《原道》《原性》等篇，皆籍激而作之也。"在张籍等人的鼓励之下，韩愈创作出其散文中最重要的"五原"，即《原道》《原性》《原毁》《原人》《原鬼》，其中最重要的《原道》《原性》二篇，标志着儒家心性论转向的开始。

在《原道》篇中，韩愈论述道："周道衰，孔子没，火于秦，黄老于汉，佛于晋、魏、梁、隋之间。其言道德仁义者，不入于杨，则归于墨；不入于老，则归于佛……人之好怪也，不求其端，不讯其末，惟怪之欲闻。"韩愈回顾了之前的思想史发展，认为发源于儒家的"道德仁义"，也已被杨、墨、老、佛所僭，儒家反而丧失了概念的定义权。由此，他在文中振聋发聩地提出：

> 博爱之谓仁，行而宜之之谓义，由是而之焉之谓道，足乎己而无待于外之谓德。

这几句话看似简单，实则意义重大，其价值在于韩愈重新发现了儒学的基本精神。所谓"博爱之谓仁"，不是墨家式的"爱无差等""兼相爱"，而要用"行而宜之"的"义"节制约束，沿着"仁"的方向行进就是"道"，最终达成"足乎己而无待于外"的至高境界"德"。可以看出，在《原道》篇中，已经出现了后世程朱理学"仁包四德"思想的雏形，"仁"是统御一切的精神核心，"义"是它的分寸和界限，"道"是实践它的方法论，"德"则是沿着这条路达成的终极目标。在这个最终目标中，韩愈特地指出要"足乎己而无待于外"，强调以儒家的仁义之道是可以使人不假外求而安顿内心的。这么一来，儒学就可以打通内外，贯通表里，与佛教、道教相抗衡了。

在《原性》篇中，韩愈试图从儒家的视角对人的内心世界进行界定，提出自己的人性论。他认为无论是孟子的"性善论"还是荀子的"性恶论"都有不足之处，提出情有仁、礼、信、义、智五类，情含喜、怒、哀、惧、爱、恶、欲七种，情、性各分上中下三品，具有上品本性的人"就学而愈明"，具有下等本性的人"畏威而寡罪"，只有中间不善不恶的可以通过后天环境引导。但这种人性论无疑是较为粗疏的，从孔子的"唯上智与下愚不移"到汉代贾谊、董仲舒等人的著作，历代都不断有人重复提出，并不是韩愈的发明，这其实也表现出韩愈在人性论问题上，陷入了某种理论困境。

客观而言，韩愈的心性论、人性论思想，还较为粗疏、原始，到了宋儒那里，对他的批评就逐渐多了起来。如《朱子语类》中朱熹评价其"博爱谓之仁"："说得却差"，认为以博爱解释仁过于浅薄，只是"大体规模极分明"，认为其不深入的原因是"不曾去穷理，只是学作文""只于治国平天下处用功，而未见尝就其身心上讲究持守"，说他的理论是"无头学问"。但宋儒精深幽微的理学理论，正是沿着韩愈开辟的道路产生的，他的开创之功不容抹杀。

除了思想层面，就韩愈亲眼所见，当时佛老之学对于国家经济也造成了严重破坏。据《旧唐书·彭偃传》载："今天下僧道，不耕而食，不织而衣……一僧衣食，岁计约三万有余，五丁所出，不能致此。"寺庙占据良田、藏匿人口、逃避赋税，逐渐成为中晚唐难以解决的痼疾，最终引发了晚唐时期武宗灭佛。据《旧唐书·武宗纪》载，会昌年间共计"拆寺四千六百余所，还俗僧尼二十六万五百人，收充两税户，拆招提、兰若四万余所，收膏腴上田数千万顷，收奴婢为两税户十五万人"，从这些数字可见当时佛教对经济的损害已经到了骇人听闻的地步。韩愈在其诗《送灵师》中说："佛法入中国，尔来六百年。齐民逃赋役，高士著幽禅。官吏不之制，纷纷听其然。耕桑日失隶，朝署时遗贤。"正表现出他对这一问题的关注。

关于韩愈排佛的功绩，除开创心性论之外，最有名的当然是其因上《论佛骨表》被贬官一事。当时凤翔法门寺有护国真身塔，塔内有释迦牟尼的指骨一节，塔三十年一开。中兴大唐的唐宪宗十分青睐佛教，元和十四年（819）正月，恰逢开塔，宪宗皇帝就派遣使者前往法门寺迎佛骨。当时好佛的王公贵族"奔走舍施，唯恐在后"，狂信佛教的百姓们甚至有"废业破产、烧顶灼臂而求供养者"。这引发了韩愈的高度警惕，他不顾个人安危，写成雄文《论佛骨表》，上书劝谏。在表文中，他历数佛教传入前，古之帝王长寿者多，东汉之后佛教传入，短寿者众，乃至于梁武帝虔诚事佛，最终"饿死台城，国亦寻灭"，言辞十分激烈。被触怒的宪宗皇帝一度想要处死韩愈，在裴度、崔群奔走营救之下，韩愈最终被远贬为潮州刺史。这表现出韩愈作为儒家士大夫的凛然气概，满朝都迎合皇帝盲信佛教，只有他敢于清醒地表达反对。清人梁章钜《退庵随笔》赞韩愈云："韩文公胆气最大，当时老子是皇帝祖宗，和尚是国师，韩公一无顾忌，唾骂无所不至，其气意压得他下。"

就算放在整个中国古代思想史中，韩愈上《论佛骨表》也是最具戏剧性、话题性的事件之一，其个性之张扬、人格之伟岸，至今犹为人津津乐道，在某种程度上不断提醒后人注意"事佛有害"，真正接近了"排佛"的目的。虽然韩愈的心性论思想不如后世宋儒精深，但就排佛的功绩而言，宋儒却无法望其项背。清人纪昀在《阅微草堂笔记》中的一则议论，可以作为千古公论：

> 辟佛之说，宋儒深而昌黎浅，宋儒精而昌黎粗，然而披缁之徒，畏昌黎不畏宋儒，衔昌黎不衔宋儒也。盖昌黎所辟，檀施供养之佛也，为愚夫妇言之也；宋儒所辟，明心见性之佛也，为士大夫言之也。天下士大夫少而愚夫妇多，僧徒之

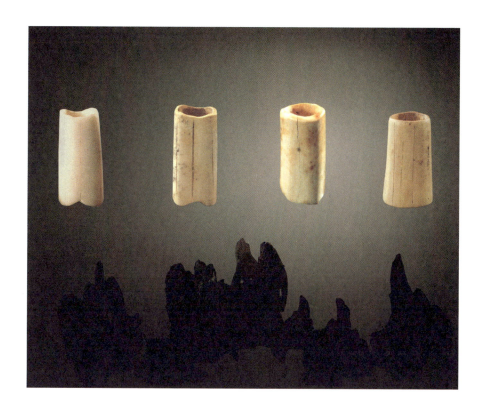

　　法门寺出土的4枚佛骨舍利，其中右二被认定为真身指骨，其他三枚为玉质"隐骨"。元和十四年正月，法门寺开塔，宪宗皇帝派遣使者前往法门寺迎佛骨。王公贵族与百姓对佛教的狂热引起韩愈的警惕，他不顾个人安危，写成雄文《论佛骨表》上书劝谏，以极为决绝的态度表示："乞以此骨付之有司，投诸水火，永绝根本，断天下之疑，绝后代之惑……佛如有灵，能作祸祟，凡有殃咎，宜加臣身，上天鉴临，臣不怨悔。"结果被贬为潮州刺史。

所取给，亦资于士大夫者少，资于愚夫妇者多。使昌黎之说胜，则香积无烟，祇园无地，虽有大善知识，能率恒河沙众，枵腹露宿而说法哉。此如用兵者，先断粮道，不攻而自溃也。故畏昌黎甚，衔昌黎亦甚。使宋儒之说胜，不过尔儒理如是，儒法如是，尔不必从我；我佛理如是，佛法如是，我亦不必从尔。各尊所闻，各行所知，两相枝拄，未有害也。故不畏宋儒，亦不甚衔宋儒。然则唐以前之儒，语语有实用，宋以后之儒，事事皆空谈。讲学家之辟佛，于释氏毫无所加损，徒喧哄耳。录以为功，固为党论，录以为罪，亦未免重视留良耳。

"道统说"与"师道运动"

对于儒学的复兴，韩愈另一项伟大的贡献，在于重新发明儒家道统。所谓"道统"，指儒家传道的脉络和系统，追溯历史，我们可以在《孟子》末章中找到这种思想的起点：

> 由尧舜至于汤，五百有余岁，若禹、皋陶，则见而知之；若汤，则闻而知之。由汤至于文王，五百有余岁，若伊尹、莱朱，则见而知之；若文王，则闻而知之。由文王至于孔子，五百有余岁，若太公望、散宜生，则见而知之；若孔子，则闻而知之。由孔子而来至于今，百有余岁，去圣人之世，若此其未远也；近圣人之居，若此其甚也。然而无有乎尔，则亦无有乎尔。

从尧舜至于孔子，孟子得出"五百年必有王者兴"的结论，试图

　　宋刻本《昌黎先生集》，现藏国家典籍博物馆。韩愈强调文以载道，文道合一，以道为主，被苏轼赞誉为"文起八代之衰，而道济天下之溺"。

为儒家构建出一套清晰、完整的传承谱系，从而构建其合法性和根源性。到了汉代，儒学依然体现出重师承、讲家法的特点，无论是官学还是私学，许多经典的传承都有明显脉络。但到了唐代，士子却变得有学而无承了，其中的原因是非常复杂的。

一方面，儒家自汉末以来的衰落导致了传承的断裂，西晋永嘉之乱又导致大量文献的散佚，到东晋时居然要广征经籍恢复传承，如豫章内史梅赜献《尚书》，其中就有伪古文二十五篇。经典散佚窜乱背后，也必然有师承谱系的断裂。

另一方面，到了唐代，为了方便科举取士有统一的标准，太宗令颜师古考订《五经定本》，高宗年间又颁布孔颖达《五经正义》，二者并行，代表了官方对儒家经籍的正统解释。皮锡瑞在《经学历史》中论述道："自《定本》《正义》颁之国胄，用以取士，天下奉为圭臬。唐至宋初数百年，士子皆谨守官书，莫敢异议矣。"这种统一导致了经学各派的争论彻底结束，逐渐丧失生命力，学子们学习经典只是亦步亦趋，将之作为进身之阶而已，而不复以学术的眼光绳之，至于儒家经典中所要求的道德标准，则更是无从谈起了。

儒家学术谱系的断裂，所带来的影响是非常严重的，释、道二家竞相通过构建新的传承谱系，将孔子随意指认为老子、佛陀的弟子，从而将儒家思想矮化为释、道二家的附庸，世风日下，儒生们也不自信起来，甚至开始自我矮化。

韩愈在《原道》中就描述了这种现象："老者曰：'孔子，吾师之弟子也。'佛者曰：'孔子，吾师之弟子也。'为孔子者，习闻其说，乐其诞而自小也，亦曰'吾师亦尝师之'云尔。"儒士们的"自小"

是韩愈所无法容忍的，但他所列出的道统谱系，也只是复述孟子而已：
"尧以是传之舜，舜以是传之禹，禹以是传之汤，汤以是传之文、武、周公，文、武、周公传之孔子，孔子传之孟轲。"至于孟子之后，韩愈也只好承认"轲之死，不得其传焉"。

在这种背景下，韩愈在名篇《与孟尚书书》中慨然说道："释老之害过于杨墨，韩愈之贤不及孟子，孟子不能救之于未亡之前，而韩愈乃欲全之于已坏之后。"他自诩孟子的继承人，将自己排佛与孟子反对杨墨并论，如果道统断裂，那就由自己来接续道统，"使其道由愈而粗传，虽灭死万万无恨"，这无疑是需要很大勇气的。

与"道统说"相呼应的是安史之乱后的"师道运动"。经历变乱的儒家学者们，在严重的危机感驱使下，开始逐渐不满足于章句之学，希望能发挥儒学救世的作用，故而很多学者开始模仿汉儒，重新收徒授业，主动开始了重建师承关系的运动。在这种风气下，韩愈主动地发现、引荐人才，他与孟郊、张籍、李翱等人相友善，又曾为牛僧孺、李贺等士子鼓吹奔走。《唐摭言》记载，贞元十八年（802）的科举考试，权德舆、陆傪为主考官，韩愈向陆傪推荐李绅等十名士子，当年即有四人登第，剩余六人也在五年内先后取得功名，从中可见韩愈在提携后进上的不懈努力。由此，在韩愈周围逐渐形成一个规模不小的"韩门弟子"群体，这对于扩大其思想的影响力助益颇多。

在理论方面，明确地将"师"与"道"结合起来的，韩愈也是第一人，其名篇《师说》即表明了他心目中的新型师徒关系。

首先，在韩愈笔下，老师的责任是"传道授业解惑"，专门强调自己所言之师并非"授之书而习其句读"的"童子之师"，而是教授儒家之道、接续道统的精神导师，所培养的人也是具有现实关切、刚健进取的明道者。其次，他所勾勒出的师徒关系也迥异于汉儒，不以年齿、地位论师徒，收徒不为了培植门人增加权势，拜师也不是为了经营人脉获取地位，而是提出"弟子不必不如师，师不必贤于弟子，闻道有先后，术业有专攻"，纯粹地以是否明道作为标准。最后，在这种新型师徒关系之下，士大夫获得了接续儒家传统的精神领袖地位，以"道"作为其独立于权势荣利的心灵归宿，这无疑也对知识分子养成刚健进取的独立人格有着至关重要的作用。

名为复古，实为创新

行文至此，我们可以发现，古文运动是儒学复兴运动在文学实践上的具体表现，从盛唐文儒到韩愈，凡倡导写作古文者，实则都是在借古文的形式复兴儒家，从萧、李等人的刻板拟古到韩愈"辞必己出"，其背后逐渐显明的大趋势是礼学的退场与心性论、道统观的提出。

自汉魏六朝以来，伴随着文学的发展，各种诗体、文体的功用也逐渐确定。如就骈文、散文之分，人们在议论、抒情时多用讲究排偶、声韵优美的骈文，叙事时则多用句式不拘的散文，其功用早已稳定。如传统唐初修史，史传部分皆用散体，篇尾的论赞部分则多用骈体。在文学史上，专门化、精细化的代价往往是形式主义，若六朝骈文，写得声韵优美、极尽华丽，形式上无可指摘，但就其承载的思想内容而言，却往往极为贫瘠。在此背景下，唐代古文家们推崇写作古文，自然是受到儒家复古思想的影响，但更重要的却是汉以前的古文

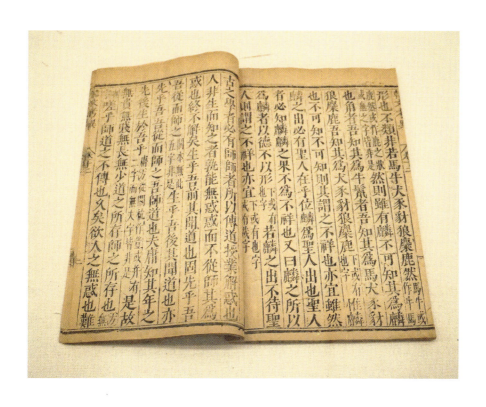

　　明万历刻本《昌黎先生文集·师说》。安史之乱后的儒家学者们开始不满足于章句之学，希望能发挥儒学救世的作用，故而很多学者开始模仿汉儒，重新收徒授业，重建师承关系。韩愈在《师说》中明确地将"师"与"道"结合起来，表明了他心目中的新型师徒关系。

才真正承载了深刻的思想内容，能够"文以载道"；而到了魏晋以后，文体形式逐渐僭越了文本内容，不仅不能"明道"，反而沦为了浮华、无聊的文字游戏，使得人心越来越虚浮鄙薄。

从这个准则来看，虽然人们普遍认为"古文运动"提倡散文、反对骈文，但这并不符合他们的创作实际。如就韩愈而言，其传世的318篇文章中，骈体就有62篇之多，占了总数19.5%左右，至于骈散夹杂的文本就更多了。由此可见，韩愈并不反对写骈文，反而对此道颇为精通，他所反对的是形式与内容的割裂，在写作的过程中，如果骈体能做到"文道合一"，他自然不会大加斥责。

但总体来说，还是散文更加适合表达思想感情，故而他在创作中有意识地打破之前形成的许多问题规则，因地制宜、破体写作，按照内容的需要灵活选择适当的文体。譬如之前习惯使用骈体的碑志、赠序、颂文、祭文等体裁，到了韩愈手中则变化横生、妙用无穷。如其作《伯夷颂》，纯用散体创作，短小精悍却激昂峻拔，若以骈体出之，必然显得累赘；又如《祭十二郎文》，不拘泥格式，情至而文生，一气自然流露，写得满纸血泪、无限凄切，若处处斟酌句式，恐怕就难以写得如此真挚动人了。如刘熙载《艺概·文概》中所论："韩文起八代之衰，实集八代之成。盖惟善用古者能变古，以无所不包故能无所不扫也。"能根据文本的内容选择不同的行文策略，这才是韩愈的高明之处。

骈文的写作倾向是精英化的，六朝至唐的各种辞赋，缺乏文学修养的普通人是很难读懂的。陈寅恪先生在《论韩愈》中就认为，佛教原典都是入韵可颂、朗朗上口的，鸠摩罗什入中国，翻译佛经之时要

《曹娥诔辞卷》，东晋，绢本楷书，纵 32.2 厘米，横 53.5 厘米，现藏辽宁省博物馆。书心上方韩愈所作题款，是迄今发现的韩愈唯一真迹。

组织译场，对译文反复整理润色，但依旧不能尽如人意。到唐代禅宗兴起后，以日常白话写作的语录体、讲求韵律的偈颂日渐流行。如禅宗中"菩提本无树，明镜亦非台。本来无一物，何处惹尘埃"，"达摩是老臊胡，释迦老子是干屎橛，文殊普贤是担粪汉"等名段，都是用日常语言表现复杂的宗教思想，就算不识字的百姓也能心有所感，自然大大促进了佛教的传播。

韩愈要排佛，自然也希望能从这个角度得到突破，这就导致他必然会选择更朗朗上口的形式进行写作，使更多人能读懂他的思想。如《原道》的结尾，在谈到如何对待佛教时，韩愈说要"人其人，火其书，庐其居"，即让和尚还俗，焚烧佛经、佛寺，从内容上讲，显得情绪激烈，从形式上讲，三字句的节奏也可让人过目成诵，这无疑是更便于传播的。到了宋代，学者们便更加有意地使用这些便于传播的形式了，如朱熹写《朱子语类》，都是日常的大白话，几乎可以当古代的微博、朋友圈来看了。

最后，让我们回到苏轼对韩愈的评价，所谓"文起八代之衰"，指的是韩愈勇于打破时文规范，重建了适合表达思想的文风，名为复古，实为创新；"道济天下之溺"则指他通过古文传达出的儒家思想能够医治人们的思想，从根本上挽救天下之危亡。虽然韩愈并没能挽救大唐逐渐衰败的命运，但他的努力却启迪了之后的宋代学风，在中国思想史、文学史上写下了浓墨重彩的一笔。

（作者：夜小紫）

　　如今说起韩愈，多是从其拯救时弊、改革文学的功绩来谈，难以摆脱"儒家道统""百代文宗"的光环。但从中晚唐至今，学界关于韩愈的评价却复杂得多，誉之者赞其名儒大贤，斥之者则目之躁褊小人，千年以降，聚讼不休。这是因为韩愈身上确实有许多矛盾之处，如他一身凛然正气，不少文章却也露卑弱诂媚之态；其接续道统、崇儒反佛，却在诗歌创作上突破了儒家传统的"诗教观"……要解释这种矛盾，我们必须观照其本人的人生经历，去分析其性格的养成。唯有了解了韩愈复杂的性格，才能更好地去理解他的人生选择与文学实践。

古老士族的转型之痛

韩愈出生于古老士族之家，参酌《新唐书·宰相世系表》和李白为韩愈之父韩仲卿撰写的《武昌宰韩君去思颂碑并序》，可以大略梳理出，这一韩氏乃秦末韩王信之后，于汉为颍川郡（治所在今河南禹州）地方著姓。颍川为四战之地，民风好勇，又深受三晋法家文化影响，家族中人多以勇武、吏能知名。其远祖韩寻，东汉建武年间做过陇西太守，其后韩棱、韩演等，都"政有能名"。到了北魏之际，韩愈七世祖韩茂"膂力过人，尤善骑射"，以武功加冠军将军，之后更是官至尚书令、征南大将军，得爵安定恒王，可谓显贵已极。

到了韩愈的高祖韩睃，由隋入唐，任银青光禄大夫、雅州刺史；曾祖韩泰，任曹州司马；祖父韩睿素，任朝散大夫、桂州都督府长史。从官职可见，整个唐代前期，韩愈的家族地位是不断衰落的，这与初唐诸帝对世家打压、科举制度成熟脱不开关系，韩氏家族代代相传所依赖的勇武、吏能不再能起到作用，也就迫使这个古老士族不得不转变门风，开始以文学教养家中后辈。

到了韩睿素所生之四子，长子韩仲卿，即韩愈之父，以文章名世，曾编纂曹植文集，李白称他做武昌令时"未下车，人惧之，既下车，人悦之"，能让"奸吏束手，豪强侧目"，可见也兼有吏能；次子韩少卿，李白说他"感慨重诺，死于节义"；三子韩云卿，官至监察御史、礼部侍郎，李白赞其"文章冠世"，时人称之为当世张良；幼子韩绅卿，同样也是"才名振耀，幼负美誉"。由此可见，到了盛唐时期，韩氏家族已经培养出一批能够以文学名世的人才。但说到底，吏能传统才是其家族的底色，韩仲卿四兄弟多是富有政治才干、重视实际事务的一方能吏。

这种家族门风的转型，难免有其阵痛，面对汉末魏晋以来以文学立家的士族豪门，韩氏家族的后人们难免是心怀自卑的。这种代际间的创伤，自然也传递到韩愈身上。如从上述韩愈家族世系可知，他所属的这支韩氏，与昌黎韩氏并不同宗，但他固执地冒认自己"郡望昌黎"。有学者论及此，认为可能是昌黎韩氏古来就以文学见长，这引发了韩愈的仰慕之情。

但在家族逐渐改变门风、逐渐积累声望的关键时期，接二连三的悲剧发生了。在名篇《祭十二郎文》中，韩愈痛苦地说道："念诸父与诸兄，皆康强而早世。"其父辈兄弟四人，韩少卿是因为节义非正常死亡，其余三人皆英年早逝。韩愈两岁的时候（770），父亲韩仲卿去世，其母应该在更早的时候就撒手人寰了，至此只能由长兄韩会代为抚养。韩会其人也颇具文学才望，以此获得宰相元载的重视，当上了起居舍人。大历十二年（777），元载因专权跋扈被唐代宗下狱赐死，韩会也被牵连，远贬至岭南韶州，打击之下，韩会到岭南不久就因病去世了，年仅四十一岁。韩会的贬官、去世无疑给韩氏家族造成极大的打击，他出自荥阳郑氏的寡妻，在此时展现出了令人动容的强大精神力量。她孤身带着韩愈和幼子韩老成，千里迢迢将亡夫归葬老家河阳。建中三年（782），淮宁军指挥、淄青节度使李希烈叛唐，占据大运河枢纽汴州，自称大魏皇帝，中原再度陷入战乱，危局之下，韩家又被迫"百口偕行"，避祸至江南宣州。

梳理韩愈十三岁前动荡不已的人生经历，我们可以发现时代的变乱与家族的悲剧不断交织，这让韩愈自小就对国家和家族有着强烈的忧患意识，比正常的儿童更加早熟。《祭十二郎文》中，韩愈回忆起寡嫂郑氏曾指着自己和十二郎韩老成说："韩氏两世，惟此而已。"韩老成早逝后，韩愈也感叹"两世一身，形单影只"，可见振兴韩氏家族的责任，早就被他放在了自己肩上。长庆元年（821），已然暮年的韩愈，为刚刚去世的李郱写了一篇《中大夫陕府左司马李公墓志铭》，其中提到了李郱的身世：

> （李）岌为蜀州晋原尉，生公，未晬以卒，无家，母抱置之姑氏以去，姑怜而食之。至五六岁，自问知本末，因不复与群儿戏，常默默独处，曰："吾独无父母，不力学问自立，不名为人！"年十四五，能闇记《论语》《尚书》《毛诗》《左氏》《文选》，凡百余万言，凛然殊异，姑氏子弟莫敢为敌。浸传之闻诸父，诸父泣曰："吾兄尚有子耶？"迎归而坐问之，应对横从无难。诸父悲喜，顾语群子弟曰："吾为汝得师。"于是纵学无不观。

文中写到李郱也是幼年丧父，被姑妈抚养长大，五六岁知道自己身世后，他"不复与群儿戏，常默默独处"，认为自己无父无母，应该以"学问自立"，并且颇为斩绝地认为不这么做就"不名为人"，到十四五岁时，就已然学有所成，并且在诸父面前，很是替自己的亡父争了一口气。《新唐书·韩愈传》载："愈生三岁（虚岁）而孤，随伯兄会贬官岭表。会卒，嫂郑鞠之。愈自知读书，日记数千百言，比长，尽能通《六经》、百家学。"经过对比，我们可以发现二者的叙事脉络是一致的。我们有理由相信，相似的经历之下，韩愈很可能将自己的情感投射在李郱的遭遇之中。按照这个逻辑，我们就可以通过韩愈给他人写作的墓志铭，一窥其真实的情感世界，经历了种种动荡，"不复与群儿戏，常默默独处"的，发誓"不力学问自立，不名为人"的，其实也正是韩愈自己。

童年的种种创伤，让他的内心充满了自卑，这种自卑又进一步以刚强自负的保护色透出，对人对事都坚持自己的看法，不肯服输。故而终其一生，都"与世多龃龉"，哪怕在文学一道与之颇有契合的刘禹锡，最终也因其对"永贞革新"的态度，和韩愈关系不睦。中唐韦绚之父韦执谊，同样也是"永贞革新"的参与者，韩愈作《顺宗实录》，以如椽大笔直书其收受贿赂的小人之态，后韦绚作《刘公嘉话录》，报复地记载了不少韩愈轻薄无行的故事。据学者讨论，韦绚很可能是从刘禹锡时在席间听到了这些桥段，由此可见刘禹锡私下对韩愈可能是颇有微词的，这与他在《祭韩吏部文》中对韩愈的赞美迥然不同。

"登第狂"的灰白往事

由韩愈振兴家族、复兴国家的朴素愿望出发，他极度渴望能通过读书登第为官，但从贞元初年他参加科考的经历可以看出，实现理想是充满困难的。

史载，唐德宗贞元二年（786），韩愈自宣城到长安投奔其族兄韩弇，韩弇向自己的上司河中节度使浑瑊推荐他，一无所获。次年，因吐蕃入寇，战事十分不利，德宗派浑瑊在平凉川和吐蕃会盟。但不料这场会盟竟是吐蕃人的阴谋，当浑瑊身着礼服、仅带着60骑前来之时，埋伏在会场附近的数万吐蕃军一拥而上。最终除了浑瑊"仅得免"外，其余人等或死或降，韩弇也因为这场劫盟事件英勇殉国。这一年韩愈在长安第一次参加进士科考落第，加之韩弇意外死去没有了依靠，

青幢紫盖立童童，细雨浮烟作彩晖。
伯鲦琮珑龙之脊，
瓜肉宝盛
瓜穴空知雏
见一茎甲
韩昌黎秋树
次句魁宇
草亭美
甲子三月
陸蜚少芳记

《游城南十六首·楸树》诗意图。《游城南十六首》是韩愈晚年对少年时在宣城生活的回忆，他少年丧父丧兄，由寡嫂郑氏抚养长大，因此性格刚强自负，对人对事都坚持自己的看法，故而终其一生，都『与世多龃龉』。

一时间窘迫非常。机缘巧合之下，韩弇的前上司北平郡王马燧对韩愈心生怜悯，故而韩愈"获幸于北平王"（韩愈《猫相乳说》），得以勉强维持在长安的生活。但一直到贞元五年（789），韩愈连续两次科考还是无法中第，只能回到宣城，直到贞元八年（792）第四次应举，才因兵部侍郎陆贽的青眼，最终擢进士第。因唐代科举，取得进士功名后并不能立即授官，需要再经吏部选考才能真正接到任命。故而接下来的三年间，韩愈又三次参加吏部博学宏词科考试，却都以失败告终。贞元十二年（796），落魄已极的韩愈最终只能接受宣武节度使董晋的推荐，出任宣武节度使观察推官。

这十年的蹉跎岁月，在韩愈的身上留下深深的烙印。尤其是他自幼得寡嫂郑氏抚养，"微嫂之力，化为夷蛮"，其进取功名实则也为了在郑氏膝前尽孝。但贞元九年（793），韩愈第一次在吏部试中失败之后，郑氏积劳成疾，因病去世，韩愈仓皇之间回到河阳奔丧，之后作《祭郑夫人文》寄托哀思。从此祭文的字里行间能看出他内心的愤怒与不甘，他自陈为了获得功名奔走权门，是"苟容躁进，不顾其躬"，做了很多自己所不齿的事情，这一切都是为了"禄仕而还，以为家荣"。但不料再次返乡却"乃睹灵车"，他恨自己"有志弗及，长负殷勤"，这种遗憾与痛苦，成了韩愈性格中难以磨灭的一部分。

这种"苟容躁进，不顾其躬"的证据，自然也以文章的形式保留下来。如其拜谒文《上京兆尹李实书》，就说了很多违心话：

　　愈来京师，于今十五年，所见公卿大臣，不可胜数，皆能守官奉职，无过失而已。未见有赤心事上忧国如家如阁下者。今年以来，不雨者百有馀日。种不入土，野无青草，而盗贼不敢起，谷价不敢贵，百坊百二十司、六军二十四县之人，皆若阁下亲临其家。老奸宿赃，销缩摧沮，魂亡魄丧，影灭迹绝。非阁下条理镇服，布宣天子威德，其何能及此。

李实是道王李元庆四世孙，依靠宗室身份才得以为官，人格颇为卑劣，《新唐书》本传云其在山南东道为官时"刻薄军费，士怨怒，欲杀之"，只能"夜缒亡归京师"，之后累进司农卿，擢拜京兆尹，更是"怙宠而慢，不循法度"。贞元十九年（803）关中旱灾，他依然欺上瞒下，聚敛财富，向唐德宗说"岁虽旱，不害有秋"，这足以与玄宗天宝后期关中雨灾时杨国忠说的"雨虽多，不害稼"相提并论了。而韩愈此文却吹捧他"未见有赤心事上忧国如家如阁下者"，可以让"盗贼不敢起，谷价不敢贵"，可以说是极为肉麻。但之后韩愈功成名就，在修《顺宗实录》时，对李实的评价就客观了起来：

> （李）实谄事李齐运，骤迁至京兆尹。恃宠强慢，不顾文法。是时春夏旱，京畿乏食。实一不以介意。方务聚敛征求，以给进奉。每奏对，辄曰："今年虽旱，而谷甚好。"由是租税皆不免，人穷至坏屋卖瓦木贷麦苗以应官。优人成辅端为谣嘲之，实闻之，奏辅端诽谤朝政，杖杀之。

这种自相矛盾让宋以后的士大夫很难理解，如罗大经《鹤林玉露》谈到《顺宗实录》，诧异道："与前书一何反也。岂书乃过情之誉，而史乃纪实之辞耶？然退之古君子，单辞片语，必欲传信，宁可妄发！而誉之过情，乃至于此，是不可晓也。"魏了翁在《经外杂抄》中也说："韩公每是有求于人，其词辄卑谄，不可据。"相应地，韩愈为求官三上丞相书，也让宋代文人无法接受，司马光云："观其文，知其志，其汲汲于富贵，戚戚于贫贱如此。"南宋张子韶也说："退之平生木强人，而为饥寒所迫，累数千言求官于宰相，亦可怪也。至第二书，乃自比为盗贼管库，且云'大其声而疾呼矣'，略不知耻。"

但实际上，结合《祭郑夫人文》中韩愈的话，就不难理解这种矛盾了。童年时期的创伤使得韩愈确实展现出某种"登第狂"的倾向，对李实的阿谀也好，对宦官俱文珍的吹捧也罢，他心里实际是知道对错的，但实现个人的人生理想、复兴家族的愿望压倒了一切，使得他不得不在窘迫的岁月里有所"从权"了。这种压倒一切的愿望，使得韩愈之后在教育儿子的时候，依然是以功名利禄言之。

如其《示儿》一诗，言"开门问谁来，无非卿大夫。不知官高卑，玉带悬金鱼。问客之所为，峨冠讲唐虞。酒食罢无为，棋槊以相娱。凡此座中人，十九持钧枢"，言辞当中对自己显贵后的生活扬扬自得；《符读书城南》一诗则更为过分，在诗中他说"两家各生子，提孩巧相如。少长聚嬉戏，不殊同队鱼"，但由于"学与不学"的关系，"三十骨骼成，乃一龙一猪。飞黄腾踏去，不能顾蟾蜍。一为马前卒，鞭背生虫蛆。一为公与相，潭潭府中居"，艳羡富贵之意更是溢于言表，这大异于传统儒家安贫乐道、不汲汲于富贵的道德旨趣。以韩愈为偶像的苏轼，在读到这些诗作后，也不得不说："退之《示儿》，所言皆利禄事。至老杜则不然，皆事圣贤事也。"前文提到的韦绚《刘公嘉话录》中，讽刺韩愈之子韩昶颇为暗劣，将史传中的"金根车"臆断为"金银车"并改之，可见韩愈之教子是较为失败的。

至情至性，不畏风险

每个人都要受到时代的影响和约束，带有一定的局限性。韩愈生于中唐时期，又出身于一个逐渐没落的古老士族，这让他的性格呈现出相对复杂的一面；但唯物地说，纵然受到局限，每个人还是可以在实际生活中表现出某种超越性。就韩愈而言，当然不能就其求官、教子等事否认其人格之高大、精神之伟岸。

如其求取功名官爵，一路坎坷的遭遇，让他对青年士子的艰难感同身受，使得他热衷于提拔人才、奖掖后进，《新唐书》本传说他"成就后进士，往往知名。经愈指授，皆称'韩门弟子'"。如诗人李贺因父亲名李晋肃，"晋肃""进士"谐音，被人攻击触犯避讳规则，"不举进士为是"。韩愈慨然作《辩讳》一文，言辞激烈地说："若父名'仁'，子不得为'人'乎？"嘲笑与李贺争名者，在道德品行上不与曾参、周公、孔子等古圣贤看齐，却在避讳小节上超越他们，文风幽默辛辣，读来令人酣畅淋漓。

又如，其迫于对家族的责任感，做了很多不得已的事，但这种责任感又让他在国事上勇于任事、奋不顾身。如前文所言其上《论佛骨表》之事，于众士诺诺之际，敢于冒着触怒皇帝的风险谔谔直言，维护儒家道统，千载之下犹然令人敬佩。

在中晚唐藩镇问题上，韩愈曾两度在藩镇为官，亲身体验到藩镇之害。上文言及其贞元十二年（796）入董晋幕，赴汴州任职，三年后董晋去世，汴州马上发生了兵变。当时韩愈离汴从丧，但家人却都在汴州，听闻消息，韩愈惊慌失措，之后他作《此日足可惜》组诗，回忆了自己当时的真实心情，诗中写道"我时留妻子，仓卒不及将。相见不复期，零落甘所丁。骄儿未绝乳，念之不能忘。忽如在我所，耳若闻啼声"，直到"俄有东来说，我家免罹殃"，才松了一口气。这之后，韩愈又在徐州入张封建幕府，次年张封建病危，韩愈忧心忡忡，提前带家人离徐避祸，果然张封建去世后徐州发生了兵变。

有了这样的经历，韩愈在政治主张上，一直力主削藩。其《送董邵南游河北序》，言董邵南"不得志于有司"，去河北藩镇寻找机会，知道他"怀抱利器"，和河北的割据势力"必有合"，这在韩愈看来是极为危险的，故而说"董生勉乎哉"，劝他不要有从贼自污之举；《送幽州李端公序》中，韩愈写道"国家失太平，于今六十年矣"，"其将复平，平必自幽州始，乱之所出也"，李"既朝夕左右"于幽州节度使刘济幕中，希望他能在藩镇多做一些有益的努力。

唐宪宗元和九年（814），淮西节度使吴元济叛乱，众议嚣然，韩愈作《论淮西事宜状》，是当时为数不多的主战大臣。元和十二年（817），他更以行军司马的身份随裴度出征，参谋军机，之后以军功升任刑部侍郎。唐穆宗长庆元年（821），成德都知兵马使王廷凑发动军变，杀节度使田弘正自立。新即位的穆宗派兵征讨，僵持难下，被迫承认其节度使身份，派韩愈前往宣抚。王廷凑其人阴鸷毒辣，此行充满危险，当时以元稹为首的很多大臣都劝阻皇帝不要派韩愈前往，言："韩愈可惜。"穆宗也中途反悔，下令韩愈"不必深入"。接到命令的韩愈夷然不惧，道："安有受君命而滞留自顾？"毅然前去镇州，当时王廷凑"严兵迓之，甲士陈廷"，情况十分危急，但韩愈久在藩镇任职，深知将士之间并非铁板一块，而是有着复杂的利益纠葛，故而凛然无畏，与王廷凑辩论，直言："天宝以来，安禄山、史思明、李希烈等有子若孙在乎？亦有居官者乎？"之后恩威并施，使在场士兵军心动摇，王廷凑担心事急生变，不得不向韩愈妥协，表示会服从朝廷，穆宗对此极为高兴，升任韩愈为吏部侍郎。

除了反对藩镇之外，由于少年时代的苦难生活，韩愈始终对底层劳动人民怀有深深的同情，在为政之道上坚持孟子的"民本"思想。在贞元十九年（803）关中旱灾时，他上《御史台上论天旱人饥状》，就力陈百姓惨状说"至闻有弃子逐妻以求口食，拆屋伐树以纳税钱，寒馁道途，毙踣沟壑。有者皆已输纳，无者徒被追征"，他还不顾触怒时辈，直言"此皆群臣之所未言，陛下之所未知者也"，展现出他的凛然风骨。在其平日所作的碑志之中，也并不按照常规写法，主要赞美传主家族之高贵、官爵之显赫，而是用力于体恤民情、为民兴利除害的事迹，希望通过自己的文学作品影响世风。

从上述事迹总结得出，韩愈的性格很难用卑弱、刚强等简单的词语一概而论，如果非要进行概括，笔者个人认为应该以一"真"字为韩愈定评。他本人并不标榜自己是道德家，临终前也并不像后世许多人一般删去某些文章，很诚恳地承认自己也有各种现实的压力。他可以为求官而吹捧李实这样的奸臣，但也深知是非，心知这是"不顾其躬"。当时代需要他去完成其肩上重任之际，他也能奋不顾身，正色面对凶悍暴戾的藩镇、喜怒无常的帝王。诛心地说，后世非议韩愈的许多道德家，面临这样的选择，恐怕是不能对得起"道德"二字的。

从这个角度来看，韩愈又是一个天真烂漫、至情至性的"可爱"之人。这从他时常不顾及别人感受、"躁褊"好辩的性格可窥见一斑，韦绚在《刘公嘉话录》中记载，韩愈私下对李程嘲笑好朋友崔群："崔群聪明过人，与之相交二十余年，竟然不曾共说著文章。"意思是崔群和他这个当世文宗从不谈论写文章，可不是"聪明过人"。

另外，《国史补》中说"韩愈好奇"，"好奇好怪"也是他性格中非常鲜明的特点。他著名的"五原"之中，俨然就有一篇《原鬼》。当时有一个民间故事，说有一位叫刘轲的和尚，在野外安葬了一具书生的遗骸，晚上梦见这个书生拿着三个鸡蛋来道谢，刘轲吃掉后就变成了一个通儒（事见范摅《云溪友议》）。韩愈听闻这个故事后十分感兴趣："待余闲暇，当为一文赞焉。"其因《论佛骨表》被贬官潮州之时，闻说当地鳄鱼为害，就写了《祭鳄鱼文》，一本正经地劝诫鳄鱼，命令鳄鱼"尽三日，其率丑类南徙于海"，如果"三日不能，至五日；五日不能，至七日；七日不能，是终不肯徙也"，那就只能"选材技吏民，操强弓毒矢，以与鳄鱼从事，必尽杀乃止"了。以往论及此文者，多是从他仁政爱民的角度去谈，但文本当中一片天真赤诚也是不应忽略的。

具体到韩愈的诗歌创作，也体现出他性格中不受拘束的一面，其诗好奇求拗，故意押险韵、用僻字，追求陌生化的独特审美效果，如《陆浑山火》中"虎熊麋猪逮猿猱，水龙鼍龟鱼与鼋，鸦鸱雕鹰雉鹄鹍，燖炰煨爊孰飞奔"，初见之下令人咋舌；其想象力又极为惊人，在诗中塑造了许多惊奇险怪的奇境，直开晚唐诗歌"审丑"风气。其《月蚀诗效玉川子作》，云"赤鸟司南方，尾秃翅舥沙。月蚀于汝头，汝口开呀呀。虾蟆掠汝两吻过，忍学省事不以汝觜啄虾蟆"，真不知是从何处想来。

山水由來本擅場
那更人物學
中唐都秀衫履
多拘束無磈砷
情自費揚錦氏
佳篇文民錄沈
家奇蹟項家藏
秋卿有意秋貳
戲愴舊翻因引
念長
己亥仲春下游
馮覬

《画韩愈画记》（局部），明，（传）沈周，绢本设色，纵37厘米，横1062.9厘米，现藏台北故宫博物院，上有乾隆题诗。《画记》为韩愈所作散文，其以凝练的语言描绘了自己收藏的画卷上500余人物事物。

廷桂刻、韩愈撰文、苏轼书《荔子碑》，1868年，永州摩崖石刻拓片。长庆三年（823），韩愈听闻柳宗元死讯后，撰写《柳州罗池庙碑》一文悼念亡友，碑文附作《迎享送神诗》，即荔子碑文，后此碑因韩愈撰写柳宗元事迹，苏轼作书而被称为"三绝碑"。

一生崇儒，情炎于文

综上所述，我们从韩愈的家世背景、生平经历出发，发现无法用儒家道统这一简单的标签概括他的性格，历史上真实的韩愈是包含着许多丰富侧面的，笔者用一"真"字大略涵盖之，在这一基础上，我们就可以来谈谈他在文学上的抒情观了。

首先，韩愈首倡儒家心性之说，开辟宋儒理学新径，一生心血，都在崇儒排佛之上。儒家传统文学观念中"诗言志"之论，自然对他有深刻影响。韩愈主动地使用文章这一武器，传达他对于儒家"仁义道德"之心性的深刻理解，并进一步借此干预现实。

这种道德关怀是直接继承自汉代儒家的，但也要注意到，就"德"和"情"的关系而言，韩愈与汉代儒家却有着很大的不同。杨伯《韩愈抒情观之重估》中论及，汉儒的理论体系中，一方面，"情"虽然有其重要意义，但是要受到"德"之节制；另一方面，汉儒所言的"情"，实则是与现实政治"交感"的群体观念，认为在上者昏乱，民即思忧；在上者有德，则民康乐。在这种政治化的文学理论中，人们并不十分关心个体的情感体验。这种状况要到东汉后期社会动荡、皇权衰微之时，才能得到彻底改写。魏晋六朝以来，"诗缘情"的新传统被确立起来，这一时期人们所书写的"情"，变成了"天赋性灵"的自然之情。

在韩愈这里，虽然他也强调文学的"言志"传统，却也反复强调"情炎于中"（《送高闲上人序》）对于文学创作的重大意义，这里的"情"毫无疑问不是什么群体性的感情，而是与自己的生命体验密切相

《古贤诗意图》(《听颖师弹琴》段局部），明，杜堇，纸本水墨，纵28厘米，横1079.5厘米，现藏故宫博物院。《听颖师弹琴》为韩愈所作古体诗，描写了作者听和尚颖师弹琴的感受，诗作运用多种手法呈现音乐和自己的深刻感受。

关的情感。在此基础上，韩愈提出其著名的"不平则鸣"（《送孟东野序》）之说，认为是实际生活中的"不平"激发了文学创作，将"情"提高到了根本性的位置。袁行霈在《中国诗学通论》中认为韩愈的这种观念，是对传统儒家"诗教观"的摆脱与否定；罗宗强的《隋唐五代文学思想史》也认为"（韩愈）主张的实质，却不是重诗教而是重抒情"。

可见，出于韩愈求"真"的性格，他虽然心慕儒学，以道统自居，但儒家的很多传统却拘不住他。在文学实践中，他选择了一条调和"言志""缘情"的新路，在明道的时候有抒情，在抒情的时候也能明道。他文学作品中的道德都是从个人真切的生命体验出发，故而历经千载依然保持着独特的审美价值，情真意切更是能感奋人心。

（作者：夜小紫）

众从之风，我从之火

　　江心孤舟上，他独自垂钓，周身天地被覆白雪，万籁无声。这是他去职离开长安的第二年，至今没有收到一封故地的书信。不久前的八月，天子下达了一道严厉的诏书，宣布他同其他几名被贬之人"纵逢恩赦，不在量移之限"，几近被贴上了"永不叙用"的标签。"也好"，他想，既然前途已经如此渺茫，不如把精力都放在"著书传后"上来。想当年自己"以文字进身"是何等意气风发，如今终于又可以"读百家书，上下驰骋"，继而用一首五绝留住此情此景："千山鸟飞绝，万径人踪灭。孤舟蓑笠翁，独钓寒江雪。"他便是柳宗元，吟诵这首千古孤调时，依旧望着长安的方向。

　　唐贞元二十一年（805），三十二岁的柳宗元因为参与一场失败的革新运动，命运被撕裂开来。但很难说彼时的他，究竟处于低谷还是巅峰。作为一

《寒江钓雪》，宋，范宽，绢本水墨，纵23.3厘米，横25.3厘米，现藏台北故宫博物院。柳宗元被贬永州期间，作五言绝句《江雪》以自寓。群山之间人鸟绝迹，渔翁独钓寒江的孤寂情景让人读之便有凄清之感。

只为治世理想搏击的雄鹰，他的确未能再回到政治的天空中翱翔，但其文坛雄狮的一面，也是在这时被彻底唤醒。柳宗元一生著述，近八成作于流放之后，"遍悟文体"，尤擅散文，使得有唐一代，素有"韩柳文章李杜诗"的说辞。作为古文运动的另一柱石，他与韩愈一同位列唐宋八大家，堪称"舍我其谁"。

河东柳氏

即便文才如李白，也要给自己追溯"陇西布衣"的身份加持，但柳宗元却完全不需要，他是个真正的士族。从北朝起，柳氏就是河东三大姓之一，"充于史氏，世相重侯"。自唐王朝建立，晋阳（今山西太原）作为李渊父子建唐的起点，带动柳氏一族也在新王朝内地位显赫。柳宗元堂高伯祖柳奭在高宗朝官至宰相，柳奭外甥女王氏为高宗皇后，荫庇之下，仅在高宗朝，柳氏一族官居尚书省的就有二十二人。但统治集团内部斗争日益激烈，一次是新后武则天的夺权，让柳氏"子孙亡没并尽"，地位一落至普通庶族，到柳宗元这一代，已经是"五六从以来，无为朝士者"；一次是安史之乱，柳宗元的父亲柳镇携家逃亡流寓到南方，乱世再次洗劫了这个本就辉煌不再的家族。

柳镇本就是一个颇具政能文才、有着治世情怀的人物，又以刚直敢言为人所称道。大历八年（773），柳宗元出生时，柳镇正在八品小官长安主簿的任上。在一次审理案件时，柳镇得罪了权奸窦参，五十二岁那年（791）被贬为夔州司马。柳宗元送父出行，柳镇仍愤慨地说"吾目无涕"。虽然贞元八年（792）窦参失势，柳镇得以官复原职，朝廷为其昭雪"守正为心，疾恶不惧"，但是在回到长安的第二年他就病故了。柳宗元作为世家之后，对立德、立功、立言拥有无尽的追求和向往，亦对时代危机有着深深的忧虑和担当，颇有乃父之风。

柳宗元的前半生，基本上是在长安度过。除了自家住在城西，有一座拥有良田果树的小庄园外，在城内的善和里，还有祖上留下的旧宅一座，内有藏书3000卷。关于幼年受教情况，柳宗元在给母亲卢氏所作《先太夫人卢氏归祔志》中提到，"太夫人教古赋十四首"。柳母卢氏出身范阳世家，七岁读《诗经》《列女传》，尽知"旧史及诸子书"。柳宗元得母启蒙，对古赋篇篇倒背如流。也许是有了这样的"童子功"，才能在此后"投迹山水地，放情咏《离骚》"。

在这种环境下成长起来的柳宗元，被时人公认为是"少精敏，无不通达"的神童。证据是柳宗元在十二岁那年写了一篇《为崔中丞贺平李怀光表》。表，是古代臣子向帝王上书言事的一种文体，官员常请擅作文章的人代写。这一年（785）的七月，朔方节度使李怀光叛乱被平，崔中丞选中了柳宗元替自己上表，可见小柳成名之早。由于柳宗元始终将入仕作为自己的志向，加之当时的文坛风气，他学习课业主攻的也是骈体文。这篇《为崔中丞贺平李怀光表》就是用对仗工整、气势非凡的骈体写就。

从贞元五年（789）十六岁起，柳宗元便参加科举考试，虽说考了四次才中，但能在二十一岁中进士在当时也是凤毛麟角。这年的主考官顾少连由名相陆贽推举，此人不顾权贵"众口飞语，哗然诼张"，大力选拔"孤门寒士"。柳宗元于贞元九年（793）在顾少连门下及第，同榜三十二人，其中便包括他此生知交刘禹锡。贞元十四年（798），柳宗元参加吏部制科博学宏词科的考试被录取，并被任命为集贤殿书

柳母卢氏出身范阳世家，七岁读《诗经》《列女传》，尽知"旧史及诸子书"。柳宗元
得母启蒙，对古赋篇篇倒背如流。此图出自邹越清、邹越非绘连环画《柳宗元》。

院正字。从此，他正式踏入仕途。

"永贞革新"风波

集贤院归属中书省，负责校对整理经籍的工作。虽然集贤院正字是个"从九品上"的小官，但这里藏书丰富，柳宗元自在其中。对于柳宗元来说，长安于他再熟悉不过，再加上入职后春风得意，作文邀约源源不断。此时韩愈已经在长安举起了古文运动的大旗，但尚未形成影响。早年韩愈随兄寄居宣城，与柳镇结识，也就认识了小自己五岁的柳宗元，二人成为一生"诤友"的缘分便在彼时结下。

优秀才名与职场生活，让柳宗元结识了一批青年才俊，如刘禹锡、凌准、韩泰、吕温等。他们常常相聚讨论时事，交流思想，尤以柳宗元、吕温最富"辩才"。藩镇割据和宦官擅权，是当时唐王朝面临的最严重的政治痼疾，也是他们最关注的两个话题。早在集贤院时，柳宗元就曾写过一篇题为《辨侵伐论》的文章，中心思想是论述朝廷该如何对待割据势力进行用兵。在他看来，一是要区别对待，二是要仁义施政。逻辑清晰，文字练达，为其以后文字思想的爆发埋下了伏笔。

大概是在进士及第后，柳宗元就通过任职太子校书的刘禹锡认识了王叔文。王叔文，越州山阴（今浙江绍兴）人，自称是前秦苻坚丞相王猛的后裔。贞元三年（787），他以善棋入侍东宫，成为太子李诵的伴读。善棋之人最懂得步步为营，攻心为策。有一次，李诵在东宫与人针砭时弊，说要把这些问题反映给皇帝唐德宗。唯有王叔文对此不置可否，事后李诵问其缘由，他说：太子事从皇上，只要关心饮食、问安就可以了，不宜提及政事。言下之意，你也不是不知道自己父亲是个疑心多重的领导啊。李诵深以为然，更加仰仗王叔文。而这位棋手，将对柳宗元的未来产生重大影响。

安史之乱后的唐王朝本来就只剩下半口气，唐德宗想立中兴之业，但在执政后期却频出昏招，对藩镇多有姑息，并且以宦官为神策军中尉，从此宦官掌管中央禁军成为制度。四十六岁的李诵做了二十六年的太子，想励精图治的心情已经十分急迫，王叔文在社会上的活动自然就带上了为太子物色人才的意味。

贞元十九年（803），吕温被任命为左拾遗，柳宗元、刘禹锡、韩泰三人被任命为监察御史。这一系列的变动背后，是王叔文集团初步形成的影响力。刘禹锡自不必说，吕温是柳宗元的亲密同事，韩泰是柳宗元接受陆质《春秋》学的重要引介，韩晔、韦执宜等也与柳宗元友谊颇深，柳宗元自述"冲罗陷阱，不知颠踬"，可知其在王叔文集团中扮演了重要角色。

贞元二十一年（805）一月，唐德宗驾崩，太子李诵即位，是为唐顺宗。其实，顺宗的即位一点儿也不顺利。就在前一年的九月，李诵得了风疾，话都讲不清楚，宦官们想以此为理由用拖延战术另立太子，王叔文一派据理力争，这才保住了李诵上台。

锐意蓬勃的年轻人们已经按捺不住除旧立新的心情，纷纷走向台前大刀阔斧地与保守派开展正面斗争。当年二月，王叔文被提拔为起居舍人充翰林学士，实际主持政务，刘、柳二人则作为他的左膀右臂。王伾任左散骑常侍，充翰林学士，负责沟通内外消息。新政势如破竹般被推行开来，都是针对前朝积重难返之事进行：人事布局，以同情革新派的老臣杜佑主持财政，韩晔任吏部司封郎中，起用一批新人力量，但同时也调用陆贽、前谏议大夫阳城回京待命；惩办贪官酷吏，如李实；整顿财政，收财权于中央，取消苛捐杂税，停止地方盐铁进献、诸道进奉；打击宦官专权，首禁"宫市"和"五坊小儿"。宫市即由宦官到市场购置物品，实际上就是打着朝廷的旗号巧取豪夺，"五坊小儿"是专门为宫廷饲养宠物的宦官，日常欺压百姓、胡作非为。除了禁此两项，顺宗还停了宦官郭忠政等十九人的俸禄，肃清风气。但这对宦官一派还不是最激烈的打击，革新派还计划从宦官手中夺回禁军兵权，并任用老将范希朝为京西神策诸军节度使，韩泰为神策行营行军司马。此外，新政也触及一些藩镇的利益。值得一提的是，剑南节度使韦皋企图同王叔文做暗中交易，以扩大势力范围获取自己对新政的支持时，王叔文断然拒绝，可见其革新的决绝。

据《顺宗实录》记载，革新派的新政在民间反响热烈，"人情大悦""百姓相聚欢呼大喜"。柳宗元时任礼部员外郎，负责文书起草、参与决策决议。一直秉持"大中之道"的他，以笔代刀，对荒草丛生的弊政大加挞伐，写了不少代表改革派主张的"战斗文"。但由于最终改革的失败和定性，柳宗元此阶段的大部分作品未能保存下来。

王叔文一派不缺动力，初衷也是好的，但似乎缺少一些运气和更加沉稳的布局考量。运气上，一是李诵中风失音，让新政最重要的支持力量大打折扣；二是新旧角逐的关键时期，王叔文母亲病逝，使得他不得不暂时离开权力中心，给了对手机会。实力上，王叔文集团集结的多是士人中的庶族和"寒隽"，根基薄弱，有笔无剑，一套组合拳下来，迅速刺激了各种利益集团，一些本在革新阵营的老臣首鼠两端，纷纷倒戈，使得改革推行困难重重。

随着改革派收回军权彻底踩到了宦官的老虎尾巴，他们和守旧官僚、藩镇集结起来公开拥立太子李纯。王伾几番托人请奏让王叔文回朝不得，而与王叔文素有积怨的韦皋在六月上书朝廷请"皇太子监国"，宦官俱文珍等与其里应外合，同朝官响应。太子李纯于七月底监国，八月初四，唐顺宗被迫退位，初五改元永贞，初九李纯正式即位，为唐宪宗，史称"永贞内禅"。

不过一百四十六天，唐廷风云变幻。尽管此次改革发生在贞元年间，宪宗即位已是宣告了改革的失败，但按年号著录从后习惯，仍将此次改革称为"永贞革新"。

对于此次事件的定性，《顺宗实录》、新旧《唐书》均认为"二王"等是"擅权乱政"的小人，《资治通鉴》称他们是"有名而求速进者"。亦有观点认为，王叔文一党的出发点就是统治集团内部的利益纷争，比方说王叔文和大宦官李忠言也有所勾结，算不上是一场真正意义上的改革。但不可否认的是，"永贞革新"在客观上为腐败的中唐带来了短暂的活力，唐宪宗在执政后施行的一系列"中兴"举措，在很大程度上也可以视为"永贞革新"的延续。对于此次事件，直到清代，才有如王鸣盛等人为其说公道话。在《十七史商榷》中，王鸣盛列举王叔文所实行的诸条"善政"，认为王叔文试图通过"内抑宦官，外制方镇"来"摄天下之财赋兵力而尽归之朝廷"，"叔文行政，上利于国，下利于民，独不利于弄权之阉臣，跋扈之强藩"。

但成王败寇，"二王"等人是没有历史解释权的。唐宪宗即位后，迫不及待地在第三天就宣布贬王叔文为渝州（今重庆）司户，王伾为开州（今重庆开州）司马。一个多月后的九月十三日，柳宗元、刘禹锡、韩泰、韩晔、陈谏、凌准、程异分别被贬为远州刺史。就在赴任途中，朝廷的追加惩罚跟上，将其再分贬为远州司马：柳宗元为永州（今湖南永州）司马，刘禹锡为朗州（今湖南常德）司马，其他几人包括韦执谊在内，分赴虔州、饶州、台州、连州、郴州、崖州等地，这就是历史上有名的"二王八司马"。多年后，王安石有言："余观八司马，皆天下之奇材也。"

成为"八司马"之一

在处置永贞党人一事上，宪宗显得有些迫不及待，且用力过猛。这一点，从"八司马"被贬的第二年，新帝即位大赦天下，却明文下诏"特别关照"可见一斑："左降官韦执谊、韩泰、陈谏、柳宗元、刘禹锡、韩晔、凌准、程异等八人，纵逢恩赦，不在量移之限。"（《旧唐书·宪宗本纪》）宪宗为何对革新派积怨如此之深？其实很简单，宪宗并非昏庸之辈，对国家面临的问题亦有清醒认知，在唐顺宗中风、瘫痪的情况下，王叔文始终阻挠其即位，等于站在宪宗的对立面。宪宗即位后，决心"以法度制裁藩镇"，唐朝出现短暂的统一，史称"元和中兴"。但由于宪宗帝位由宦官拥立，唐传奇《辛公平上仙》就影射顺宗是遭宦官软禁后被谋杀，并非自然死亡，这让宪宗的处境颇为尴尬。他重用宦官，甚至允许其势力深入军队，留下了隐患。总之，"永贞革新"虽然历时较短，但涉及的利益范围十分复杂，不仅成为中晚唐之际一大标志性事件，也扭转了大多数人的命运。柳宗元便是其一。

唐代对政治斗争失败的朝官，惩罚严厉，往往置之边郡远州，而把它作为一项国策定下来的则是开元贤相张九龄。刘禹锡《读张曲江

遣使赈恤，18世纪《帝鉴图说》彩绘插画。讲述南方大旱，唐宪宗李纯命人赈灾，并告诫：宫中用度，哪怕是一匹布，也要登记；唯独赈灾物资，可以不计所费。你们命官更不可忘了朝廷使命而只顾着游山玩水。宪宗虽对"永贞革新"党人重拳处置，但其即位后延续了诸多革新措施，颇见成效，使得藩镇割据局面也暂告段落，史称"元和中兴"。

集作并引》说："世称张曲江为相，建言放臣不宜与善地，多徙五溪不毛之乡。"拿柳宗元任职的永州司马为例，全称是"永州司马员外置同正员"，按制为正六品上。这个官职的性质，白居易《江州司马厅记》中有段陈述："刺史守土臣，不可远观游；群吏执事官，不敢自暇佚；惟司马绰绰，可以从容于山水诗酒间……州民康，非司马功；郡政坏，非司马罪，无言责，无事忧。"也就是说，"司马"是专门给被贬官员准备的闲职，是地方政府里的"透明人"。

被贬这年，柳宗元才三十二岁，曾经的美好愿景似乎在他眼前蒸发了，从"超取显美"的热门人物到"自度罪大"的流囚，让他如坐过山车一般领略到了人间真实。他说自己弄得"群言沸腾，鬼神交怒"，一时间似是意难平，但冷静下来反倒想通了。总结教训：一是自己所行之事确实触犯了权贵利益招致骂名；二是自己"年少好事，进而不能止"，"性又倨野，不能摧折"，因为正直清廉，留下了一些宿怨。思想上的成熟，却再无用武之地，这才是人生最悲哀的。尽管我们现在已经知道，柳宗元的仕宦人生只有这一起一落，但彼时正值壮年的他并未丧失希望，还期待着再次"沉浮"。有人说，"贬谪"二字最锥心的地方不在远离故土，而在于与曾经所处的政治权力中心彻底隔绝，实在贴切。难能可贵的是，尽管柳宗元将政治生命看得如此之重，但在王叔文失势已成定局时，柳宗元仍能主动为其病故母亲撰写碑志，并在其中称颂王叔文，可谓君子坦荡荡。在王叔文被贬第二年遭赐死时，柳宗元也敢于在文章中表达自己与王叔文"亲善"的关系，可见自始至终，他都不为所行后悔。

"家国不幸诗家幸"，此刻在他个人命运上也得到了印证。"永贞革新"的失败，给柳宗元带来巨大打击，但正是这重重的一击，放开了他思想的闸门，一位文坛巨匠在南荒之地就此崛起。一般放臣逐客，"一旦弃置远外，其忧悲憔悴之叹，发于诗什，特为酸楚，极有不能自谴者"。而柳宗元却完成了自我超越。如韩愈说："子厚斥不久，穷不极，虽有出于人，其文学辞章，必不能自力以致必传于后，如今无疑也。"全将永州"囚荒"视作锻炼。

永贞元年（805）九月，柳宗元黯然离开长安，与他同行的还有六十七岁的母亲卢氏、堂弟柳宗直、表弟卢遵等人。其妻杨氏在结婚三年后就去世了，他的两个姐姐也在此期间陆续去世。在失去了两个女儿后，面对独子的坎坷，卢氏仍能对其说出"明者不悼往事，吾未尝有戚戚也"这样的宽解之语，可见格局。

虽不算孑然一身，但也是闻者同悲。此次从长安经蓝田前往贬所，一行人经襄阳到江陵，换乘船行，渡过洞庭湖，泛舟于湘水之上。冬季江面上，寒风彻骨，满目凋敝。三十五年前的大历五年（770），大唐另一个伟大的灵魂——杜甫在此离世，不知柳宗元行至其间，是否与先辈有过隔空的对话，该如何在接下来的时日自处。

年底，柳宗元一行终于到达永州，这里距离长安3500多里，位于今湖南和广西、广东交界处，崇山峻岭间。初来乍到，柳宗元既无公务，也无官舍。当时永州很荒僻，人烟稀少，疾病流行，虫蛇出没。安史之乱后，永州人口锐减，元和初年，全州仅有894户人家。柳宗元和家人选择借住在城内的龙兴寺，他本以为无须常住，可没想到一待就是四年。来永州第二年，母亲的去世让他悲痛万分，在《与顾十郎书》中悲凉道："长为孤囚，不能自明。"

元和四年（809），柳宗元为母守丧期满，又到了贬官五年的"窗口期"。按惯例一般贬官在第三到五年时会有一次"减刑"似的变动，且恰逢皇太子册立大赦天下，柳宗元一连给长安亲友写了好几封信，希望能助他回朝。奈何，朝廷已经将"八司马不在赦免之列"立为铁律。这回他似乎才意识到了问题的严重性，不再抱有幻想，而是考虑用另一种方式安定下来。

古文运动接力棒

柳宗元在《与杨京兆凭书》中自叙创作经历："宗元自小学为文章，中间幸联得甲乙科第，至尚书郎，专百官章奏，然未能究知为文之道。自贬官来无事，读百家书，上下驰骋，乃少得知文章利病。"这里说自己早年不知为文之道明显是过谦了，但从政治舞台退场，让他更好地投身"古文运动"，却是实情。

此前的803年，就在柳宗元拾阶而上授监察御史时，韩愈却因上《御史台上论天旱人饥状》得罪京兆尹李实被贬阳山县令。805年，柳宗元被贬永州司马，韩愈却获赦免，授江陵法曹参军。二人在职场几乎完全错过。由于李实早年与刘、柳皆有交集，韩愈多少有些牵怨。思想上，韩愈坚定排佛，而柳宗元人生态度上又接受佛教教义；韩愈赞成天人相应，柳宗元主张天人相分。两个从各个方面看起来都应该是对头的人，却以"文以明道"为共同的奋斗目标。其中，柳宗元所倡导的"道"，是儒家的"圣人之道"。他与历史上很多士大夫一样，以佛教教义自我开解，但在政治领域，却选择坚持儒家的信条。

韩、柳二人在哲学、史论领域多有异见，但正是这种思想火花的碰撞让政治阴暗下的中唐文坛硕果累累。对于作文，二人互相欣赏，韩愈赞柳宗元文"雄深雅健似司马子长，崔、蔡不足多也"；当世人对韩愈《毛颖传》颇有微词时，柳宗元也大力为其声援。尽管柳宗元不赞同韩愈《师说》之道，说自己"仆才能勇敢不如韩退之，故又不为人师"，但还是将"古文"的写作经验在南方广泛宣传，写成《答韦中立论师道书》《报袁君陈秀才避师名书》《报崔黯秀才论为文书》等著名的论文八书。在《答韦中立论师道书》中，柳宗元曾说："故吾每为文章，未尝敢以轻心掉之，惧其剽而不留也；未尝敢以怠心易之，惧其弛而不严也；未尝敢以昏气出之，惧其昧没而杂也；未尝敢以矜气作之，惧其偃蹇而骄也。"将对写作一事的严谨传递其中。他又现身说法，自己少时作文"以辞为工"，现在才知"文者以明道"。是故"衡湘以南，为进士者，皆以子厚为师。其经承子厚口讲指画为文词者，悉有法度可观"（韩愈《柳子厚墓志铭》）。在古文运动上，二人可谓珠联璧合，如果说韩愈有揭竿之功，那柳宗元便有发扬之力。

职场上的柳宗元，所作之文多为革新事业服务，应用大于自我表达。贬谪之际，给了他真正沉淀思考、自由挥洒的空间。在永州，他写过一篇《乞巧文》，以讽刺笔法，对当时社会上佞媚巧诈的行为和作风进行了淋漓尽致的揭露和抨击。其中有一段是针对"文巧"的：

> 眩耀为文，琐碎排偶。抽黄对白，噂㕮飞走。骈四俪六，锦心绣口。宫沉羽振，笙簧触手。观者舞悦，夸谈雷吼。独溺臣心，使甘老丑。罟昏莽卤，朴钝枯朽。不期一时，以俟悠久。旁罗万金，不鬻弊帚。跪呈豪杰，投弃不有。眉矉顑颔，喙唾胸呕。大赧而归，填恨低首。

也是从此文中，衍生出了"骈四俪六"的说法。

《河东先生集》，唐代刘禹锡编订，现藏国家图书馆。柳宗元与刘禹锡同因"永贞革新"被贬，惺惺相惜，柳宗元离世前将毕生诗文托付刘禹锡整理成书以传后世。

除了探讨文学形式和风格的作品，永州十年，柳宗元还写出一批高水平的、标志着一代思想高度的理论著作，其中包括早在长安时期即已起草、此时定稿的《贞符》，以及《封建论》《非国语》等。柳宗元文章的精妙，大部分也存在于其"思辨"之功中。如章士钊在《柳文指要》中就曾说："尝论自贾谊司马迁以下，逮至中唐，论辩第一胆大者，应推子厚，以子厚敢于非圣，敢于反经而无所顾恤也。"苏轼对柳宗元的"论"力也是极为推崇："宗元之论出，而诸子之论废矣。虽圣人复起，不能易也。"

《封建论》是柳宗元著作中最长的论文，文章中心思想就是郡县制和分封制孰优孰劣。除了文学价值，这一名篇对于当时受藩镇割据的大唐王朝也有着巨大的现实意义。"封侯建国"，是为封建。分封和郡县，是专制制度下两种不同的政治体制。这个经典论题并非柳宗元独创，而是自打秦朝有郡县制的那天起就存在了，历代文人也是趋之若鹜。东汉著名史学家班固认为：分封是圣人之法，周行分封制存在了八百多年，秦用郡县才运行了二十年，高下立现。此后西晋陆机等人也都站队分封制。直到柳宗元落笔，才一改分封派占上风的局面。

针对圣人古法、秦制短命这两个主要论点，柳宗元是这么写的：

　　彼其初与万物皆生，草木榛榛，鹿豕狉狉，人不能搏噬，而且无毛羽，莫克自奉自卫。荀卿有言："必将假物以为用者也。"夫假物者必争，争而不已，必就其能断曲直者而听命焉。其智而明者，所伏必众，告之以直而不改，必痛之而后畏，由是君长刑政生焉。故近者聚而为群，群之分，其争必大，大而后有兵有德。又有大者，众群之长又就而听命焉，以安其属。于是有诸侯之列……故封建非圣人意也，势也。

针对分封是圣人古法，他从人类社会诞生起开始分析，人们为了生存必须"假物以为用"，借助物质的作用，借用外物必然引发社会矛盾，在解决矛盾的过程中，慢慢形成了首领，乃至天子、诸侯。"封建非圣人意也，势也"，则创造性地为人们提出了新的视角。

接着，他又列举唐行郡县两百多年的政治实践来说明国运长久和施行分封还是郡县无必然联系，又进一步阐释"制"和"政"概念间的差别。周朝是"失在于制，不在于政"，而秦朝是"失在于政，不在于制"，即周朝失败的原因在于封建制这个制度问题，而秦的郡县制度是成功的，失败在于残酷的刑罚和繁重的劳役，这是政治问题。他指出中唐困局的本质："失不在于州而在于兵，时则有叛将而无叛州。"不是朝廷对州县失去控制力，而是无法控制军队，并向朝廷提出具体建议，即"善制兵，谨择守，则理平矣"，为时下的藩镇割据问题给出了答案。整个分析冷静客观，逐个击破，高屋建瓴地总结一切根源都在于"势也"，达到升华。此后无论欧阳修作《新唐书》，还是司马光作《资治通鉴》都采纳了柳宗元在此文中的观点，及至宋代史家也多将"封建非圣人意也，势也"奉为圭臬。

《封建论》发表后引起轩然大波，士大夫们围绕封建制与郡县制展开激烈讨论。令柳宗元感到鼓舞的是，也许是受到启发，唐宪宗启动了削藩战争，他平定西川、伐成德、灭淮西、收复淄青，其中最传奇的战役，就是闻名于世的风雪夜袭蔡州。

《六逆论》则从另外一个侧面表现了柳宗元要求变革的政治主张，文章讲的是用人的问题，即主张吐故纳新，举贤用能。论题取自《左传》，所谓"六逆"之说即"贱妨贵、少陵长、远间亲、新间旧、小加大、淫破义"的不当。柳宗元针对这一说法，针锋相对地提出了不同的见解。他主张在"择嗣"和"任用"两个方面都应该以"圣且贤"为标准，在继承王位上，出身卑贱的可以代替出身高贵的；在任用人才上，疏远的、新进的可以代替亲近的、故旧的。此论一出，必定躺枪无数，但此时远在永州天高皇帝远的柳宗元，似乎胆识和文才都担得起这样的内容了。

文字工作者的学习标本

柳宗元作文，重思辨、讲逻辑，特别是散文中的议论文，往往出奇制胜，击中要害。更难能可贵的是，即便远离朝堂，他依旧能以入世的心态要求自己，通过各种散文体裁铺陈出其"为生民而已"的心态。如在赠序文《送宁国范明府诗序》和《送薛存义序》等文章中，柳宗元就提出了"吏"是"民役"，而不能"役民"，告诫地方官员应牢记自己的职责：做官即是做人民的仆人，不是人民的主子。

韩愈为史馆修撰时，柳宗元回忆起其入仕前在邠州所遇太尉段秀实，选取其勇服朔方将领郭晞、仁愧焦令谌、节显治事堂三件逸事，撰写了《段太尉逸事状》寄送韩愈。文中不着一句议论，用写实手法，刻画出段秀实正直官吏的形象，文学价值和史学价值俱佳。状，为古代叙事文体的一种。"吾文宜叙事"，则是柳宗元在《送班孝廉擢第归东川觐省序》中引述的别人对他文章的评价。也就是说，柳宗元不只是个优秀的辩手，还是个非常会讲故事的人。缜密的逻辑、丰富的想象力，也是今天的文字工作者非常值得学习的品质。

清抄本《唐柳先生文集》之《捕蛇者说》，现藏国家典籍博物馆。在柳宗元的这一散文名篇中，他以捕蛇者的经历衬托赋税之毒，文笔犀利，千百年来一直广为传颂。

在永州之前，柳宗元久居长安大都市，对社会底层少有触及。被贬永州，让他有更多的机会接触小人物，生发出更多思考。相关作品尤以《种树郭橐驼传》《宋清传》《梓人传》《捕蛇者说》为人所熟知。《种树郭橐驼传》一开头用简单的笔墨写了一个驼背残疾人种树"硕茂，早实以蕃"的高超技巧，然后又借用他的口，说出善于顺木之性的诀窍"能顺木之天，以致其性焉尔"，批判了"虽曰忧之，其实仇之"的错误做法，进而引申出治理天下要遂人之欲的结论。《梓人传》也同样运用了虚构和想象，从梓人指挥工匠造房子联想到治国的道理。可以看出，他很擅长从一个小切口吸引读者的注意力，形象地引出自己的最终结论，言之有物，切忌空谈。"大约从韩、柳以后，古文的一体，便正式成为文学的散文了。凡欲为文士，欲得文名传于后世，便非作古文不可。"

柳宗元的散文还特别讲究开头和结尾，能做到"忽然而来，戛然而止"。如林纾在《韩柳文研究法》中说道："（柳宗元）每于一篇文之中，必有一句最有为量，最透辟者镇之。"最为脍炙人口的就是《捕蛇者说》：

孔子曰：苛政猛于虎也。

因为参与"永贞革新"，新旧《唐书》给柳宗元的盖棺定论都是否定的。说他跟随王叔文，是"侥幸一时，贪帝病昏，抑太子之明，规权遂私"。顺着这种主流说法，此后几朝都对柳宗元有贬低政绩、褒扬文才的倾向。直至北宋范仲淹最早为王叔文说话，说他败在"人望素清"，史书以成败论人自有其局限性，才稍为"永贞革新"挽回差评局面。但即便是在作文上，后世对柳宗元也争议不断。概因他立论总是大胆新颖，是自汉至唐的"论辩第一大胆者"。也许这就是他自己所说的"众从之风，我从之火"吧！

"宗元无异能，独好为文章。始用此以进，终用此以退。"政治改革失败后，柳宗元把全部精力放在文学上，在纸笺天地实现未竟的理想。贬谪之地的困境，使他更亲近社会现实、关心民间疾苦，用多种多样的文学体裁表现"古文"之功，文以致用。十年"囚荒"生涯，就这样唤醒了这只中唐文坛雄狮。

（作者：刘瀛璐）

柳宗元在永州的前几年，长安亲故迫于压力不敢与之联系，导致他几乎真的有了深陷"囚笼"之感，仿若与世隔绝。直到元和四年（809），他才开始陆续收到来自朋友们的书信，仿佛有无尽的话要诉说。也是从信里，人们知道了他在永州过得有多差。

回忆起这几年的南荒生活，他说："居蛮夷中久，惯习炎毒，昏眊重腿，意以为常。"母亲病故后，他自己的健康状况也每况愈下，在当地得上了痞病，脾脏肿大，食欲不振，日渐消瘦，到后来记忆力减退，腿脚也不利落，幸得友人寄药，加上自己也开始研究医术，这才康复。但这么一折腾，他也是老态初现了。

离开的希望似乎越来越渺茫，从龙兴寺搬到法华寺西亭去住似乎也不是长久之计，元和五年

（810），柳宗元终于有了新的打算。

山水游记之变

都说"一切景语皆情语"，柳宗元在前往永州途中所著《惩咎赋》中，所见洞庭湖两岸景物皆为"霾曀""淫雨""哀猿"；到永州心情平复后，又作《梦归赋》，描绘日光从阴云中崭露头角，阴霾散开并逐渐消失之景。在永州生活第五年时，柳宗元也已经开始有意识地在永州的自然之美中寻求精神寄托了。

元和四年（809），柳宗元和友人吴武陵、族弟柳宗玄等人一起，游历了当地西山。作为此次游历的产物，《始得西山宴游记》《钴鉧潭记》《钴鉧潭西小丘记》《至小丘西小石潭记》四篇游记得以完成，是为柳宗元后来享誉文学史的"永州八记"的前四记。

也许是山水明媚可爱，让他念念不忘，干脆在城郊冉溪买了一块地，自建新居。元和五年，柳宗元乔迁，并且把与房屋有关的周围的一切都用"愚"命名。冉溪为愚溪，小丘为愚丘，泉水为愚泉，引泉水来的沟渠为愚渠，截泉水而成的池塘称愚池，池的东面建愚堂，南面立愚亭，池中有一小岛称愚岛，此为"八愚"，还特写有"八愚诗"刻在岩石上。柳宗元简直是给自己打造了一个"愚"文化主题家园，私享配套风景。

安居之后，柳宗元依旧在山水间流连忘返。元和七年（812），他深入永州西山密林中，穿山越岭，完成了"永州八记"的后四记：《袁家渴记》《石渠记》《石涧记》《小石城山记》。次年，他又游历了永州东郊的黄溪，写下《游黄溪记》。

至此，柳宗元的山水游记渐成规模，后世读罢，评价颇高。须知山水文肇始于魏晋，成熟于唐宋，盛唐诗人元结有《右溪记》一文，是游记体文学的开山之作。之所以说柳宗元的山水游记是该类文体的"最高峰"，原因之一，就是他摆脱了以往文人以山水排遣内心愤懑、于山水间寻求解脱的窠臼，"他不是寻求超脱于社会的自然，而是欣赏与现实黑暗社会对立的自然"。借助散文在句式方面自由表达的长处，柳宗元可以放手将情景结合，在山水诗外开创了崭新的表达平台。

他写景"善造语"，水声"如鸣佩环""响若操琴""类毂雷鸣"，流水"来若白虹""流若织纹""斗折蛇行，明灭可见"，皆不落俗套。这就像看惯了一个人肆意挥洒狂草，再看其写下蝇头小楷的反差，可粗可细，各具美感。他写山水，也是在写自己。如《小石城山记》，上半部写美景，下半部写的全是对美景被留置在蛮夷之地的惋惜：

> 噫！吾疑造物者之有无久矣。及是，愈以为诚有。又怪其不为之中州，而列是夷狄，更千百年不得一售其伎，是固劳而无用。神者傥不宜如是，则其果无乎？或曰："以慰夫贤而辱于此者。"或曰："其气之灵，不为伟人，而独为是物，故楚之南少人而多石。"是二者，余未信之。

反观柳宗元本人，不正和这贬谪地的山水一样身处蛮荒，无人问津和赏识吗？别人写山水是为了解决问题，到了柳宗元这里，却变成了惺惺相惜。

再说其笔下的"愚"。正话反说，是柳宗元行文的惯用技巧。这目之可及的"愚",不是自嘲又是在说什么呢?在《愚溪诗序》中,作者阐释之所以将所遇到的溪、丘、泉、沟、池、堂、亭、岛统统冠以"愚"名,原因就在于它们"无以利世,而适类于余"。然而,造成其无以利世的真正原因却是世之所弃,无法利世。"今余遭有道,而违于理,悖于事,故凡为愚者莫我若也。"也是在这篇序里,他借愚溪道出了自己真实的内心:

> 虽不合于俗,亦颇以文墨自慰,漱涤万物,牢笼百态,而无所避之。以愚辞歌愚溪,则茫然而不违,昏然而同归,超鸿蒙,混希夷,寂寥而莫我知也。

明代茅坤说过:"夫古之善记山川,莫如柳子厚。"山水文字与现实政治距离最远。文人倾慕山水,常常为了求得物我两忘,借此忘记现实。但柳宗元内心深处本就不愿忘记现实,也不愿脱离现实。他一边为山水作记,一边将自己的命运投射其间,让山水也有了生命线。与其说是山水游记,倒不如说是替山水代言写下的抒情诗。

寓言成为独立文体

不难看出,在永州期间,柳宗元的愤懑其实一刻都没有减少。在龙兴寺里,他望着脚下的流水,条件反射般想到的竟然是"要津"。要知道要津本指河道上的重要渡口,也可比喻担任要职。他作《苦竹桥》:"谅无要津用,栖息有馀阴。"大意是说不能再被朝廷重用的我,暂时栖息此地也无妨吧。言外之意,对重返职场还是抱有期待的。正是因为抱有这样的期待,他才未敢忘忧患,开发出更多的写作形式来作"有用"之文。

中国古代很早就有寓言这种文学形式，即用简短故事来说明一个道理，以此警示世人。比如《诗经》中有《鸱鸮》；先秦时期，《孟子》《庄子》《战国策》《吕氏春秋》里也涌现出如愚公移山、揠苗助长、南辕北辙等脍炙人口的寓言故事，但这一时期的寓言只是作者丰富表达的手段，很少单独成篇，不是独立的文学形式。在这方面，柳宗元率先将寓言作为一种独立文体进行创作，有开山之功。

柳宗元的寓言作品大概有十多篇，以《三戒》——《临江之麋》《黔之驴》《永某氏之鼠》，《蝜蝂传》《罴说》《鹘说》最为人瞩目。不仅如此，几乎所有的寓言作品都是柳宗元在被贬永州之后所作，也使得其天生带着忧心社稷的无奈色彩。

"三戒"即三种应该引以为戒的事情，在序言中，柳宗元将自己的创作意图陈述得很明确：

> 吾恒恶世之人，不知推己之本而乘物以逞，或依势以干非其类，出技以怒强，窃时以肆暴，然卒迫于祸。有客谈麋、驴、鼠三物，似其事，作《三戒》。

这就点明了其创作意图有反思的一面，某些人不知道考虑自己的实际能力，而只是凭借外力来逞强；或者依仗势力来激怒比他强的对象，趁机胡作非为。"三戒"中，"黔驴技穷"可谓普及率最高。文中写虎在一次次的试探中终于突破自我设限，吃到驴肉，画面感极强：

> 益习其声，又近出前后，终不敢搏。稍近，益狎，荡倚冲冒，驴不胜怒，蹄之。虎因喜，计之曰："技止此耳！"因跳踉大㘎，断其喉，尽其肉，乃去。

老虎的小心翼翼、恍然大悟，驴的妄自尊大，都在这短短几十字里活灵活现，让人不得不同意作者所总结的，为驴之无知而悲。有人分析认为，"驴"的命运象征的正是王叔文党人的失败，过早的锋芒毕露等同于虚张声势，结果只有"卒迫于祸"。

柳宗元笔下的寓言表现活跃，不仅艺术形象多样，也充满了复杂的情节安排。他天马行空地想象出"蝜蝂"这种爱负重攀高的小虫子，它们的欲望永无止境，穷尽一生不过是要拿更多的东西、爬向更高的去处，到筋疲力尽时，只能以摔死收场。《临江之麋》写群犬第一次见到麋鹿时垂涎欲滴，但因慑于主人威势而不敢无礼，仅以"与之俯仰甚善"，然又"时啖其舌"，刻画出其矫情作态和本性难掩。除了想象力丰富，柳宗元寓言的现实针对性也很强。像《罴说》，便是讽刺唐朝廷"不善内而恃外"，采取"以藩治藩"办法的失策；《鹘说》，歌颂鹘鸟受恩图报的"仁义"之心，揭露当时官场中的以利忘义的恶劣风气；《永某氏之鼠》，批判了虐物害人的寄生者，又抨击了纵容它们作恶的人。从某种程度上来讲，柳宗元身已动，但心未远，其目光所及，一直在大唐的未来前途上。

此外，他的寓言还以"峻洁"著称，即靠凝练的语言将结构处理得短小精悍，呈现出"增之一分则太长，减之一分则太短"的美感。除少数几个有人物传记性质的寓言，如《河间传》《宋清传》篇幅稍长之外，其余长不过四五百字，短则仅几十个字。郑振铎在《寓言的复兴》中，给予柳宗元寓言这样的评价："犹如在北地见几株翠柳绿竹临风摇摆，至可珍异。"

从柳河东到柳柳州

元和六年（811），吕温病故。因为"永贞革新"时恰好被外派，使得他是唯一没受到牵连的王叔文党人，也是唯一还可保有仕途期待的人。他的离去，加重了柳宗元的孤独感。此时，他已"看山不是山"，那重峦叠嶂简直就是囚禁自己的高墙，便有了《囚山赋》：

> 匪兕吾为柙兮，匪豕吾为牢。积十年莫吾省者兮，增蔽吾以蓬蒿。圣日以理兮，贤日以进，谁使吾山之囚吾兮滔滔！

且不说至亲好友在十年内相继离他而去，就连想找一个满意的伴侣都是难上加难。这十年里，朝廷政局也始终动荡不安。其间也有人为刘柳说情，毕竟一贬十年并不多见，但唐宪宗的执念横亘其中，难以改观。直到元和九年（814），曾经支持过永贞新政的韦贯之出任宰相，柳宗元故人崔群、裴度等也在朝中得势，从客观上松动着朝廷对刘柳等人的口风。随着藩镇割据势力和中央矛盾的加剧，唐王朝山雨欲来风满楼，趁着这个机会，韦贯之主导，朝廷发出了召回"八司马"的诏令。不过物是人非，凌准、韦执谊都已去世，程异早有调用，柳宗元与其他四人被召回。

得到调令的柳宗元欣喜若狂，"疑比庄周梦，情如苏武归"。当年几乎用了半年的来程，此次他和刘禹锡只花了不到两个月就抵达了长安。十年前来永州，路过汨罗江时，他曾写下《吊屈原文》，当时满怀悲壮。而今再过汨罗江，却转为"为报春风汨罗道，莫将波浪枉明时"的时不我待之感。

还未等柳宗元脑海中的未来图景徐徐展开，一个插曲就戳破了这美好的泡沫。毕竟，以宪宗为首，朝中还是反对二人的居多。刘禹锡回程途中，写了一首《戏赠看花诸君子》，有句"玄都观里桃千树，尽是刘郎去后栽"被别有用心之人拿来做文章，揪住其无悔改之意不放，说其意在讽刺那些因反对"永贞革新"而官运亨通的新贵。宪宗是乐于看到这种局面出现的，或者说就算没有刘禹锡一事，也会找个其他由头阻拦其回朝。于是，柳宗元他们二月回长安，三月就又接到了让五人全部出任远州刺史的诏令。

此次，柳宗元被任命为柳州（今广西柳州）刺史，似升实降，愈发远离权力中心了。刘禹锡被分到播州（今贵州遵义）做刺史，更是艰难险阻之地。面对刘禹锡此次的"坑队友"之举，柳宗元并无抱怨，反而是考虑到刘禹锡尚有八旬老母需要侍奉，主动提出要与其调换驻地。所幸裴度前去说情，以皇帝要侍奉太后的例子令宪宗推己及人，于是刘禹锡被换到连州任刺史。通过此事，柳宗元为人情深义重，足以见得。

六月，踏上柳州土地的那一刻，柳宗元反问自己，难道在这里就不能有所作为吗？面对层层加码的困境，他终究没有消沉。他废除了当地买卖奴婢的风俗，推广中原生产技术，普及文化教育，提倡医学，改善汉族同少数民族关系等，让柳州在其治下得以焕然一新。实践足以说明，柳宗元是有治世之才的。通过他四年的整顿，柳州"民业有经，公无负租，流逋四归，乐生兴事；宅有新屋，步有新船，池园洁惰，猪牛鸭鸡，肥大蕃息；子严父诏，妇顺夫指，嫁娶葬送，各有条法；出相弟长，入相慈孝"，一派欣欣向荣。为了怀念柳宗元的政绩，宋代柳州便建有"思柳亭"，今天柳州市的柳侯公园内，还有清代重建的"思柳轩"。

挚友间的送别

元和十三年（818），柳宗元和朋友饮酒时预言自己命数将在第二年来到："吾弃于时，而寄于此，与若等好也，明年吾将死。"大概是久病成医积累的经验让他有了这样的预感，他从容地整理好作品，寄托给刘禹锡。也是在这一年，柳宗元的朋友李夷简升任门下侍郎、同中书门下平章事，柳宗元主动写信给李夷简，几乎是以恳请的口吻说："日号而望者十四年矣"，"仰望于道，号以求出"。结果，这件事一直拖到了一年后才得以解决。在元和十四年（819）十一月八日这一天，四十六岁的柳宗元因病离世，而此时，敕召他回京的文书已经在路上，流落十五年，他终究没等到重新回到长安的那一天。

在临终前给刘禹锡的寄信中，柳宗元托付给其两件事，一是将他安葬在长安万年县柳家先人墓地，一是请求其照顾自己的两儿两女。柳宗元何时再婚，史无明确说明。据传是因为对方并非士族，为了保有自己仅存的"体面"，柳宗元没有说明。留下的儿女，大儿子名周六，只有四岁；小儿子名周七，是个遗腹子。另有两女，仍在年幼。刘禹锡对此承诺，必"同于己子"。

韩愈得到柳宗元离世的消息时，已经因《论迎佛骨表》一事被贬至潮州，听之痛心疾首。韩愈奉柳宗元（一说刘禹锡）之托，写作《柳子厚墓志铭》，全面讲述了其生平事迹、品德才华，被称为"墓志中千秋绝唱""昌黎墓志第一"，其中很多名句都于今日被引用为对柳宗元的重要评价和研究史料。长久以来，人们对韩柳的比较一直喜闻

祭柳员外文

刘禹锡

维元和十五年岁次庚子正月戊戌朔日孤子刘禹锡衔哀扶力谨遣所使黄孟荚具清酌庶羞之奠敬祭于亡柳君之灵呜呼子厚我有一言君其闻否惟君平昔聪明绝人今虽化去夫岂无物意君所死乃形质耳魂气何托听余复陈呜呼痛哉涕言情深礼至欸密重复期以中路更申镇言途次衡阳云有柳使谓后前急承讣书惊号失叫如得狂病良久问故未言先坠绝之音凄怆惨怛如得其闻讣书惊号百哀攻中涕泪迸落视魄震荡伸纸写君遗书绝缕之音凄惨惨骨初遗嗣闻知其故未言归轊徙树先坼讣此未至事朋友涧落从古所悲不图此安平宜英会有迁使悉已命所图以义已命所于义已命所持书经行友道尚当必加厚道命改牧宜阳亦驰一函候于便道勒石垂后属于伊人数事在吾徒多远鄂渚越有柳使谓前约急承讣书惊号失叫如得其闻讣书安平宜英会有迁使悉已如礼形于其书鸣呼子厚此是何事朋友涧落从古所悲言可为君失意况伏远郡近遇国士方伸眉头亦见遗草恭辞备府悲气相感必瑜此申朝常伦顾余负罍营奉方重犹先前路望桂水买我故人讯云宿草此憨何极鸣呼子厚卿真死矣终以此知悲无益我深吉鸣呼晡临就别次南望魁方重犹先前路望桂水买我故人讯云宿草此憨何极鸣呼子厚忍此胡梦匕求思知我深吉鸣呼无相见矣夫何人不老使君天死皇天后土胡梦匕求思知我深吉鸣呼已君之不闻余心不理含酸执笔辄复中止誓使周六同于己子魂匕来思知我深吉鸣呼哀哉尚飨

公元八一九年十一月

公元一十九百八十八年十月

康庄书丹

乐见。宋代晏殊曾说："韩退之扶导圣教，划除异端，是其所长。若其祖述坟典，宪章骚雅，上传三代，下笼百氏，横行阔视于缀述之场者，子厚一人而已。""韩如海，柳如泉"，尽管二人在写作态度、"明道"方式上存在着或多或少的分歧，但可以肯定的是他们终究还是互相欣赏的。

尽管已有心理准备，但刘禹锡没有想到这一天到来得这么快，他在扶母灵柩回洛阳的途中，接到柳宗元的讣告，一时间不能接受，痛苦"如得狂病"。到达洛阳后，他"南望桂水，哭我故人"，数次因悲痛无法下笔，耗时许久才将《祭柳员外文》完成。

柳宗元为官一生清贫，去世后的丧葬费都是靠人捐赠，才使得灵柩能够回归故里。纵览唐宋八大家，柳宗元的人生际遇似乎最为让人不忍卒读，但无疑他是唐代在散文创作上用功最多、创获最大的一位文学家。所谓"文章憎命达"，古人诚不我欺。

（作者：刘瀛璐）

欧阳修

挥毫万字，一饮千钟

　　宋仁宗景祐年间（1034—1038），尽管完全摆脱了"大娘娘"刘娥太后的压制，可皇帝赵祯还是明显感觉到，国事处理起来力不从心，干啥都不太得劲。得力干将权知开封府范仲淹等人开始化身显微镜，找朝廷的瑕疵，想着手干一番大事业。大才子欧阳修也积极参与其中。

　　然而，这次大业的旗帜还没拉起来，就被风呼呼吹倒，范仲淹老是提出各种尖锐的意见，说国家的政策和制度处处有问题，这不是明摆着说宰相不行吗？被冒犯到的宰相吕夷简也不客气，指责他在其位不谋其政，并随手扔了一顶"越职言事，离间群臣，引用朋党"的大帽给他。范仲淹马上收到降职书，被贬到了饶州（治所在今江西鄱阳）。

　　改革派不想失去这位舵手，纷纷不遗余力设法营救，此时，一个"反派"高调路过，他叫高若讷。此人时任右司谏，日常工作就是给皇帝提意见。在皇帝眼中，这个人大概就相当于今天的"杠精"。但就范仲淹被贬这件事儿，高若讷不仅没有开杠，还举双手表示坚决支持宰相，拥护皇帝陛下的最高指令，说范仲淹就该被贬。

这可把年轻气盛的馆阁校勘欧阳修气得不轻，当即也不继续向皇帝上书了，而是调转方向，把矛头指向高若讷，并亲笔写了篇骂人不带脏字的大作——《与高司谏书》。

古代的"与某某书"，是"给某某的信"的意思。也就是说，欧阳修不仅要骂人，还要挨骂的人自己来签收这封信，其实是用书信体写了篇政论文。

"他日为朝廷羞者，足下也"

欧阳修采用欲抑先扬的写法，先把高司谏高高捧起，说第一次听闻他的大名，还是在自己十七岁那年，当时朝廷张贴进士及第的红榜，放眼望去，榜单上都是学界的知名人物，可想而知，高司谏榜上有名，肯定也有真才实学吧？但欧阳修偏偏不按常理往下说，他话锋一转："而足下厕其间，独无卓卓可道说者，予固疑足下不知何如人也。""足下"，是对同辈人的尊称，"厕"字是这句话的点睛之笔，有参与、混杂的意思，你混杂在里面，没听说啥来头啊。可谓是用最彬彬有礼的语气，说最难听的话，开篇就是暴击。

随着时间流转，高司谏当上了低阶的监察官，欧阳修私下跟朋友们打听他的为人，别人给出的评价是："正直有学问，君子人也。"这下，欧阳修该信了吧？偏不，因为他认为"夫正直者，不可屈曲；有学问者，必能辨是非"。后来，欧阳修终于考上进士，有机会跟高司谏同朝为官了，他见到的高司谏是这样的："侃然正色，论前世事，历历可听，褒贬是非，无一谬说。"这样有见识的人，一般人都恨不得相见恨晚吧。高司谏看到这里该欣慰地摸着胡子憨笑吧？欧阳修终于认识到高的人品可贵了吧？并没有。欧阳修的态度是"虽予亦疑足下真君子也"——我都差点怀疑你是个真君子了。

从听说高司谏，到亲自与之相处，一共十四年，欧阳修三次怀疑了高司谏的人品，但这一次，他确定了，"今者推其实迹而较之，然后决知足下非君子也"。第一次定性，你就不是个君子！欧阳修继续说：范仲淹被贬后，他曾亲自登门跟高司谏见了一面，那一晚，聊得鸡同鸭讲，因为高司谏一直在说范仲淹的坏话。"予始闻之，疑是戏言"，我还以为你是开玩笑呢！但后来问了问共同好友，才知道你说的是真心话。好家伙，原来朝廷贬范仲淹，高司谏是真心赞同。

然而范仲淹"平生刚正、好学、通古今，其立朝有本末，天下所共知。今又以言事触宰相得罪"，这样一个优秀的大臣被贬，你高若讷竟然赞同，欧阳修发飙了，开启了连珠炮的指责："足下既不能为辨其非辜，又畏有识者之责己，遂随而诋之，以为当黜，是可怪也。"他又说，有人刚果，有人懦软，这是天性，改不了，圣人也不能要求别人去办他做不到的事；高司谏你家有老母，贪恋官位，怕丢了官没饭吃，因此不敢反对宰相，"此乃庸人之常情"。第二次定性，高司谏就是个庸人。

高若讷的态度其实很明确，他是以清晰的立场真心地认为范仲淹不行，从来没说自己是迫于形势才随波逐流，但欧阳修用自己的理解为高若讷设定一个"不得已"的靶子，然后再猛烈攻击："今乃不然，反昂然自得，了无愧畏，便毁其贤以为当黜，庶乎饰己不言之过。夫力所不敢为，乃愚者之不逮。"

接着，欧阳修用辩证的方法，对高司谏来了一套"左右互搏"。他质问高司谏说，范仲淹真的不是贤人吗？那这三四年来，他一路升官，天子每天都要跟他聊天，岂不是天子用了不贤的人？如果天子用人不对，你作为谏官，一开始咋不去阻止呢？那会儿你只浑水摸鱼，等到他现在"败"了，你跑来攻击他不行，你这是啥行为？

这一步步推理，一点点论证，逻辑清晰，言辞锋利。

不过，即使高若讷要求贬谪范仲淹是错误之举，欧阳修还是认为，这一步棋没有超过两分钟，是可以撤回的。所以，他回顾历史，举例西汉萧望之等人被杀的故事，当时也有人蒙蔽世人，到处宣传杀得好，可最后历史的公论证明，萧望之等人是朝廷的栋梁，而迫害他们的都被史书列入了大坏蛋之列，可见，一个人如果做得不对，死了都要被人常常拿出来鞭尸。"是直可欺当时之人，而不可欺后世也。"他以此威慑，希望高若讷能拯救一下自己的名声，为忠贞正义的人发声。

为了鼓励高若讷去发声，欧阳修还给他分析了一下当前言论自由的环境，"伏以今皇帝即位已来，进用谏臣，容纳言论，如曹修古、刘越虽殁，犹被褒称"。为什么偏要高若讷发言呢？因为，他身为谏官，说话再激烈，在法理上也是合法的。前面范仲淹被贬的其中一条罪名，就是"越职"发表意见，其他不在这个岗位的人发再多声援助范仲淹，也只能是给自己找"判头"。

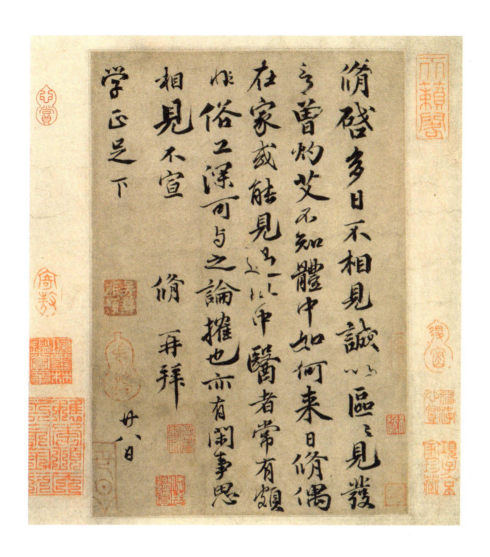

《灼艾帖》，宋，欧阳修，纸本，纵25厘米，横18厘米，现藏故宫博物院。释文："修启，多日不相见，诚以区区。见发言，曾灼艾，不知体中如何？来日修偶在家，或能见过。此中医者常有，颇非俗工，深可与之论権也。亦有闲事，思相见。不宣。修再拜，学正足下。廿八日。"

花箭中書東谷　　　攻字同韻若

右歐陽公嘉祐八年冬末詩按
昭陵以是年春晏駕十月復土時
厚陵再屬疾兩官情意未通故有攀髯路
斷憂國心危之句云
天頎出閣奉
入內內侍首取旨施行
出閣正當時事也
右兩行元在歐陽公詩彙之陰殆中書所錄省禪盖
神宗以是年九月封淮陽郡王政賜今名十二月乙亥
淳熙乙巳春□大謹記

歐公真蹟片紙而本朝相君私題官印鄭重如此
異代宜何如哉　後學張雨拜

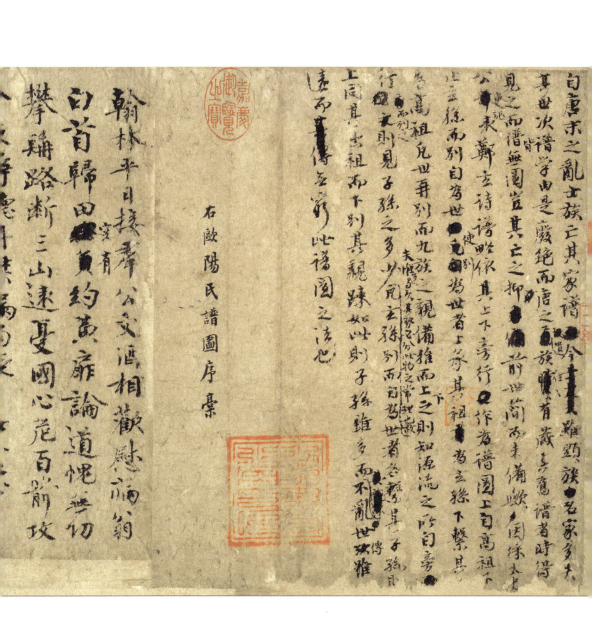

《行书诗文稿》卷，宋，欧阳修，纵30.5厘米，横66.2厘米，现藏辽宁省博物馆。此卷为欧阳修亲笔书《欧阳氏谱图序》和《夜宿中书东阁》。

本来，求别人说话，得有个良好的态度吧？满怀怨愤的欧阳修偏不，他直接威胁，说当下那么多士大夫越职给范仲淹发声援助，结果都被贬了，看着一个个正直的朝廷栋梁被贬，还心安理得当自己的谏官，简直是字典里没有"羞耻"二字。然后欧阳修又小小上一段威胁，"书在史册，他日为朝廷羞者，足下也"。你不为范仲淹发声，以后的历史记录里，小丑就是你自己。

写到这里，欧阳修情绪激动，所以，他并没有和缓地让高若讷自己决定接下来该怎么办，而是继续戳他的神经说，如果你认为范仲淹错了，你自己没错，那你就拿这封信去给皇帝看，让皇上判我的罪呀！清人张伯行评价这封信："公此书探其隐而刺之，四面攻击，直令他无逃闪之路。盖激于义愤，不自觉其言之过直也。至今读之，犹使人增气。谓其恶恶太过而惧其获祸，是将以巽懦为老成而后可也，岂知公者哉。"有些人觉得是因为欧阳修骂得太狠而获罪，那真是把欧阳修看低了。

收到这封实名骂战信的高若讷什么反应不得而知，但他"大方"地成全欧阳修，把信上交宋仁宗阅览。贬谪范仲淹，说到底是朝廷的主意，欧阳修对高司谏这么义愤填膺的态度，显然是对朝廷决策不满，于是欧阳修也被踢出大宋主群，去了夷陵（今湖北宜昌）当知县。

职场失意，兼职写书

古代文人被贬，就是要出作品的时候。古往今来，"不遇"是才子们文学作品的主要创作背景之一。今天课本上让人背诵全文的大作，大多写作于这种情绪低落时。不过，小词小调都只能抒发一时的情绪，于朋友之间唱和表达彼时心境还可以，真正的作用和影响力微乎其微。而欧阳修考虑的都是国家大事，是政治民生问题，就算沦落到了小地方，志气和雄心也没丢。所以，在此期间，他读了《易经》《礼记》《春秋》等儒家经典静心，然后边读边写读后感，出了不少有思想有内涵的论文。代表欧阳修易学思想的《易或问》第一篇就成稿于此时。

一段时间后，短篇文章发表了不少，但欧阳修还是觉得这些太过粗浅，不成系统，不能完全体现自己对政治、人事的观点和立场，必须要有个大的篇幅，才能在里面恣意挥洒才情，表达远见。技痒心痒的欧阳修琢磨着，要不写一部史书吧！他瞄准了刚过去不久的五代时期。

问题是，这项工作其实早就有人做了。历史是经验，也是教训。所以，每一个王朝刚开始，总要把目光放在刚刚过去的前朝，总结他们的兴衰成败，给本朝树立各种正反面教材。五代的历史，在宋太祖的时代，官方已经命薛居正等人领衔主修完成了。而且，当下天子并没有要推倒重修的想法，没有朝廷约稿，他怎么开工呢？

欧阳修倒也有信心，无论是司马迁写《史记》、班固修《汉书》，还是至圣先师孔老夫子作《春秋》，一开始不都是个人行为吗？要立言，就得向最优秀的先贤看齐。大约在景祐四年（1037）左右，毫无拖延症的欧阳修动笔了，一年后，完成了初稿，后来这部作品被称为《新五代史》。接下来，欧阳修进入了三十多年漫长的改稿过程。

且让他去慢慢改，我们来看看欧阳修为什么敢叫板前代，他作的《新五代史》有哪些创新？要达成什么目的？成效又如何？

作为传统儒学之下成长起来的人，欧阳修对至圣孔子始终怀揣着一颗葵藿之心，不能为他执鞭随镫，就只好心慕笔追了。所以，他这部史书，首先就要模仿孔子作《春秋》的特色，尽量让文字做到"简而有法"。简是文章简洁，有法则是对史料的取材和描述，有一定的史学讲究。

简约最先体现在字数减半上。欧阳修大刀阔斧对史料进行删减，整部《新五代史》总共只有74卷，比《旧五代史》的150卷，几乎是对半砍了。这一点，后来他奉命加入《新唐书》编辑群，主修《新唐书》的纪、志、表的时候，也是如此贯彻的。《旧唐书》的本纪部分有30万字左右，《新唐书》却只有约9万字。

字数相差这么大，得删多少资料呀？这就是欧阳修史料取材"有法"的标准。拿帝王本纪来说，记录标准是这样的："自即位以后，大事则书，变古则书，非常则书，意有所示则书，后有所因则书，非此五者，则否。"欧阳修认为，本纪并不是讲述皇帝如何过一生，而只是一张皇帝工作业绩报表，只需挑选他们在位时期的大事件记录，如某年某月地震，某年某月外国友人来朝，某年某月变革了一项制度等。至于私生活，就不配出现在这种正式场合了。当然，皇帝没有即位前的事迹，还是可以详细写写的，这有利于我们"三岁看小，七岁看老"，从他没当皇帝之前的个性、处事方法中，可以更好地了解他之后为政的作风。就这样，欧阳修笔下一位皇帝的一生，就变成了这位皇帝作为工具人的一生。

当然，欧阳修不可能只拿《旧五代史》做删删减减的编辑工作，他也注重适当增进内容，比方说在本纪中新增了边疆各族与五代的贡使关系；又有"四夷附录"三卷，记载奚、契丹、吐浑等边疆民族的情况，其中契丹占了两卷，真实反映了华北诸王朝面临的严峻现实；《旧五代史》记载吴、南唐、闽、南汉、北汉、前蜀、后蜀等"十国"政权的史事比较简略，欧阳修版《五代史》也更为详尽。薛居正等人编撰《旧五代史》，只花了一年半时间，主要的参考资料是五代各朝实录，而欧阳修新增加的内容则杂采笔迹、小说，这种广泛的史料搜求也得到了后世的肯定："欧史博采群言，旁参互证……故所书事实，所记月日，多有与旧史不合者，卷帙不及薛史之半，而订正之功倍之。"

用一个字来表达善恶观

另外，《春秋》有一个著名的写作特点，微言大义，一字褒贬。用一个简单的汉字，就可以表明复杂的事情，以及自己的立场和态度。比如，记录战争，《春秋》里有攻、伐、征、讨、侵、围等字形容，打了胜仗，有取、执、溃、灭、败、克等，描述杀人，又有杀、弑、诛、戮、歼、灭等几种写法。这些字，都有其不同的意义。打仗时用"攻"字，说明是两个对等的势力互相攻打；如果用"伐"字，则是大的打小的；"讨"字，表示对方有罪；天子亲自参加战争，就叫"征"。作战的结果，要是得到一块土地很容易，就叫"取"；取得胜利很艰难，就叫"克"；我方失败了，叫"败绩"；把对方打败了，叫"败之"。

孔子之所以想出如此多辞微旨远的创意，是因为当时书写的载体不够便捷，无论是用竹简还是缣帛，写书和记录历史的人，根本无法做到放开手脚挥毫的"书写自由"，所以，只能用最简练的语言表达出精妙的意境。

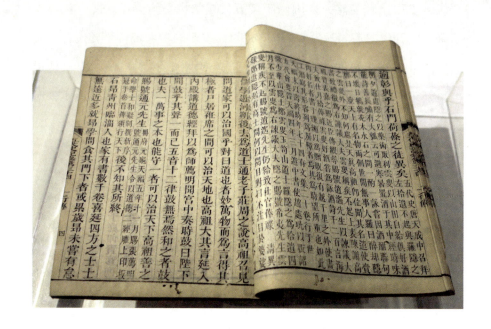

《旧五代史》清嘉庆乙亥刻本，现藏中国书院博物馆。《五代史》是由宋太祖赵匡胤诏令编纂、薛居正监修的官修史书，后为区别于欧阳修编撰的《五代史》，又被称为《旧五代史》。

到欧阳修所在的宋朝，早已没了书写材料的限制，但《春秋》里那些蕴含褒贬大义的字，是传统儒家出身的士人都铭刻肺腑的文化概念，所以欧阳修在修史时，还是决定完全抄先贤的作业，用一个字来表达善恶观。

比如，《新五代史·唐本纪第六》里，后唐长兴四年（933），明宗李嗣源重病，二儿子秦王李从荣打算趁他病要他命，遂带兵杀进兴圣宫抢班夺权，结果只有简单的4个字："不克，伏诛。"前面说了，克是表示攻打得很艰难，不克，就是没有成功，诛又是什么意思呢？孔子作《春秋》，有左氏、公羊、谷梁三家为他作传解释，欧阳修怕读者看不懂自己埋的学术梗，自己又充当了解读人，在旁边加注说："君病不侍疾，以兵求立，罪当诛，故书伏诛。"一个"诛"字，表示李从荣该死。

如果是臣子杀皇帝，就要用上最严重的词"弑"。《新五代史·梁本纪第二》记载，朱温篡唐以后，把唐哀帝贬为济阴王，开平二年（908），朱温找了个时机，"弑济阴王"。对自己的这份嫉恶之心，欧阳修又在旁边注解："弑，臣子之大恶也，书济阴王，从其实，书弑，正梁罪名。"弑这个字，就表明行为是不正义的。把唐哀帝写成济阴王，是因为他此时已经失去天子名分，只是个王爷了，可即便如此，篡位的皇帝朱温要杀已经降位王爷的唐帝，还是要用"弑"字给他盖个丑陋的章。

就连立后这件事，欧阳修也要有"正名"的效果。如果立的是正妃，就写成"以某妃某夫人为皇后"，不是，则写成"以某氏为皇后"。这种文风，是不是既简约又有效，让我们感觉"有用的知识增加了"呢？

这就是欧阳修修史的态度，而且这种惩恶扬善的风格，充斥在整部书里。

欧阳修给亦师亦友的尹师鲁写信时就强调："史者，国家之典法也。"说明历史是可以当国家法典用的。以后的人遇到某事不能处理，就可以从历史中找找先人给出的答案。他修史的目的性也很明确，"予于《五代书》，窃有善善恶恶之志"，要"垂劝诫，示后世"。意思是，他要用一部史书，树立正确的忠贞礼义观。在史书里标明善恶，褒奖忠义的好人，让人们代代仿效，揭露乱臣贼子，让他们永远活在唾骂声中。

《新五代史》：恶名不可逃

在《新五代史》的体例上，为了体现"善善恶恶之志"，欧阳修更煞费苦心地推翻主流的史书编纂模式。以往的史书，人物列传都是按时间排序，顶多把相似的两个人并传，如《史记》里的屈原和贾谊。而五代这种比较乱的时代，一般都是先按国别给每个人归类，再按时间顺序写故事，到了欧阳修这里，他完全摒弃旧经验，只以气节和道德定性分科。

比如，一生"不事二君王"的忠臣，就为他们设置了一个《死节传》，虽然这类人只有三位，但重要的道德可以说三遍，反复加深人们的印象；"其初无卓然之节，而终以死人之事者"，单独作了《死事传》，这些人有十五人，其中有五人，因资料少不能单独成篇，他就特地说明五位不能立传的姓名，以及他们的故事散落在哪里。

上面这些是正面人物，反面教材也逃不了欧阳修的公审。唐朝灭亡的时候，没有追随唐王朝殉死，而进入朱温建立的后梁为臣的，被他列入了《唐六臣传》。另外，五代更迭速度快，正常的修史逻辑是，当时的人如果死在哪朝，就应该计入哪朝的人物。欧阳修不这么认为。乱世里朝代走马灯，那些臣子遭遇灭国的时候，不懂慷慨捐身，而是跳槽去别的朝代继续工作，所以，欧阳修又一次用"节操"说话，把他们打入了《杂传》。谁让你对国家不专一呢？

春秋历史里，有两则闻名古今的"秉笔直书"，一则是齐太史的"崔杼弑其君"，一则是"董狐直笔"的"赵盾弑其君"。拿后者简单说说这是什么操作。晋国有位晋灵公，年纪虽小，但简直是个作妖之王。他每天不断折腾百姓，滥杀无辜，执政的赵盾经常劝谏晋灵公，晋灵公决定把赵盾送去见阎王。结果，刺杀的事没办成，赵盾溜了，准备去外国政治避难。而他堂弟赵穿是个狠人，提刀就把晋灵公杀死在桃园。赵盾听说后，马上转头回国。晋国的太史董狐默默地围观完此事所有经过，在自己的竹简上加了一排"赵盾弑其君"，还拿去朝堂上给大家展示了一天。赵盾哭了，否认三连——"我不是！我没有！别胡说！"——可太史说了，作为赵国军政一把手，你要是当时逃亡出境了，我就把这笔账算在赵穿头上，但你根本没跑出去。你要说这事与你无关，那你回来后怎么不去讨伐弑君贼子？这说明赵穿的行为不是你安排的就是你默许的，这锅你不背谁背？

欧阳修对这种笔法的褒贬效果心领神会，马上照搬，把一切罪责，都往大领导身上推，小人物不背负大罪名。比如，《新五代史·梁本纪第三》记载"天雄军乱，贺德伦叛附于晋"，其实，真正要叛乱跳槽去晋的是贺德伦手下的张彦，当时贺德伦被绑票，失去了人身自由，是被迫进入后晋的，但因为后来他在后晋继续生活，而且根据"责在贵者"原则，这个罪名，就得要身为天雄军节度使的贺德伦担负。

《新唐书》也有一样的例子。所谓"凡反逆者，虽遣其将拒战，亦必书逆首姓名，不书贼将"。所以，在记录历史大事件安史之乱时，唐军和叛军的无论什么行动，欧阳修都写成是叛军首领安禄山亲自带队。比如，大将哥舒翰被迫出潼关与叛军交手，当时跟他交战的是安禄山手下大将崔乾佑，但《新唐书》却记成了"哥舒翰及安禄山战于灵宝西原，败绩"。安禄山部将孙孝哲攻陷长安的时候，欧阳修又写成是"禄山陷京师"，等阿史那承庆攻陷颍川，记录还是"禄山陷颍川郡"。这些让人感觉四面八方都有安禄山的记录，就是欧阳修将"贼首"口诛笔伐、公开处刑的手段。

按《春秋》的写作特征，欧阳修还决定不给篡位的人皇帝的名分。比如，后梁的朱友珪是弑父篡位自立为帝，在《新五代史》里，他就没能列入皇帝的"本纪"，而被塞进了《家人传》里。什么是《家人传》？因为欧阳修本不准备给这些乱世野心家好评，所以，他们即便称了帝，建立了皇家制度，拥有了后宫、太子等各类人群，但在归类的时候，还是不让他们拥有以往史书的"后妃传"和"宗王传"，而是单独设置了一个《家人传》，把所谓的皇后、皇子们统统收在里面，意思是，你们只是家属。

在《新五代史·梁本纪第二》里，欧阳修全面地解释了他这些巧妙写法的作用，可以"使为君者不得掩其恶，然后人知恶名不可逃，则为恶者庶乎其息矣"。中国设立史官的一大作用，就是给那些至高无上、拥有生杀大权的帝王上一道无形的紧箍。虽然他们站在权力之巅，无论耿直的臣子或"天人合一"的理论，都不能对他们造成多大震慑和约束，但他们清晰地知道，作为站上历史浪潮的人，今天的所作所为，都将被史笔记录，为后人点评。所以，如果稍有廉耻、懂得爱惜羽毛的人，做事都会有所收敛。这就是欧阳修想达成的效果。

被系统所困

不过，尽管这些操作让渴望清明的人看到了希望，对帝王和臣子们也有一定警示作用，但对于历史的真实性和后世求真的阅读者，就不是那么友好了。

比如，"责在贵者"的记录法，就失了史实。安史之乱时，欧阳修故意把干坏事的责任都归到安禄山头上，可事实上，自从拿下洛阳，在此称帝后，安禄山就开启了腐败生活，无论是潼关还是颍川战场，他全都没有参与。《新五代史》把朱友珪开除皇帝籍，显然也并不符合历史事实，本来五代皇帝一共有十四位，因为朱友珪的"失位"，就只有十三帝了。

用"节操"给臣子分类，就更给后人增加阅读难度了。虽然欧阳修有自己写作的功效目的，但翻开《新五代史》就会发现，后晋的臣子总共只有三个人，后周的臣子，也只有三人……如果没有《旧五代史》翔实的资料，而只有《新五代史》传世，那么要想复原真实的五代历史，就要累死很多后世的史学家了。

　　清乾隆刻本《欧阳文忠公集》，因欧阳修谥号"文忠"得名，现藏国家典籍博物馆。欧阳修的《新五代史》平易通畅、简洁有力，体现了其笔削润饰功力的深厚，其中的《伶官传序》《宦者传论》为后代所传诵，做到了文史的有机结合。

以"求真"为史学最高目的的清代史学家王鸣盛看了《新五代史》，忍不住划重点批评欧阳修："即如晋臣止三人，周臣止三人，大觉寂寥，已为可笑，况彼时天下大乱，易君如置棋，安所得纯臣而传之？若以其失节而别题之，则似各代之臣为贤于《杂传》中人；而其实专仕一朝者，其中奸佞亦多，欧公已自言之，岂不进退无据？"

清代乾嘉学派大师钱大昕也认为："欧阳公《五代史》自谓窃取《春秋》之义，然其病正在乎学《春秋》。"借历史阐明义理的立场，就让历史变得很有局限性，丧失客观直书的立场。在强调一个道理的时候，即使修史的作者不是故意曲笔，最终造成的结果也是"以义害史"，被"义例"所困。毕竟，历史除了劝诫作用，最主要的一点，还得是求真。否则，为什么要写历史书呢？学诸子百家编点儿寓言故事讲道理、劝善恶，效果不是比历史书更出众吗？其实，史官在修史描述客观事实的时候，就不该带主观感情，而带着浓厚的个人价值观去看历史的，那是评论家，不是史家。

我自有我道

即使听到这些批评，欧阳修应该也不会生气。其实他并不在乎"失实"的部分，因为他创作《新五代史》的初衷，就是要重塑个人价值观和为时代服务的。比如，他以道德给历史人物分类，就很符合宋初最高层的核心意识。

宋太祖赵匡胤时，太祖特地点名表扬了为后周死难的禁军将领韩通，说他"临难不苟"，以死追随，是忠义之士。在《宋史·范质传》中，宋太宗赵光义对范质也有一段这样的评价："宰辅中能循规矩、慎名器、持廉节，无出质右者，但欠世宗一死，为可惜尔！"范质作为大宋的臣子，没啥可以挑剔的，可是，他是五代横跨到宋朝的人，最初是后周的臣子，尽管他工作认真，表现优秀，但他在后周世宗那儿，可是欠了一条命的。意思是，如果他不跨朝工作，直接为后周殉节而死，才算臣子里的完人。

在五代这个节操碎一地的乱世里，不少文臣武将们对"忠义"观念看得很淡薄，这让大统一王朝的封建帝王压力山大，宋朝统治者亟须有人出来改一改这种风气。所以，欧阳修的这部作品，就要承担改变历史风气这一重任。

当然，欧阳修作史书，也不纯粹只为消除宋朝皇帝心中的安全隐患，对怎么当好一个皇帝，他也忍不住"指点"一二。被誉为"五代史中第一篇文字"的《新五代史·伶官传序》就是其评论中的翘楚。欧阳修一上来先给出盖棺性总结："盛衰之理，虽曰天命，岂非人事哉！"作为传统儒家学者，欧阳修也不敢推翻天命论，但是，虽说天命不可违，可大部分时候，人间的事，还是由世间的人做主。不信，你看唐庄宗对天下的取得和失去的过程，就可以知道人的重要性了。

欧阳修用小说式的桥段，以三支复仇的箭，吸引读者进入故事。说唐庄宗李存勖的父亲晋王李克用临死之前，交给儿子三支箭，每一支箭，代表他生前的一个仇敌，叮嘱李存勖继承他的大业后，必须完成自己未竟的志愿。然后故事就如小说叙事一样畅快，在父亲病榻前接过重担的李存勖果然是个英豪，他每次出征仇人之前，都要去祖庙把这三支箭请出来随军带着，给自己一个象征性的压力。没几年，他就成功地把敌人都抓到了父亲坟前认罪，可谓是英姿勃勃，意气风发。

可是，完成大业后，李存勖开始沉醉享乐，天天和亲近人等一起及时行乐，完全忘了朝廷大事。在日复一日的消沉下，突然有一天，一个造反的声音划破笙歌燕舞的夜空，山雨欲来风满楼，叛乱的人从四面八方赶来，后唐江山就这样瞬间倾倒。

故事简介完，该进行总结了："岂得之难而失之易欤？抑本其成败之迹而皆自于人欤？"得到的如此艰难，失去却这么容易，这期间的事，不都是人为的吗？然后欧阳修引经据典，以《尚书》中的名句"满招损，谦得益"为例，说明做人不能太得意，骄傲和目空一切，就会引来祸乱。所谓"忧劳可以兴国，逸豫可以亡身"，这是自然之理。讲完大道理后，欧阳修再次针对李存勖的情况精准评价，"夫祸患常积于忽微，而智勇多困于所溺"，像一个浑身满是历史经验的老者，语重心长地再三告诫封建统治者要记教训、长记性。

正是《新五代史》中这些完全有利于朝廷的核心价值观的宣扬，以及维护统治者利益、对当代兴衰的拳拳之心，使这部书得以进入皇家视野，成为唐朝以后唯一的私撰史书荣升为官方正史的特例。同时，作为"二十四史"作者中为数不多的几个拥有"史学家""文学家"双料头衔的知识分子，欧阳修的文采在《新五代史》中也有很好的体现，全书显出平易通畅、简洁有力的风格和笔削润饰功力的深厚，其中的《伶官传序》《宦者传论》为后代所传诵，做到了文史的有机结合。

而欧阳修推崇的这种节义精神，也确实起到了"移风易俗"的特效。《宋史》里说："真、仁之世，田锡、王禹偁、范仲淹、欧阳修、唐介诸贤，以直言谠论倡于朝，于是中外缙绅知以名节相高，廉耻相尚，尽去五季之陋矣。"是范仲淹、欧阳修等人的引领，去掉了五代乱世人的陋习。

　　除了史学界的认可，欧阳修用史书弘扬人伦道德、重建意识形态，也促进了宋代义理的兴盛，更间接影响了程朱理学。所以，比欧阳修稍晚一点的宋代人陈师锡对《新五代史》就是高度正面评价的："仰师《春秋》，由迁、固而来，未之有也。"清代史学家、《廿二史札记》的作者赵翼也加入欧阳修"夸夸群"，说："欧史不惟文笔洁净，直追《史记》，而以《春秋》书法，寓褒贬于纪传之中，则虽《史记》亦不及也。"

（作者：大梁如姬 ）

　　北宋真宗景德四年六月二十一日（1007年8月6日），欧阳修出生在绵州（今四川省绵阳市）。当时他父亲欧阳观在那里当绵州军事推官。欧阳修是家里的老来子，出生时，欧阳观已经五十五岁高龄，三年后就撒手人寰。欧阳修自述四岁丧父，其实是虚岁。欧阳观基本没什么积蓄，他去世后，家里的生活状况就变得很窘迫，"无一瓦之覆，一垄之植，以庇而为生"。

　　那么，欧阳修孤儿寡母怎么生活呢？宗法社会里，亲族之间都有互相扶持的义务，三岁的欧阳修就跟随母亲郑氏，跋涉到湖北随州投奔叔叔欧阳晔。欧阳晔在随州当的也是推官，而且因为他为人太耿直，不懂为官之道，在推官任上一做就是二十五年，所以家庭也不富裕。本着再穷不能穷教育的想法，出身江南大族的郑氏决定亲自给儿子上启蒙教育课。没有什么教具，郑氏就折了芦荻，在地上圈圈画画，教欧阳修写字。都说父母是最好的老师，有这样一位具备了古代贤母风格的母亲，欧阳修实现逆袭，指日可待。

当然，叔叔欧阳晔也没有亏待大侄子，除了衣食上的供给之外，还会带他出游长见识。在欧阳修九岁那年，欧阳晔带他去了一个李姓人家做客，大人谈话的时候，小欧阳修东张西望，在一个废书筐里，发现了指引他一生的神书——唐代韩愈的遗稿《昌黎先生文集》。读完以后，欧阳修表示虽然没全懂，但大受震撼。自此以后，他立了一个小目标，在文学上要追赶韩愈，成为能跟他并驾齐驱的人。

宋仁宗天圣元年（1023），十六岁的欧阳修第一次入京参加科举，没及格（就是这次放榜的时候看到高若讷榜上有名）。小小少年，意气风发，抗打击能力也强，欧阳修回家又奋发了三年，再一次走进考场，结果又是一次"羞见长安旧主人"。欧阳修的失意，大概跟他的文风偏向韩愈倡导的古文有关。而自韩愈、柳宗元等人谢幕以后，古文运动也"人亡政息"，词句华丽、用字刁钻的四六骈文打了个漂亮的翻身仗，所以，宋代初期的科举场，考的也是这类文体。

此路不通，欧阳修决定换一个方向——找人推荐，他的关系人是知汉阳军的胥偃。当欧阳修拿着自己的文章给领导看，胥偃看后很是叹服，当即决定政治"投资"欧阳修。天圣六年（1028），二十二岁的欧阳修被胥偃保举，去开封府国子监进修。在当年秋天参加的国子监考试中，获得了第一名。第二年，又在礼部主持的省试里荣登榜首，接下来，就该经受最高级的检验——殿试。如果连中三元，就可以名震天下。结果出来后，欧阳修虽然进士及第，却只进了二甲第十四名。

据说，这是当时的考官觉得他锋芒太甚，故意挫他锐气的结果。真是还没走入官场，就被社会人毒打了一遍。

表扬与批评，哪个更有益？

金榜题名不久后，欧阳修就迎来了洞房花烛夜。老泰山正是有恩于他的胥偃。当初，胥偃决定提携欧阳修，就给爱女订下终身大事，如今欧阳修蟾宫折桂，是时候履行"合同"，娶小胥氏回家了。

同时，宋朝学子考中进士以后，不需要像唐代一样，再经过一轮吏部考核，通过之后才能授官，他们在中进士后就可以直接做官。名次还不错的欧阳修被宋仁宗安排了西京（今洛阳）留守推官一职。天圣九年（1031）三月，欧阳修策马洛阳就职，又与胥氏成亲，完成了社会身份的双重转变。在洛阳当官，欧阳修过得很充实，首先，朋友圈得以扩充，认识了不少志同道合的朋友，如梅尧臣、尹洙等人。然后，他的顶头上司钱惟演还特别善解人意。作为一个写出"更教仙骥旁边立，尽是人间第一流"的人，钱惟演也是个文学爱好者，他放任欧阳修等人每天从诗词歌赋聊到人生哲学，官场的事，几乎不用太操心。

经过这一时期的与人互动，与好友们不断思想碰撞，欧阳修的文学声名终于更上一层楼。《宋史·欧阳修传》记载："始从尹洙游，为古文，议论当世事，迭相师友，与梅尧臣游，为歌诗相倡和，遂以文章名冠天下。"

欧阳修在此期间到底作了什么文章，能让他"名冠天下"呢？

主要有两篇，第一篇名为《非非堂记》。

此文作于欧阳修二十六岁时，起因是这样的：在河南府衙重修衙门的时候，欧阳修搞了个厅堂当自己的办公室，这里环境还不错，幽静雅致，看起来很适合静心休息和阅读思考，他就搬了一张床和一个工作的几案，另外摆了几百卷书，并给这里取名为"非非堂"。"非非"是谁？为什么叫这个名字？

首先，"非非"不是人名，而是"是非"的"非"。这篇文章，欧阳修主要想讨论一个问题：在评价一件事或一个人的时候，到底是说"是"比较好，还是论"非"对人更有助益？

欧阳修观点明确，他认为"非"对别人更好。因为，作为一个君子，言行正确是基本修养，所以没必要为他锦上添花，对他不断赞扬。大家要做的，是要揪出一个人"非"的部分，纠正错误，树立正气。

但是，怎么保证你去"非"别人的时候，自己就是正确的呢？你发出评议时，有没有可能因为偏激、狭隘，而造成了乱攻击呢？这确实是一个问题，于是，欧阳修一开篇就来了一段排比句：

> 权衡之平物，动则轻重差，其于静也，锱铢不失。水之鉴物，动则不能有睹，其于静也，毫发可辨。在乎人，耳司听，目司视，动则乱于聪明，其于静也，闻见必审。

说了这么多，欧阳修想表达啥呢？论证"静"的重要性。"处身者不为外物眩晃而动，则其心静，心静则智识明，是是非非，无所施而不中。"只有当人不为外界动乱迷惑和干涉时，他的心才是静的。心静的时候，人的智慧才会上线，不被情绪干扰，来判断一件事的是非，就一定是准确的。

也就是说，想要"非非"，先得"静静"。接着，欧阳修才祭出自己的主旨："夫是是近乎谄，非非近乎讪，不幸而过，宁讪无谄。是者，君子之常，是之何加？一以观之，未若非非之为正也。"如果你很认同一个人，对他说的话不断地称赞"是是是"，这看起来实在有点"谄媚"，而如果你老去否定一个人，认为他这也不对，那也错了，这又好像有点"讪"——故意诽毁找茬儿。不过，当你不能把握自己的判断是否正确时，那就"宁讪无谄"，说他有错，好过称赞他的"是"。原因还是那条，君子做事，正确是本分，你称赞他正确，对他没啥好处，指出错误，才能促进人的进步。所以，如果非要在"是是非非"里选一个，那肯定"非非"更重要。

欧阳修为什么要不断强调"非非"的重要性呢？这可能与他此时的政治体悟有关。欧阳修到洛阳的第二年，是宋仁宗明道元年（1032），这会儿的政治特色，是女主刘娥和宋仁宗共同执政，准确地说，宋仁宗还没亲政，一切由女主把持。前面的"天圣"，是两个圣人，现在的"明道"，是日月当道，都表示年轻的宋仁宗没啥自主决策的权力。在这一时期，朝廷正需要有人敢于"非非"，议论当政的不是，为天子出头。

虽然议论点到即止，但这颗言论自由的种子，早就种在欧阳修心中了。

鱼塘与庙堂

搬进"非非堂"以后，欧阳修继续改善自己的办公环境，开凿了一个小池塘，并买了些鱼种，打算养鱼。于是，又有了第二篇文章《养鱼记》。

在衙门回廊前有一块四五丈见方的空地，正对着非非堂。这里的环境好是好，但除了修竹环绕，没有任何其他动植物，不免有点寂寞。欧阳修灵机一动，就着地形动手挖了一个大泥坑，没有用砖头堆砌，也没有修筑堤岸，就保留它的原始形态。一切准备就绪，再用井水把它灌满，一个人工池塘就出来了！

改造出来的池塘多么让人赏心悦目、愉悦身心呢？"湛乎汪洋，晶乎清明。微风而波，无波而平。若星若月，精彩下入。予偃息其上，潜形于毫芒；循漪沿岸，渺然有江湖千里之想。"这么美的地方，怎能不让人流连呢？欧阳修经常坐在池塘边休息，站着不动的时候，影子映在纯澈的水中，纤毫毕现；沿着岸边漫步，就仿佛徜徉在有千里之大的江湖之中。

光有植物，好像有点单调，养几条鱼是否能增添一丝生气呢？欧阳修找渔夫买了几十条活鱼，吩咐童子放养在池塘里。童子是个小机灵鬼，把小鱼放进池塘，而把大的统统丢弃在一边。欧阳修走过来一看，这是闹哪样？结果童子的理由也很充分："以为斗斛之水不能广其容"，这么小的地方，又不能扩充面积，把大鱼放里面，就挤压小鱼的生存空间了。面对童子的擅作主张，欧阳修又气又惋惜："嗟乎，其童子无乃嚚昏而无识矣乎！"

再看整个场景，"巨鱼枯涸在旁，不得其所，而群小鱼游戏乎浅狭之间，有若自足焉"。大鱼没有栖身之所，在旁边要渴死，而"群小"游戏在"浅狭之间"，好像很满足的样子。对比的压抑感浓烈。《养鱼记》看似只是一篇消遣小文，其实所陈之事无一不是对庙堂的关心。前面说了，这会儿正值太后刘娥执政时期，宋仁宗拳脚被包裹，只能任由太后派系纵横朝堂。对欧阳修而言，那些大鱼，就如同朝中和君王一条心的君子，都被丢弃在一旁，而群小充斥其间，占据本该属于君子的生态位，"大鱼们"只能七零八落，甚至还有可能流落在野，枯竭而死。怎么不叫人哀叹呢？他暗骂童子的"嚚昏而无识"，也不过是对局势无能为力的幽怨之情。

"君子党"与"小人党"

不过，"阴阳学"没伸展多久，宋仁宗和欧阳修的人生都迎来了新篇章。明道二年（1033）三月，守护宋朝多年的太后薨了，宋仁宗终于当家做主。转过年的景祐元年（1034），欧阳修就被召到朝廷，担任馆阁校勘，做起了文字工作。

来到京城，欧阳修的朋友圈又一次扩大，结识了更多朝廷栋梁，尤其是正直的范仲淹，欧阳修恨不得化身他的小迷弟，甘愿成为他的左右手。仁宗对"先天下之忧而忧"的范仲淹也充分信任，明里暗里给了他很多说话的权力。正当范仲淹得君行道之际，危险却悄然降临。宰相吕夷简认为，范仲淹的一系列动作都是不知道天高地厚，要变乱大宋的祖宗家法，邀群臣弹劾他"越职言事"，谏官高若讷也忙附议，面对群情汹汹，仁宗也拗不过，只能暂时将范仲淹外放到饶州。欧阳修着急替范仲淹出头，写了一篇《与高司谏书》大骂高若讷，于是，他很快也紧随范仲淹之后，成了夷陵县长。

没多久，范仲淹又升官了，忙写信邀请当初为自己慷慨陈词、不离不弃的欧阳修，要他跟自己一块进步。欧阳修拒绝了："昔者之举，岂以为己利哉？同其退不同其进可也"，当初帮他，不是为了自己以后有个靠山。而且，一起被降职的，也没必要非得一起升才行。所以，欧阳修这个小县令，一当就当了整整四年。到康定元年（1040），仁宗才把被朝堂"冷暴力"了这么久的欧阳修召回京，继续搞文字工作。

三年后，时间翻到了宋朝历史的重大一页——庆历三年（1043）。宋朝中央进行了大批人事调动，范仲淹被调回中央当枢密副使，同时期的宰执大臣还有富弼、韩琦等。欧阳修和几位好伙伴余靖、王素、蔡襄等人也收到了新工作任命——知谏院。这个职务，就是当初高若讷的工作。这项人事任免，是仁宗在为范仲淹的"庆历新政"做铺垫，谏官换成拥护新政的"自己人"，免得有权力和有义务发声的人群又指指点点。

可惜，当范仲淹在奋力矫国更俗、除奸革弊时，被动了蛋糕的群体以及部分安于现状的人很快起来反对。顶不住压力的仁宗和范仲淹决定缓和气氛，范仲淹自请出京，可一贬再贬也压不住保守派的不满。最终，改革派的几任领袖集体被下课，轰轰烈烈的庆历新政，才维持了一年多就夭折了。

尽管主力已经被踹到山高路远之地，但保守派还是不肯放过再踏上一脚的机会，继续编流言说革新派都是"党人"，他们捆绑在一起，是在结党营私。其实，早在范仲淹与欧阳修第一次被贬时，朝里就有人指责他们为朋党。自古以来，皇帝与臣子的关系就很微妙，他们既需要仰赖臣下工作，可又很怕臣子们结成一党，成为皇权的对立面。所以，当初宋仁宗就下了"戒朋党"的诏书。现在"朋党"的议论再起，欧阳修干着急，忙上书给仁宗，说杜衍、韩琦、范仲淹、富弼等人都是著名的君子贤人，他们哪有犯错？自古小人如果要诽谤忠良，没别的罪名，上来就说他们独揽大权，还结为朋党。这么做效果可太好了，都不用想办法一个个对付，一个"朋党"，就可以把忠良一网打尽。

嫌这次辩解不够系统，欧阳修又奋笔疾书，写了一篇洋洋洒洒的《朋党论》进上。

作为驳斥辩诬的文章，欧阳修不走寻常路，他并没有否认朋党，而是上来就表示，朋党是存在的。只是，有君子之朋和小人之朋之别。"大凡君子与君子以同道为朋，小人与小人以同利为朋"，君子跟君子之间，是因为相同的志向指引他们结为朋友，小人之间嘛，就是以共同利益结成朋友。

但这中间还有差别。"小人所好者禄利也，所贪者财货也。当其同利之时，暂相党引以为朋者，伪也；及其见利而争先，或利尽而交疏，则反相贼害，虽其兄弟亲戚，不能自保。"小人眼里只有利禄，能一起获取利益的时候，就暂时站在同一阵线，等他们见到利益，就争先恐后疯抢，直到瓜分完毕，也就友尽了。有时候小人们还会反过来互相伤害，即使亲戚兄弟，也常反目成仇。所以说，他们其实没有朋友。君子就不一样了，"所守者道义，所行者忠信，所惜者名节。以之修身，则同道而相益；以之事国，则同心而共济"。君子靠道义结交在一起，他们的行为是忠信，又在乎名节，所以，他们在一起，只会互相做对方的益友，让他们更加"见贤思齐"，修养自身的德行而已，不会打什么歪主意。

欧阳修进一步举例，古代那些正义之士也会结为朋党，比如，圣君尧帝当天子的时候，他手下的贤人有二十二位，那些人都是好朋友呀，后来舜继续任用他们，天下大治。再看看商纣王呢？他有亿万臣民，但却有着亿万条心，可以说完全不结成朋党，然而，商纣王却因此亡国。接下来的周朝，周武王只有三千手下，他们一条心，结成一个大朋党，所以周朝兴盛了。可见，朋党不是问题，主要看是不是君子之朋。

末了，欧阳修还来了一句："嗟呼！兴亡治乱之迹，为人君者，可以鉴矣。"例子我都举给你看了，道理也摆清楚了，君王可以作为借鉴哦。

收到这封《朋党论》的宋仁宗怎么想？不太高兴。因为，此时他接收到的信息和欧阳修的输出完全不对称。欧阳修说了一堆君子之朋、小人之朋的区别，但宋仁宗画出的重点只有这两句："朋党的事存在""我们是朋党"。于是，欧阳修追随他的"朋党"，又一次被贬出朝到了滁州（今安徽滁州）。

醉翁的快乐

再次被贬，欧阳修的心情有没有沉到谷底？情绪波动不能说没有，但更多的是，是孤蓬自振，积极向上。当然，偶尔也要寄情山水，逍遥一时。《醉翁亭记》，就作于此时。另外还有《丰乐亭记》《菱溪石记》等。

《丰乐亭记》比较简单，说的是欧阳修到滁州的第二年，才喝到了滁州的泉水。然后追溯泉水的由来，描述它的方位："其上则丰山，耸然而特立；下则幽谷，窈然而深藏；中有清泉，滃然而仰出。"窈然的幽谷里，一弯泉水滃然仰出，真是用文字描述出了画作的效果。

见这里的景色幽静，欧阳修干脆着人"疏泉凿石"，并在此建了一个亭子，自此，这儿就成了滁州的一大景点。

想当初，滁州在五代军阀混战的时候，也是兵家互相争夺的地方，一直到太祖皇帝击败敌军，平定了滁州，这里才恢复了生机。仅仅百年间，人间已经换了天地："今滁介江淮之间，舟车商贾、四方宾客之所不至，民生不见外事，而安于畎亩衣食，以乐生送死。"滁州已不见凋敝痕迹，百姓安心耕田穿衣吃饭。这里除了山高水清，四季也很舒适，"掇幽芳而荫乔木，风霜冰雪，刻露清秀，四时之景，无不可爱"。

短短一句话，哪有四时？这就是欧阳修笔力优秀之处了。"掇幽芳而荫乔木"，是指春天采摘花草，夏天在乔木下乘凉；"风霜冰雪"，是指秋风带来的寒霜和冬日的冰雪。完全是春有百花秋有月，夏有凉风冬有雪。而这一切的存在，都是缘于现在已经是倒载干戈之时，人们能安稳地春耕秋收，获得丰年。

尽管只能屈居一方，欧阳修心里也时刻记挂着与杜甫一样"致君尧舜上"的理想。身在小地方，得此安乐，也不忘歌颂宋朝帝王结束战乱，为百姓谋得了一个太平天下。

《相州昼锦堂图》，明，仇英绘，文徵明题记，绢本设色，纵192.7厘米，横96.3厘米，现藏台北故宫博物院。《昼锦堂记》是欧阳修为宰相韩琦在故乡相州修建的昼锦堂所作，文笔含蓄，迂回起伏，历来被誉为名篇，后世多有以其为题材的创作。

《醉翁亭记》大约比《丰乐亭记》稍晚一点，首句的"环滁皆山也"，据说草稿时欧阳修写了一句鲁迅句式：滁州的东边是山，西边是山，南北边还是山。经一位老翁的指点，才将四面都是山缩为了五个字的"环滁皆山也"。这是一个远景。《醉翁亭记》用文字描刻出了电影的拍摄手法，慢慢将镜头拉近。西南方向的几座山峰，"林壑尤美"，其中还有一座看起来特别幽深秀丽的，是琅琊山。如果你在山上走个六七里地，就能听到潺潺的流水声，继而看到泉水从两座山峰上喷泻而下，这就是"酿泉"。泉水循着山路弯弯绕绕，把视线放宽，就能看见一座像飞鸟展翅的亭子，架在泉水之上。至此，镜头才切到了醉翁亭。

这个亭子是谁建的呀？山上的和尚智仙。是谁给它取的名呢？太守大人。太守经常跟朋友们一起来这里喝酒，他酒量很差，喝一点儿就醉了。他又是这群人里年纪最大的，所以就给自己取了个外号叫"醉翁"。"醉翁之意不在酒，在乎山水之间也。山水之乐，得之心而寓之酒也。"为啥醉翁酒量差还喜欢喝酒呢？因为他的快乐不在于喝酒，而在于山水林间。这儿的美和静，轻易就能让人自醉。

醉翁对这座亭子有多情有独钟？一年四季的景色，一天到晚的样子，他都没有错过。"若夫日出而林霏开，云归而岩穴暝，晦明变化者，山间之朝暮也。野芳发而幽香，佳木秀而繁阴，风霜高洁，水落而石出者，山间之四时也。"早上太阳升起的时候，树林里的雾气渐渐散开，天一下亮了；到傍晚云雾聚集，山谷又开始灰暗。山间还有很多未知名的野花，它们是"俏也不争春，只把春来报"，赠予游人阵阵幽香；夏天时，树木蓬勃生长，形成繁茂的绿荫，可以供人休憩；秋天风高气爽，冬天水源枯竭，露出了些许被青苔覆盖的石头……晨光和夕阳不一样，四季又各有风采，所以，他一时也不想漏看。

除了醉翁太守，游客们也很喜欢这里。"负者歌于途，行者休于树，前者呼，后者应，伛偻提携，往来而不绝者"，热气腾腾的生活感扑面而来，如同集市一样热闹。欢乐尽了，太阳下山了。大家收拾东西，准备回家了。看着人类退场，鸟儿们开心地唱唱跳跳，欢庆人们终于把属于它们的大自然还给了它们。太守一边走一边想，哼哼，小鸟们呐，还是太单纯，"禽鸟知山林之乐，而不知人之乐；人知从太守游而乐，而不知太守之乐其乐也"。它们只知道山林里很快乐，却不知道人们的快乐；而人们知道跟着太守游玩快乐达到了巅峰，却不知道太守是以大家的快乐为快乐啊。

这位太守是谁？就是被贬滁州的欧阳修自己。

有人说，《醉翁亭记》作于欧阳修被贬之时，所以"醉翁之意不在酒"，是在排遣心里的郁闷之情，是忧国忧民。这么想，真小看欧阳修了。数次宦海浮沉，欧阳修早已"既来之则安之"，到了滁州，在他的治理下，百姓家给人足，还能樽前月下，是他这个父母官最大的成就，所以他才"乐其乐"，看着大家开心，自己就快乐了。

《丰乐亭记》里，欧阳修见河清海晏，人寿年丰，大家躬逢其盛，是快乐的；《醉翁亭记》，看民众既能升炊烟袅袅，又能傍柳随花，盘游四野，心情更满足，总算能报答对朝廷的寸草春晖心了。所以，在滁州时，欧阳修肯定是乐大于愁的。

遇到秋天，别伤感

在滁州辛勤耕耘六年后，皇祐元年（1049），欧阳修起起伏伏的运势再次转入了"起"的环节，被召回朝，当上了翰林学士和史馆修撰。

至和元年（1054）八月，欧阳修被人诬陷，差一点再次惨遭朝廷抛弃。仁宗临时心软，玩了一把朝令夕改，让他留在朝廷修《新唐书》。这之后，欧阳修总算过了几年安生日子，三年后的嘉祐二年（1057）二月，朝廷还让刚刚知天命的他担任科举主考官。从十六岁考试被刷下来，现在，欧阳修终于凭借自己的才华与资历，成为文坛领袖，有了品评和考核别人的资本。

欧阳修提倡平实的文风，反对浮夸和故意雕琢出艰深晦涩的词句，所以，原本流行的"太学体"的卷子，纷纷被画了大大的×，只有仿效古文的文章，被集体录取。这次，后来的唐宋八大家中的其三——苏轼、苏辙、曾巩，都被欧阳修慧眼识珠了。正是因为古文派集体闪亮登场，北宋的文风，才逐渐移商换羽，有了新风貌。而嘉祐二年的进士榜堪称中国科举史最辉煌的一届，除了三大文学家，还有"北宋五子"之二——张载和程颢两位思想家；共有九人官至宰执，后来王安石变法的左膀右臂几乎都在其中；后人总结《宋史》有传的共二十四人。慧眼如炬、以文识人，欧阳修也堪称史上最强考官了。

又过了一年，欧阳修接了包拯的班，当上了龙图阁学士、权知开封府。不过，欧阳修的作风和包拯完全不一样，包拯主张严厉，他则喜欢简易，顺应常理，没想到这样搞下来，首善之都的风气也很不错。

枝头回黄转绿，转眼到了嘉祐四年（1059），欧阳修已经五十二岁了。大抵人到晚年，容易有落叶悲秋之感，恰逢又在秋天的某个寂静的夜里听到呼啸的秋风，敏感多思的欧阳修写下了一篇骈散结合的《秋声赋》。骈是指六朝流行的那些优美又有节奏感的四六句，散就是唐宋八大家都推崇的古体文。

秋的声音，有啥好"赋"的呢？换了你我，恐怕100个字都写不出来，而欧阳修却就着入耳的那一声呼啸的秋风，把整个悲伤的秋天带进了我们的语文课本。

一开篇，就是一个从静到动的画面。时值凉夜，欧阳修正在书的世界闲庭信步，谁料，忽然从西南传来一阵声音，这声音惊得他"悚然"，赶紧把思绪转了出来。欧阳修被秋声吸引，并不是像我们有些人一样，一捧起书本，就觉得外部的世界好有意思，一点儿风吹草动都能吸引我们的关注。他是真切地被响声惊到了。

这个风自"西南"而来，是有讲究的。古人把春夏秋冬四季的风声都做了方向的分化，春天万物复苏，是"把酒祝东风，且共从容"；夏天的风温热，是"夜来南风起，小麦覆陇黄"；秋天转凉，是"谁念西风独自凉，萧萧黄叶闭疏窗"；冬天则是"北风卷地白草折"。从西南来的风，说明此时虽已入秋，但距离冬天还有点儿远。

声音来得太突然，欧阳修打开全部感官接收，"初淅沥以萧飒，忽奔腾而砰湃，如波涛夜惊，风雨骤至。其触于物也，铮铮铮铮，金铁皆鸣；又如赴敌之兵，衔枚疾走，不闻号令，但闻人马之行声"。一瞬间，仿佛风雨霹雳直下，又如波涛奔腾翻涌。等它触碰到他物时，又像金属一样发出"铮铮铮铮"的声音，这一下，千军万马的声音都出来了。感觉这一阵风声，引发了欧阳修隐藏的臆想症。好在，他很快

醉翁亭記

環滁皆山也。其西南諸峰，林壑尤美，望之蔚然而深秀者，琅琊也。山行六七里，漸聞水聲潺潺而瀉出於兩峰之間者，釀泉也。峰回路轉，有亭翼然臨於泉上者，醉翁亭也。作亭者誰？山之僧智仙也。名之者誰？太守自謂也。太守與客來飲於此，飲少輒醉，而年又最高，故自號曰醉翁也。醉翁之意不在酒，在乎山水之間也。山水之樂，得之心而寓之酒也。

若夫日出而林霏開，雲歸而巖穴暝，晦明變化者，山間之朝暮也。野芳發而幽香，佳木秀而繁陰，風霜高潔，水落而石出者，山間之四時也。朝而往，暮而歸，四時之景不同，而樂亦無窮也。

至於負者歌於塗，行者休於樹，前者呼，後者應，傴僂提攜，往來而不絕者，滁人遊也。臨溪而漁，溪深而魚肥，釀泉為酒，泉香而酒洌，山肴野蔌，雜然而前陳者，太守宴也。宴酣之樂，非絲非竹，射者中，弈者勝，觥籌交錯，起坐而諠譁者，眾賓歡也。蒼顏白髮，頹然乎其中者，太守醉也。

已而夕陽在山，人影散亂，太守歸而賓客從也。樹林陰翳，鳴聲上下，遊人去而禽鳥樂也。然而禽鳥知山林之樂，而不知人之樂；人知從太守遊而樂，而不知太守之樂其樂也。醉能同其樂，醒能述以文者，太守也。太守謂誰？廬陵歐陽修也。

余於梅韻堂展玩右軍黃庭經初刻，見其筋骨內三者俱備，後人得其一，即唐初諸公觀靚右軍墨跡，尚不能得，何況今日。至其氷姿玉質，宛如飛天仙人，又如臨波仙子，雖久為規撫，而杳不能至。近余且屏居梅韻齋中，案頭日置黃庭經一本，展玩逾時，倦則啜茗數杯，否乱據卷引臥，再日顋然，如是者數月，而右軍運筆之法，炙之愈出，味之愈承羲，為執筆提之終日不成一字。近秋初氣爽，偶撿閱歐陽公文集，愛其娬逸流媚，並傳歐陽公浮昌黎遺稿于慶書簽中，讀而心慕之，若心探賾，至忘寢食，遂以文章名冠天下。予輒有動于中，因倣右軍作小楷數百餘字，聊以寄意，故云如鳳凰臺之於黃鶴樓也。

嘉靖三十年辛亥七月二十四日長洲文徵明書於玉磬山房，時年八十有二。

《醉翁亭记》，明，文徵明，纸本，纵53.5厘米，横28.6厘米，现藏台北故宫博物院。

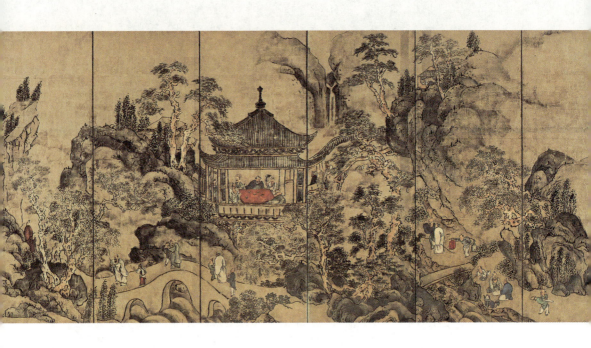

《楼阁山水图·醉翁亭》屏风画，[日]池大雅，金底设色，纵167.5厘米，横373.5厘米，现藏东京国立博物馆。

结束了浮想联翩，吩咐一旁的童子到外面去看看发生了啥。童子瞧得认真，环伺天地一遍，回来汇报："星月皎洁，明河在天，四无人声，声在树间。"刚才明明是"悚然"，有风雨声、波涛声，甚至还有人马和金属碰撞的声音，那是多么杂乱的一个世界，而童子看到的，是"星月皎洁，明河在天"，这还是同一个时空吗？其实，童子和欧阳修的反应，正对应出了两人不同的心境。欧阳修年过半百，饱经世变，一遇到什么，自然忧虑多思。而童子涉世未深，纯真质朴，他见山是山，眼睛看到的表象是什么，心里就是什么样子。

听到童子的回答，欧阳修忍不住自问自答，那秋声为啥突然来了呢？他从色、容、气、意四个方面描述了秋天的样子："其色惨淡，烟霏云敛；其容清明，天高日晶；其气栗冽，砭人肌骨；其意萧条，山川寂寥。"

秋天为什么总是带着忧伤寂寥的调调呢？欧阳修开始完整论证："夫秋，刑官也，于时为阴；又兵象也，于行用金；是谓天地之义气，常以肃杀而为心。天之于物，春生秋实。故其在乐也，商声主西方之音；夷则为七月之律。商，伤也，物既老而悲伤；夷，戮也，物过盛而当杀。"从人们对秋赋予的各种印象来说，它都该是肃杀的。你看，周朝的时候用四时设官，秋官管的，就是刑狱的事。秋天属于阴时，而秋后适合问斩，秋天适合出征……这一切，都是接近死亡的意象。哪怕在乐理里，秋都是伤感的，"宫商角徵羽"的商对应的是西方，秋风就是西风，古音十二律里的"夷则"，对应的是七月，商也就是伤，夷又是杀戮的意思。再看自然界里，春生秋杀，生物一旦过了时节，接下来就是衰落，所谓"物过盛而当杀"。

餘烈夫秋刑官也於時為陰
又兵象也於行為金是謂天
地之義氣常以肅殺而為
心天之於物春生秋實故其
為樂也商聲主西方之音
夷則為七月之律 商傷也
物既老而悲傷
夷戮也物過盛而當殺嗟夫
草木無情有時飄零人為動
物惟物之靈百憂感其心萬
事勞其形有動乎中必搖
其精而況思其力之所不及憂
其智之所不能宜其渥然丹
者為槁木黟然黑者為星
奈何非金石之質欲與草
木而爭榮念誰為之戕
賊亦何恨乎秋聲童子
莫對垂頭而睡但聞四壁
虫聲唧唧如助予之歎息

秋聲賦

歐陽子方夜讀書，聞有聲自西南來者，悚然而聽之，曰：異哉！初淅瀝以蕭颯，忽奔騰而砰湃，如波濤夜驚，風雨驟至。其觸於物也，鏦鏦錚錚，金鐵皆鳴；又如赴敵之兵，銜枚疾走，不聞號令，但聞人馬之行聲。余謂童子：此何聲也？汝出視之。童子曰：星月皎潔，明河在天，四無人聲，聲在樹間。

余曰：噫嘻悲哉！此秋聲也，胡為而來哉？蓋夫秋之為狀也：其色慘淡，煙霏雲斂；其容清明，天高日晶；其氣慄冽，砭人肌骨；其意蕭條，山川寂寥。故其為聲也，淒淒切切，呼號奮發。豐草綠縟而爭茂，佳木蔥蘢而可悅；草拂之而……

《秋声赋》，元，赵孟頫，纸本，纵34.8厘米，横182.2厘米，现藏辽宁省博物馆。《秋声赋》作于嘉祐四年，文章骈散结合，哀而不伤，臻于儒家哲学和审美所追求的至高无上的境界。

说到这里，欧阳修从自然联系到个人："嗟乎！草木无情，有时飘零。人为动物，惟物之灵；百忧感其心，万事劳其形；有动于中，必摇其精。而况思其力之所不及，忧其智之所不能；宜其渥然丹者为槁木，黟然黑者为星星。"人的思绪一多，就容易产生忧愁情绪，任何烦心事，都能轻易消磨人的身心。这样久了，怎么能不红颜变枯槁，青丝转白发……

既然这样，人没必要那么多思，以自己的血肉之躯，去跟一岁一枯荣的草木比了。"念谁为之戕贼，亦何恨乎秋声！"秋天必然会来，秋声注定会有，没有什么好怨的，人应该厘清到底是谁让自己如此劳累受苦，不该埋怨秋声。

这一通从自然跨越时空、社会、人物等多方面的感叹，并没有引起屋里仅有的童子的共鸣。童子完全听不懂老先生在讲什么，已经"垂头而睡"了。这不禁让欧阳修有点失落，但看墙壁上爬满的虫子，好像又给了点面子，它们"声唧唧"，估计是在附和自己的叹息吧。

巅峰再见

嘉祐五年（1060）开始，欧阳修的官位勇攀高峰，先是当了枢密副使，第二年又任参知政事，相当于副宰相，成为大宋朝廷举足轻重的人。

仁宗驾崩后，欧阳修又历经英宗、神宗两朝。在神宗熙宁年间，王安石变法以雷霆之力推出，欧阳修捕捉到"青苗法"的弊端，从早年的改革派，转为保守派，站到了宋神宗的对立面。欧阳修也一再请求朝廷罢免政事以求外任，最终在熙宁元年（1068）以兵部尚书衔知青州军。

终于从旋涡中心全身而退，六十三岁的欧阳修决定要干一件积累在心里几十年的大事——把父亲的墓志表文改好，刊刻到墓道前的石碑上。这份表文就是被誉为中国古代三大祭文之一的《泷冈阡表》（其他两篇是韩愈的《祭十二郎文》和袁枚的《祭妹文》）。

前面说过，欧阳观去世的时候，欧阳修只有三岁，他对父亲恐怕很难有什么印象，又怎么给父亲写祭文，追述平生呢？这不是难题。因为，欧阳修还有一个直追孟母的贤母郑氏。欧阳观的一生，郑氏都牢牢记在心里，时不时跟儿子唠一唠加深印象。所以，欧阳修知道，论做人，父亲潇洒大度，喜好施与，广结朋友；当官时，父亲清廉仁义，经常为死囚犯在律法里找活命的条例，希望能挽救一个即将消逝的生命；同时，父亲也曾经是儿子，他对自己的父母也严守孝道。父母去世之后，哪怕守孝期已过，想起他们来，还是忍不住呜咽成声。即使后来祭祀品越来越丰厚，他也会悄然伤感，遗恨生时不能多奉养。

通过母亲的描述，父亲饱满的形象栩栩如生。

虽说此文是在祭父，但同时也展现了欧阳修之母郑氏的伟大之处。自从丧父，欧阳家一贫如洗，郑氏却不改节，担负起了既当妈又当爹的重任。同时，她对夫君应该是无比爱重的，因此，她常常能照搬他的原话，并对欧阳修谆谆教诲。一个好妻子和好母亲的形象跃然纸上。近代文学家林纾就曾评说："文为表其父阡，实则表其母节。"武有一箭双雕，文有一表两用，欧阳修总是在不经意间就创造了纪录。

《泷冈阡表》碑拓，现藏江西永丰县博物馆。《泷冈阡表》是欧阳修为其父所作墓表，被誉为中国古代三大祭文之一。

文章最后，欧阳修陈述了自己的成功，以及经过他的努力，为祖先们挣得的一系列身后荣光。

其实，早在一二十年前，这份表文就写好了，没及时刊刻，是因为"盖有待也"。待什么呢？大概就是"推诚保德崇仁翊戴功臣，观文殿学士，特进，行兵部尚书，知青州军州事，兼管内劝农使，充京东路安抚使，上柱国，乐安郡开国公，食邑四千三百户，食实封一千二百户"这一长串官职爵加身，以及对父母和祖辈们的追授。欧阳修终于不辱先人，甚至成为欧阳家最璀璨的一员。

熙宁四年（1071）六月，年迈的欧阳修坚决辞职回家，最终以太子少师的身份退位，来到了他早就看上的颍州（今安徽阜阳）生活。过了一年退休生活，欧阳修终于走完一生，完美谢幕，被朝廷追了个仅次于"文正"的美谥——"文忠"。

弟子苏轼为《欧阳文忠公集》作序时对他进行了全方位评价："论大道似韩愈，论事似陆贽，记事似司马迁，诗赋似李白。"可谓精准地提炼了欧阳修的所有优点。

尽管属于他的时代已经过去，可是，他所引领的时代，才刚刚大步流星而来。被他照亮过的那些桃李，如今已羽翼丰满，等待着春风化雨下一代。

（作者：大梁如姬）

苏洵

老泉先生的史学与文学

在"唐宋八大家"中，苏洵（1009—1066）算是"大器晚成"的一位，不仅如此，他的政治生涯也只能用"平平"二字来形容。不过，苏洵的文章尤其是政论却名动天下，历代评价很高。就连不赞成其观点的朱熹，也只能承认"然其文亦实是好"。

"年二十七始发愤"

自从宋真宗（997—1022年在位）在《劝学篇》里写出流传千载的"书中自有黄金屋，书中自有颜如玉"之后，那个时代的"有志青年"普遍早早致力备考，以求科场一逞。比如苏洵的祖上自从在眉山（今属四川）安家落户，"三世不显"，没有人做官。但大苏洵几岁的兄长苏涣（1000—1062）在宋仁宗天圣二年（1024）却一举高中进士，跻身仕途。这立即在当地引起轰动，所谓"乡人嗟叹，观者塞途"。从"及其后，眉之学者至千余人，盖自苏氏始"这样的记载看，苏涣的科场得志还直接带动了眉山的学风大振，诚可谓榜样的力量无穷。

然而，弟弟苏洵与兄长的个性大不一样。按照《宋史》里的说法，名列"唐宋八大家"之中的苏洵居然是"年二十七始发愤为学"。在此之前的少年、青年时期，他一直耽于游玩、不事学业。苏洵在《忆山送人》这首诗里，就说自己当时是"山川看不厌，浩然遂忘还"。他的结发妻子程氏（即苏轼、苏辙的生母）看到丈夫如此"不务正业"，嘴上虽然不说，心里却也因此"耿耿不乐"，忧其"混没"。谁知到了将近三十岁的时候，苏洵突然性情大改，立志求学了。要是一般人，在二十七岁还没有读多少书，就不会在学业上追求了，而苏洵却颇有信心地说："吾自视，今犹可学。"

有道是"学而优则仕"，苏洵自然也要走科举这条路。宋代科举分为常科、制科。"进士"属于"常科"，而制科则是临时设置的考试科目。遗憾的是，景祐四年（1037），苏洵东出三峡，经由荆楚至京师开封府参加考试，落榜。庆历六年（1046），苏洵又一次上京参加制科考试，仍旧名落孙山。结果就是，苏洵成了"唐宋八大家"里的"另类"——其余七人全部是进士出身（其中，苏洵之子苏轼、苏辙同中进士时年纪不过二十岁上下）！

为什么偏偏就苏洵考不上呢？一方面，这与科举的超高难度有关。比如，不定期举办的制科，两宋加起来将近四百年里，总共也才录取过四十余人，可见中试何其难也。另一方面，苏洵自己也承认不擅长科举考试："苟一之以进士、制策，是使奇才绝智有时而穷也。"

堂堂"唐宋八大家"之一，居然困于科举文章？这听来离奇，却是个事实。在北宋前期，由地方推荐经各州考试合格再参加礼部举行的考试称"省试"。省试进士科考诗赋，一般要考三场。考官最重视的是第一场诗赋，后面的论、策试卷只作为辅助材料。因此，诗赋的巧拙决定了考试者的命运。

偏偏苏洵不精通诗赋。这其实也不能全怪他。诗赋要求押韵，而宋代的官韵（《广韵》）又是建立在四个世纪之前的《切韵》基础上的。语音演变与方言分歧，使得宋人讲究格律变成了一件非常吃力不讨好的事情。举个例子，排在《广韵》最前面的"东冬韵"和"钟韵"读音是有区别的（笼 ≠ 龙）。问题是这几个韵部很久以前就已经合并（如今大约只有浙江温州、丽水一带方言能分），要押韵，就只能死记硬背。须知，《广韵》里的小韵有将近4000个，记忆难度自然可想而知。在这方面倒霉的肯定不止苏洵一人，要不然范仲淹也不会感慨这是"音韵中一字有差，虽生平苦辛，即时摈逐"了。

不过，就算能如范仲淹所愿，先考策论再考诗赋，苏洵仍旧得不到考官赏识。这是因为，北宋开国之后相当长的一段时间里，诗坛流行追求辞藻华美、对仗工整的"西昆体"。其影响所及，文风也极艳冶。柳开（947—1000）提倡古文运动后，又变得矫枉过正，由效仿韩愈而陷于险怪晦涩。当时的太学生们就喜欢搬弄这样的"太学体"。这样的文风占了上风，苏洵自然吃亏——他的文章朴实自然，结果反而"方是时，四方指为迂阔"。

从自己的科举经历上，年近四旬的苏洵最后得出的结论是："此不足为学也！"这倒不是一时激愤之言。宋代的科举制度虽仍在上升时期，却已暴露出弊端。后来苏轼在科场得意时还说，科举考试，不看平时才行，而决定于一次考试，是"掩之于仓卒"，未必能真正发现人才。这显然是继承了其父的观点。另一位科场大赢家王安石（22岁中进士）甚至认为诸科所试皆是章句声律记诵之类的无补之学，有真才实学者，却"困于无补之学，而以此绌死于岩野，盖十八九"。

苏洵对科举制度彻底失望了。他决心"绝意于功名，而自托于学术"。为此，他甚至烧掉了十几年来为应试所写的数百篇文章。没有了"应试"的约束与负担，苏洵的思想才真正解放开来。在闭户读书的七八年时间里，他自由广泛地阅读六经百家之说，还坚持绝笔不为文辞达五六年，等到"胸中之言日益多，不能自制"之时，才开始落笔写文章。于是，这世上便少了一个平庸的"做题家"，多了一个流芳百世的文豪。

名动京师

话说回来，宋王朝奉行"崇文抑武"的国策，为文人搭建了前所未有的政治舞台。苏洵只是说不应科举，并非断绝了做官的念头。这是因为，北宋为那些科举不第的士人，还准备了一套"举荐"制度。当时摆在苏洵面前的只有一条路，那就是拜谒达官显宦，以求荐举骤达。

机会悄然来临。张方平（1007—1091）在距离眉山不远的成都做官时，很注意访求人才。苏洵听说之后，前去拜访。张方平很赏识他，又把他推荐给了雅州（今四川雅安一带）知州雷简夫。雷简夫虽然官职不高，却是慧眼识珠。苏洵前去拜访之后，他立即写信向朝中的欧阳修（翰林学士）、韩琦（枢密使）等重臣推荐苏洵，并在推荐信中称赞苏洵为天下奇才，把他看作是当代的司马迁。嘉祐元年（1056），苏洵随二子入京应试。张方平也给欧阳修等写了推荐信，并为他们准备了鞍马行装，派人送他们父子进京。

由于张方平与雷简夫这两位伯乐的大力引荐，苏洵终于叩开了当时文坛领袖欧阳修的家门，献上了自己的《权书》《衡论》《几策》。欧阳修看过苏洵的文章之后，大为惊叹，称之"辞辩闳伟，博于古而宜于今，实有用之言"。欧阳修是当时的文坛泰斗，加之苏洵的两个儿子同榜高中的巨大舆论传播，其文章马上产生巨大的反响，一时间"父子隐然名动京师，而苏氏文章遂擅天下"。就此，身为一介布衣的苏洵正式登上了北宋文坛，"老苏"也成了他的专有称号。

苏洵在文章里究竟写了些什么呢？用雷简夫的话说，就是"讥时之弊""皇皇有忧天下心"。苏洵生活的仁宗时期，北宋王朝"积贫""积弱"两大痼疾集中暴露。虽然只是一介草民，但他却心怀天下。苏洵是有政治抱负的人。他说自己作文的主要目的是"言当世之要"，是为了"施之于今"。再加上苏洵博览群书，又尤其喜欢《战国策》，久而久之，《战国策》的文风也逐渐浸润苏洵的思想，后来王安石就评价"苏明允（苏洵字明允）有战国纵横之学"。所谓"纵横之学"，指的就是战国时游说之士为进谏诸侯所做的文章。时隔十多个世纪之后，在苏洵的政论文上仍可以感受到先秦时代纵横雄辩的遗风。

在苏洵看来，宋王朝"虽号百岁之承平，未尝一日而无事"。北宋建国100年来，在同辽和西夏的关系上，一直处于被动挨打的局面，而国内的兵变、民变更是此起彼伏，几乎没有间断过。苏洵对这种局面是很不满意的。他在《几策》中《审势》一篇里质疑，北宋的中央集权如同秦代一样强大，纵然封疆大吏，"三尺竖子驰传捧诏，召而归之京师，则解印趋走，惟恐不及"，为什么宋朝的国势还会如同"诸侯太盛"东周一样"天下之病，常病于弱"呢？

苏洵给出的答案是"习于惠而怯于威也"。其表现，一是滥赏，"赏数（多）而加于无功"；二是刑弛，"刑弛而兵不振"。吏治腐败，军纪松弛，府库空虚，忍辱偷安，这都是宋王朝"以负强秦之势，而溺于弱周之弊"的表现。

既然如此，"药方"也就呼之欲出了——"用威而已矣"。什么是"威"呢？苏洵举了战国时期的一个例子。齐国本是强国，可是齐威王在位初年，其他诸侯国侵凌不绝。但是，齐威王一旦振作，重赏贤能的即墨大夫，烹杀贪鄙的阿城大夫，整肃吏治，然后出兵攻打赵、魏、卫诸国，诸国纷纷求和。苏洵以齐国复兴的事实，证明施威能治弱政的论点。因此，他建议宋朝廷"用威"强政——"严用刑法而不赦有罪，力行果断而不牵众人之是非。"并且，一般的用赏、用刑还不行，必须"用不测之刑，用不测之赏，而使天下之人，视如风雨雷电"。

这样的说辞，很容易让人联想到"严刑峻法"。自从西汉的大儒董仲舒以来，士人往往秉承"王者，任德不任刑"的观点。这与苏洵的看法并不合拍。为此，苏洵在《审势》的最后以"汤武皆王也，桓文皆霸也"加以反驳。商汤虽然也和周武王一样称"王"，却曾经"诛锄其强梗怠惰不法之人，以定纷乱"。反过来，晋文公固然与齐桓公一样称"霸"，但他"不说以刑法，其治亦未尝以刑为本"。以此看来，难道能说商汤非"王"、晋文公非"霸"吗？总而言之，"故用刑不必霸，而用德不必王，各观其势之何所宜用而已"。既然当前的"天下之势"就是"大弱"，那"用刑"有何不可？为什么"不曰王道"？总而言之，"政强矣，为之数年，而天下之势可以复强"。通过强政，破苟且之心和怠惰之气，激发天下之人的进取心，这就是平民苏洵所提出的政治革新主张的总精神。

本好言兵

后来，在"唐宋八大家"里"殿后"的曾巩还说，苏洵"颇喜言兵"。实际情况确实如此，苏洵所作《权书》十篇、《几策》中的《审敌》篇、《衡论》中的《御将》和《兵制》篇，都是专门"言兵"的。

一介文人，为何如此关注军事问题？这当然也与苏洵生活的时代背景有着莫大的关系。用欧阳修的话说，当时是"南夷敢杀天子之命吏，西夷敢有崛强之王，北夷敢有抗礼之帝者"。抛去文字里的感情色彩，这段话实际描述了北宋在南、西、北三个战略方向遭遇的严峻挑战。

在南方，皇祐四年（1052）侬智高在广西边疆起兵反宋，五月，攻破邕州（今广西南宁），建"大南国"。宋廷震动，急忙以名将狄青统兵南下，才平定了这场声势浩大的反乱。此事虽了，但宋廷南疆尚有"大理"（在今云南）、"大越"（今越南北部）两个政权自立。尤其是后者更于1075年由大将李常杰领兵大举入寇广西，酿成重大边患。

在西方，1038年10月，党项族首领元昊于兴庆府（宁夏银川）

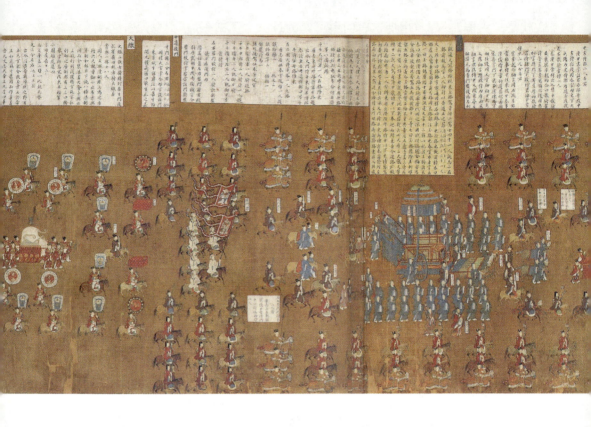

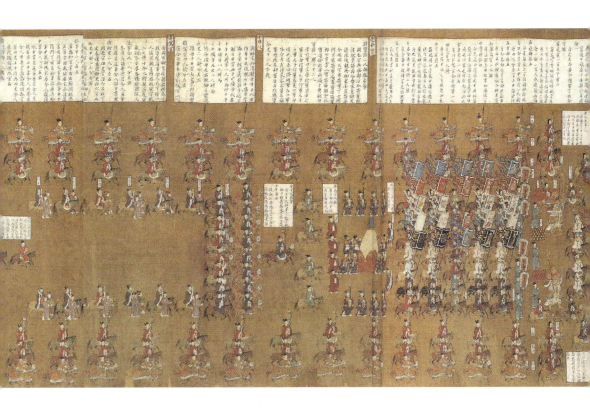

《大驾卤簿图》（局部），北宋，全卷纵51.4厘米、横1481厘米，现藏中国国家博物馆。卤簿指古代皇宫仪仗队，图中描绘了皇帝前往城南青城祭祀天地时浩浩汤汤的宏大场面。北宋时南郊大礼是彰显君威的重要仪式，但正如苏洵在文章中常忧心的那样，宋王朝"虽号百岁之承平，未尝一日而无事"，因此在其文章中常针砭时弊并寻求治国之策。

南筑台受册，即皇帝位，国号"大夏"，年号"天授礼法延祚"。以党项族为核心的西夏王朝在北宋名义上的"定难军"土地上诞生，随之便与宋朝发生了激烈冲突。三年三大战，宋军接连惨败。宰相吕夷简惊呼"一战不及一战，吁！可骇也"。不得已，庆历四年（1044），宋夏和议成立，宋朝"岁赐"西夏岁币绢15万匹、银7万两、茶3万斤。

更不用说北方的契丹（辽）了。自从宋太宗两次北伐燕云失利，宋人仿佛就患上了"恐辽症"。1005年，"澶渊之盟"成立。此后，宋代不但要在事实与名义上都承认"南北朝"的现实，还要送给辽朝岁币银10万两、绢20万匹……

对这种"以金钱换和平"的做法，苏洵是坚决反对的。他在《权书》里就以此为主题大发了一通议论——这就是收入高中语文教材的《六国论》。这篇雄文开篇立论，点名"弊在赂秦"这个中心论点，然后采用设问回答的方式，重申赂秦之弊，接下来先从正面论证赂秦者必亡，诸侯国不断割地与秦以求一时之安，"然则诸侯之地有限，暴秦之欲无厌，奉之弥繁，侵之愈急"，以致诸侯国力衰弱，未战之前就胜负已定，"至于颠覆，理固宜然"。第三段再反过来说明齐、燕、赵国这些未赂秦者但终因赂秦者亡的道理，最后提出六国诸侯应齐心合力对付秦国的方法论，并启发今人。通篇行文气势磅礴，可谓深得战国纵横家们的真传。而苏洵真正想说的，是《六国论》里的最后一句话："苟以天下之大，下而从六国破亡之故事，是又在六国下矣。"在其看来，堂堂大宋，居然要向辽、夏二邦交纳"岁币（赐）"。这只会助长敌国贪欲，于国于民毫无益处。他在《几策》中的《审敌》篇里，更是直指辽（文中的"匈奴"）对北宋危害巨大，它的真实意图在于索取贿赂壮大自身，最终达到灭宋的目的（"吾日以富，而中国日以贫，

出土于黑水城的西夏武士像。西夏也曾是北宋北境的一大威胁，宋夏议和后，宋向其缴纳『岁币』。

然后足以有为也"）。因此，岁币政策最终非但不能带来和平，反而会使北宋的处境变得更加危险。

话又说回来了，宋廷之所以甘愿承担"岁币（赐）"的屈辱，归根结底还是因为宋军在战场上不能取胜，而旷日持久的战争又是个极大的财政负担。譬如，元昊侵边前，陕西每年支出钱帛粮草1550万，而两军交兵之后，每年支出达3363万。河东原来每年支出钱帛粮草859万，而战争以来增至1303万。如此"烧钱"的结果就是，"关中生聚，凋残尤甚，物价踊贵"。

因此，在断绝岁币之外，苏洵也主张改革军制，以备一战。宋王朝囿于晚唐五代藩镇割据的教训，习惯将武将调离军队而以文臣统军，甚至文臣中有武略、懂军事的人也要调离军队。这是造成宋王朝兵员虽多而战斗力弱的一个重要原因。苏洵对这种"将不识兵，兵不识将"的局面是不赞成的。他在《衡论》里专门写了一篇《御将》来讨论这个问题。他承认御将难，所谓"人君御臣，相易而将难，将有二：有贤将，有才将，而御才将尤难"，但苏洵指出，只要驾驭得法，并不会出问题，应该敢于并善于使用才将。

当时还有争论，对将领应赏于立功之前还是应赏于立功之后，苏洵认为这都是"一隅之说，不可用也"。在他看来，"先赏之说，可施之才大者；不先赏之说，可施之才小者"。对此，他还举汉高祖刘邦的例子。"一见韩信而授以上将"，是因为刘邦知道韩信"志大，不极于富贵，则不为我用"。而对樊哙这种"才小而志小"的将领，则是"拔一城、陷一阵，而后增数级之爵，否则，终岁不迁也"。这是因为刘邦清楚，如果"先赏之，则彼将泰然自满，而不复以立功为事故"了。

具体问题具体分析，比起那些"一隅之说"确实要全面得多。

上皇帝书

苏洵的文章出了名，他在京城的处境也变得不一样了。嘉祐元年（1056）的秋冬之际，苏洵还过着"朝扣富儿门，暮随肥马尘"拜谒王公大臣的生活；半年之后的嘉祐二年（1057）春，却变成了王公大臣们纷纷主动求见苏洵这位平头百姓了。

不巧的是，四月，苏洵之妻程夫人病逝。苏洵与苏轼、苏辙闻讯只能仓促返回眉山，安葬程夫人。第二年十月，朝廷下诏苏洵到京城舍人院考试策论。若对一般人来说，这本来是个"殊荣"，但文名已满天下的苏洵不这么认为。既然朝廷已经看过他写的文章，对他的能力也应该是了解的，但还是让他去参加策论写命题作文，就是对他的极大不信任。既然对自己不尊重、不信任，那他去不去都没什么意义。

但诏命毕竟代表了当朝天子的意思，而且苏洵还想把自己的一些想法告诉朝廷，希望有补于政，于是他决定亲笔给宋仁宗写一封信。这年十二月初，这封长达7000字的《上皇帝书》寄出了。

开场的客套话自然是免不了的。在说了几句感谢"陛下过听，召臣试策论舍人院"之后，苏洵就很含蓄地表白自己所以辞而不赴的原因"有负薪之疾，不能奔走道路"，而且"自知其疏拙，终不能合有司之意，恐重得罪"。其实，此次赴京策论，是皇帝钦点，哪里会有服从诏令反而得罪的道理呢？这就是苏洵在婉拒皇帝的诏令。

接下来的才是重头戏。为了说明自己并非要借隐居而钓誉，苏洵

後唐胡瓌懷于也嘗畫人汲水圖大有父風用筆
古勁此卷番部雪圍畜精人奪目人馬如生左右
傳神盡其形態人犬相習又得于筆丹青之
外為可珍也

雲卑居士題

《番部雪围图卷》，五代，胡瓌（款），绢本设色，纵28.8厘米，横117厘米，现藏美国弗利尔美术馆。该图描绘了几位契丹猎手雪中围猎的场景。自北宋立国以来，就一直受北方契丹的威胁，苏洵不仅在其名篇《六国论》中借论六国之亡"弊在赂秦"而指出宋朝用"金钱换和平"做法的弊端，还在《审敌》中直指辽的危害。

向皇帝表示，自己的"平生之志"就是"欲效尺寸于当时"，因此将"近而易行，浅而易见"的"天下之事"，"条为十通，以塞明诏"。

就这样，苏洵一口气向宋仁宗提出了十条政治主张：重爵禄、罢任子、严考课、尊小吏、复武举、信大臣、重名器、专使节、停郊赦、远小人。这些意见的核心是要改革吏治。再具体而言，除了要求"停郊赦（郊祀三年一次，每次郊祀必大赦，必大赏）"一条外，其余九条都是谈朝廷用人问题。

北宋年间的"冗官"现象，在仁宗年间特别突出。皇祐元年（1049），户部副使包拯指出，"今内外官属总一万七千三百余员，其未受差遣京官、使臣及守选人不在数内，较之先朝，才四十余年，已逾一倍多矣"，而州郡县的地方官，则更是"三倍其多"。其中的一个原因就是，宋朝实行三岁一迁官的制度，不管才不才，只要无大过，满三年都可升官。在苏洵看来，这种做法是"陛下轻用其爵禄"，既造成"官吏繁多，溢于局外"，又导致国家财政拮据，"病陛下之民而耗竭大司农之钱谷"。为此，苏洵认为，只有那些"务为可称之功，与民兴利除害"的官吏才应升迁；那些"庸人，虽无罪而不足称者"，就算是"老于州县，不足甚惜"。

苏洵认为，裁减"冗官"的另一个办法，是"罢任子"。宋代贵族官僚的子孙、亲属、门客都可由恩荫得官，数量极大，光是庆历七年（1047）一年，皇族授官就有1000多人。这样一来，上了一定品级的官员子弟仅凭父兄之资就获得爵禄，而获得爵禄的子弟的子弟又仅凭其父兄之资获得爵禄。一代又一代重复下去的结果是使"不学而得"爵禄的人无穷无尽。苏洵坚决反对不经选拔、直接使用官僚子弟，主张彻底废除这一制度——"今之用人最无谓者，其所谓任子乎？"他还认为，如此可以一举两得：一是让冗官大量减少，二是促使"公卿之后皆奋志为学"。

在其余几条意见里，值得注意的还有"复武举"。"重文抑武"是宋朝的国策，因此相比对文人的慷慨（"冗官"就是一个例子），宋廷对武人相当苛刻：只有用兵时才"购方略、设武举"，寻求将帅人才，而且待遇又薄，吸引不到什么人才，结果"所得皆贪污无行之徒，豪杰之士，耻不忍就"。这样"临事而取者"，是"不足用"的。而到了休兵之日呢？虽有超世之才，朝廷亦惜斗升之禄。苏洵向来关注军事，因此主张常设"武举"，但考试内容需要改革，因为"以弓马得者不过挽强引重，市井之粗材；而以策试中者，亦皆记录章句，区区无用之学"。苏洵理想中的武举是选拔要严格，两制（翰林学士为内制、中书舍人为外制）举其所闻，有司试其可者，然后由皇帝亲自考试；标准是智勇双全，既要"便于弓马"，又要有"权略"；取人不宜过多，每次"不过取二人"；待遇要优厚，"待以不次之位，试以守边之任"。他认为，这样才能得到真正堪用的将帅人才。

总而言之，在《上皇帝书》里，苏洵提出的十项改革主张，项项具体、实在，可操作性很强，只可惜上书之后石沉大海。对此结局，苏洵自己也预料到了："臣观朝廷之意，特以其文采词致稍有可嘉，而未必其言之可用也。"毕竟，朝廷只是需要他做一个文学侍从而已。

《辨奸论》疑云

其实，苏洵的《衡论》中还有一篇名为《养才》的文章，文中建议朝廷优待奇杰之士，给他们隆重的恩典，赐予高官厚禄，包容他们的个性，这样他们才能更好地贡献自己的才华。苏洵当然希望自己也可以得到这样的优待，但他的理想并没有实现。嘉祐五年（1060）八月，朝廷终于任命苏洵为试秘书省校书郎。校书郎是一个九品芝麻官，主要从事图书档案校对、撰写祭辞祝文之类的文字工作。前面的"试"字则是代理、试用的意思。此时，苏洵已年过五旬了。

第二年七月，朝廷打算让太常寺（掌礼乐、郊庙、社稷）修撰从北宋建国以来的《礼书》。这项工作颇为需要"技术含量"，于是苏洵被任命为霸州文安县主簿，食其俸禄，居于京师，与陈州项城县令姚辟同修《礼书》。其品位也由九品升为八品，官衔前"试"字也去掉了。他终于成为国家正式在编的公务人员了——而这也是苏洵仕途的终点。

就在苏洵人生的最后一段岁月里，他还给后世留下了一段公案——《辨奸论》的真伪。

提到《辨奸论》，就不能不说苏洵与同属"唐宋八大家"的王安石的恩怨了。除了韩愈、柳宗元，"唐宋八大家"里其他六位一同生活于北宋中期。一般来说，他们彼此间的关系比较亲近：欧阳修是北宋中期的文坛教主，曾巩是欧阳修的学生，苏轼、苏辙都是欧阳修的门生，苏洵是欧阳修的挚友。欧阳修、曾巩与王安石私交也很好。唯独苏氏父子三人，与王安石明显不合，堪称一个异数。

追根溯源，大概要从嘉祐元年（1056）说起。当时，苏洵的文章"名动京师"，任地方官期满回京的王安石当然也拜读了苏洵的文章。但王安石不喜欢纵横家风格的文章，"独不嘉之"。这个玩笑不知道怎

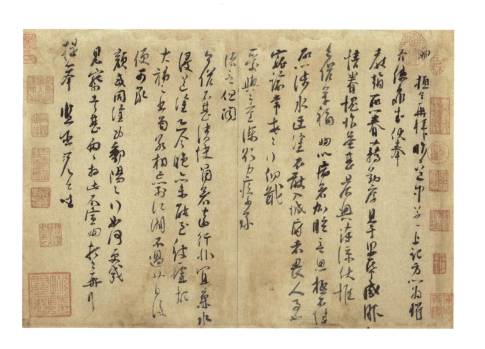

《致提举监丞尺牍》，宋，苏洵，纵35.3厘米，横53.2厘米，出自《眉山苏氏三世遗翰》，现藏台北故宫博物院。苏洵传世书法作品寥寥，这封手书如其文章一般气韵有余，随意天然。

么传到苏洵的耳朵里了。听到王安石这样评价自己的文章，苏洵心里自然颇为不悦。对这一点，南宋的朱熹看得很清楚。《朱子语类》就记载，"老苏之出，当时甚敬崇之，惟荆公（指王安石）不以为然，故其父子皆切齿之"。

反过来，苏洵也看不惯王安石。他与王安石在欧阳修府中相见时，一看对方蓬头垢面、衣衫不整，就认定王安石是奸臣，并且劝欧阳修不要与王安石交往。到了嘉祐八年（1063），王安石的母亲去世，苏洵连吊唁都不去。足见此时苏洵与王安石的矛盾已经趋于白热化了。

有一种说法，苏洵在此时写作了《辨奸论》。不过，由于这种说法出现的时间比较晚，清代之后出现了此文乃是邵伯温（1055—1134）伪作的看法。尽管时间又已经过去几百年，今天的史学界对《辨奸论》的真正作者还是众说纷纭，未有定论。

话说回来，《辨奸论》纵然不是苏洵所作，但自宋至明人们都将著作权送予苏洵，这也说明这篇文章与苏洵擅长的政论文还是有其相似之处——就算《辨奸论》真的是苏洵写的，它也远远谈不上是苏洵所写的最好文章。

顾名思义，这篇文章是为"士大夫"不能"辨奸"而发。文章一开头就指出，人的性格尤难洞察，往往连聪明人也会受骗。接下来又列举西晋大臣羊祜（或山涛）初见极富辩才的王衍时的预言——"误天下苍生者，必此人也"，以及唐代名将郭子仪对相貌丑陋、内心阴险的卢杞的评论——"此人得志，吾子孙无遗类矣"，说明对人的本性只有见微知著，才能把握本质。不过，作者接着又补充，要不是晋惠帝与唐德宗两个君主昏聩无能，王衍、卢杞这两个人也不足以逞其奸险，毁灭国家。

这些道理其实很浅显易懂。为什么《辨奸论》从宋朝就引起人们的关注呢？其原因在于，人们很容易从中读出对王安石的"影射"。文章先是不点名地指出当时有个人是集西晋王衍的辩才和唐朝卢杞的奸险于一身的大坏蛋。接下来进一步指出，脸脏了不忘要清洗，衣服脏了不忘要浣净，这是人最普通的至理常情。这个人现在却不是这样，穿的是像奴仆穿的衣服，吃的像猪狗吃的食物，头发蓬乱得像囚犯，满脸污垢脏似居丧，却又满口高谈《诗经》《尚书》之中圣人的言论，难道还合乎情理吗？"凡事之不近人情者，鲜不为大奸慝"——大凡为人处世不近人之常理常情的人，很少不是大奸贼的，正是竖刁、易牙、开方这一类的人啊。联想到王安石正以不修边幅著称，这简直就是在指名道姓地将其看作是春秋时期祸乱齐国的竖刁（自宫取悦齐桓公）、易牙（烹子献糜）、开方（父母去世也不回国奔丧）这样的奸佞小人了。要是这种人当政，"则其为天下患，必然而无疑者"！

在《辨奸论》的最后，作者希望自己的预言不要应验。因为自己说得不准，人们仅仅会认为他的话说过头了；反过来要是不幸言中，文章的作者固然获得了"知言之名"，可天下就遭殃了。如此耸人听闻的看法，无疑让人想起日后时人对"王安石变法"的两极化评价。而在《辨奸论》疑云之外，也有一点是确定无疑的——苏氏父子与王安石的恩怨并未就此结束，这从日后苏东坡的人生轨迹里也可以清楚地看到。

（作者：郭晔旻）

宋英宗治平二年（1065）九月，苏洵、姚辟合修的礼书《太常因革礼》100卷终于大功告成。可惜书刚刚修完，苏洵就积劳成疾，卧病不起。第二年四月二十五日便与世长辞，年五十七岁。生前仕途不得志的苏洵却是享尽哀荣："自天子、辅臣至闾巷之士，皆闻而哀之。"宋英宗追赠苏洵光禄寺丞，并敕官府备船载苏洵灵柩回川安葬。

"博辩宏伟"

国人向来有句话，叫作"盖棺论定"。苏洵一人著述，除去《太常因革礼》之类的"学术著作"，存世者不过散文近百篇、诗四十余首。可就是这些为数不多的作品，却能让人赞叹苏洵是"一时之杰，百世所宗"。

明人首创"唐宋八大家"之说，苏洵其名，正在其中。清人邵仁泓感叹，"中年奋发，无所师承"的苏洵是"以雄迈之气、坚老之笔，而发为汪洋恣肆之文"，所以能够"上继韩（愈）、欧（阳修），下开长公（苏轼）兄弟"。诚如其言。苏洵的文才是同为"唐宋八大家"的欧阳修、曾巩都承认的。曾巩在《苏明允哀词》中赞叹："少或百字、多或千言，其指事析理，引物托喻，侈能尽之约，远能见之近，大能使之微，小能使之著，烦能不乱，肆能不流。其雄壮俊伟，若决江河而下也；其辉光明白，若引星辰而上也。"在《故霸州文安县主簿苏君墓志铭》里，"醉翁"如此评价苏洵："君之文博辩宏伟，读者悚然想见其人。"

这当中的"博辩宏伟"正是苏洵文章的重要特点。在苏洵存世的近百篇散文中，有五十余篇论辩和二十余篇书说，其余如奏议、序跋、碑志、杂记、箴铭、颂赞、哀祭、赠序等均不足五篇。如果以现代文体标准划分，可以说是以论说文为主体，而记叙文和抒情文为少数。这些论说文文辞雄奇坚劲，笔势浩荡，雄辩滔滔，结构大开大合，纵横捭阖。著名的《六国论》正是其中的代表作。

《六国论》是《权书》中的第八篇。在整部《权书》里，苏洵对孙武、子贡、六国、项籍（即项羽）等历史人物、历史事件均作出了评价。这些"史论"的真实用意在于"借古喻今"，针砭时弊。明朝文学家何景明（1483—1521）就指出，苏洵"论六国赂秦，其实借论宋赂契丹之事，而卒以此亡，可谓深谋先见之识矣"。

也正是由于宋朝国势的不振，苏洵的史论带有以成败论英雄的实用主义倾向。比如楚汉争霸以项羽失败告终，所以苏洵就说西楚霸王是"有取天下之才，而无取天下之虑"。这说法本身倒也不错，毕竟项羽要是不搞分封诸侯自己还都彭城（今江苏徐州）那套，兵力居于绝对劣势的刘邦是不是能够翻盘的确也难说。但苏洵却因为项羽是最后的失败者，甚至否定了他的成名作——破釜沉舟大破秦军的巨鹿之战。按他的说法，就是因为打完这仗之后项羽"区区与秦将争一旦之命，既全钜鹿而犹徘徊河南、新安间"，所以让刘邦先入关中，因此"天下之势在汉不在楚。楚虽百战百胜，尚何益哉"。这种看法显然过于偏颇了，毕竟灭亡秦朝不是比谁跑得快，项羽在消除章邯率领的秦军主力威胁前，自然不能如同刘邦偏师一样孤军深入（刘邦在进军武关前几乎未受到秦军抵抗）。更有意思的是，苏洵在《项籍》里顺便还指摘了蜀汉丞相诸葛亮一番："弃荆州而就西蜀，吾知其无能为也。且彼未尝见大险也，彼以为剑门者可以不亡也。"且不说是关羽大意失了荆州，诸葛孔明恐怕也未必认同"为剑门者可以不亡"——不然，六出祁山又是为何呢？话说回来，这些存在争议的观点，倒也不会改变后人从文学角度，一直认同苏洵文章"实在是好"的态度。

至于对史学本身的看法，则反映在苏洵撰写的《史论》里。《史论》对经史关系（不同类型的文章有不同写法）、史书和史家都有论述，体现了他对史学的思考。在苏洵看来，写史书是件难事，魏晋以后，没有出现左丘明、司马迁、班固、范晔、陈寿之类的史才——不独是他如此想，千载之后，人们也只能承认，"前四史（《史记》《汉书》《后汉书》《三国志》）"是《二十四史》里的精华。

苏洵尤其推崇《史记》与《汉书》："虽以事、辞胜，然亦兼道与法而有之，故时得仲尼遗意焉。"在他看来，这两本书的优点在于"隐而章""直而宽""简而明""微而切"，可以起到惩恶劝善的社会作用，因此"能为《春秋》继，而使后之史无及焉者"。

但苏洵也不觉得两书已臻于完美。他认为《史记》"裂取六经、传、记"，如此"今夫绣绘锦縠，衣服之穷美者也，尺寸而割之，错而纫之以为服，则绨缯之不若"，有材料拼凑之嫌。而班固的问题则是抄书——汉武帝以前的纪传，几乎全录《史记》原文。如此"袭蹈迁论以足其书者过半"，"彼既言矣，申言之何益"？不过苏洵在《史论》里终究还是回到了"史之难其人久矣"，奉劝后代史家以史为鉴，而不要讥讽前代史家的治史之失，"史之才诚难矣！后之史宜以是为鉴，无徒讥之也"。这无疑也是中肯之言。

以学求仕

在同时代的学者中，苏洵对史学的思考是十分突出的（当然比不上作《新五代史》的欧阳修），修成了颇有分量的一部《嘉祐谥法》，可以看作是其史学实践化的著作。

不过，苏洵首先是一位文学家，而且是位向往仕途的文学家。尽管他的后半生几乎都在"怀才不遇"中度过，但他在与庙堂诸公的往来中，还是留下了另一类文学遗产——书信。

嘉祐元年（1056），苏洵进京时，首先选择拜谒了时任翰林学士的欧阳修。翰林学士又叫作"内翰"，于是苏洵给他投献的这封书信就称为《上欧阳内翰第一书》。后来苏轼讲过，"将有求于人，而其说不诚，则难以望其有合矣"。因此，为了表达自己的真诚之心，苏洵又连续向欧阳修上书五次之多。

其实，对于身居高位的欧阳修来说，有人投书拜谒是非常寻常的事情。用他的话来说就是"过吾门者百千人"。苏洵要如何在众多的竞争者中脱颖而出呢？当时拜谒者使用的常见技巧就是向拜谒对象表达自己对其的仰慕之情，以博得主人对自己的好感，这是一种拉近双方距离最有效的方法。比如后来的曾巩在拜见欧阳修时就在信里写，"巩自成童，闻执事之名，及长得执事之文章，口诵而心记之"。这话一方面拉近了自己跟欧阳修的关系，另一方面也悄悄拍了一个马屁，表明欧阳修早已声名远播。可谓用心良苦。

苏洵又是怎么做的呢？在《上欧阳内翰第一书》的一开头，苏洵就坦陈，自己平生仰慕而不得见的有六人：范仲淹、尹洙、余靖、蔡襄、富弼、欧阳修。这些人曾是范仲淹主持"庆历新政"的主导力量，也就是苏洵所说的"范公在相府，富公为枢密副使，执事（指欧阳修）与余公、蔡公为谏官，尹公驰骋上下，用力于兵革之地"。六人之中，范仲淹、尹洙当时已经去世，余靖、蔡襄在地方任职，富弼身居宰辅高位不能轻易接见布衣，因此苏洵在京拜谒的首选就是热衷举荐有才之士的欧阳修。

欧阳修当时已是公认的文坛领袖。苏洵遂投其所好，在书信里以古文为切入点。首先，苏洵对孟子、韩非子、欧阳修、李翱、陆贽这几位古文大家的文章风格一一评点。可以说，其中的每一句点评都向欧阳修显示了苏洵的古文鉴赏水准。苏洵先是称赞欧阳修的文章与先秦的孟子、韩非子一样"断然自为一家之文"，然后又表示，李翱（774—836）的文章只是"有执事之态"，陆贽（754—805）的文章不过"有执事之实"。这样一比较，自然得出"执事之才，又自有过人者"的结论了。文章后面再说什么"执事之名满于天下，虽不见其文，而固已知有欧阳子矣"也就不显得突兀了。

在表达了自己的敬仰之情有如滔滔江水之后，苏洵开始了自我介绍："少年不学，生二十五岁，始知读书。"一开始读古人文章，只感觉其出言用意与自己的想法不同，但怎样处理好"言"与"意"之间的关系？他似乎并未真正弄清楚，处于知道"是什么"而不知道"为什么"的阶段。所以接下来苏洵才会"兀然端坐，终日以读之者七八年矣"。这一时期，他用功最大最深的是《论语》《孟子》与韩非子的文章。时间长了，"读之益精，而其胸中豁然以明"。苏洵接下来说，在认识到一切文章表达方法原本就是"人之言固当然"后，自己也产生了"不能自制"的创作冲动，以及"浑浑乎觉其来之易"的写作痛快自如之感。

经过这样的铺垫，苏洵写作《上欧阳内翰第一书》的真实目的才表现出来：对于所写的文章，自己还不能肯定是不是写得好，所以特地送给欧阳修过目——"近所为《洪范论》《史论》凡七篇，执事观其如何？"——通过把欧阳修引为文章知己进而获得长期交游的机会。而《上欧阳内翰第一书》的成效也是非常明显的。欧阳修见到苏洵的文章，如获至宝。"今见君之文，予意足矣。"他将苏洵的策论上呈朝廷，并在《荐布衣苏洵状》中写道："其论议精于物理而善识变权，文章不为空言而期于有用。其所撰《权书》《衡论》《几策》二十篇，辞辩闳伟，博于古而宜于今，实有用之言，非特能文之士也。"

欧阳修的推荐使苏洵在京城公卿之间名声大振。不过，按苏洵的本意，古文才华只是敲门砖，他还是期望通过举荐入仕施展政治才能。因此，在苏洵后续致信求访韩琦、富弼、文彦博等朝廷大臣时，便不

　　宋刻本《东莱标注〈三苏文集〉》。苏洵其文"博辩宏伟",以现代文体标准划分,可以说论说文居多,这些文章笔势浩荡,雄辩滔滔,结构大开大合,堪为此类文章之典范。

以论文学为旨归，不再评点文章风格，而是直指社会弊病，提出兴革之法，以彰显自己的政治才能。尤其是在写给韩琦的《上韩丞相书》里，苏洵直言不讳地表示，"洵年老无聊，家产破坏，欲从相公乞一官职"。可惜，韩琦对苏洵的态度一直是"知其才而不能用"。因此，苏洵在官场终究未能得志。

"风行水上"

"书虽就于百篇，爵不过于九品。"这正是苏洵去世后时人的评价。在"唐宋八大家"里，苏洵的官阶最低，传世文章也最少。但他毕竟生前就已文名满天下，而且身后更被奉为一代文豪。个中的缘由在于，苏洵的文章，重在"质"而不在"量"——《仲兄字文甫说》就是个中典型。

此文的文体属于"字说"，用来说明"字"的含义。按照《礼记·檀弓》的说法，古人成年后，需要受到社会的尊重，晚辈直呼其名代表不恭敬；于是需要取一个字（表字），用以区别长幼尊卑。北宋的文坛很流行这种应用文体。其中以黄庭坚创作尤富，多达二十七篇，乃至其全集中以"字说"单列一卷。今天已经没有了这种取"字"的风俗，"字说"在现实中自然也就不再需要了。

《仲兄字文甫说》就是这样一篇有关"字"的短文。标题里的"仲兄"指的是苏涣，他在宋仁宗天圣二年（1024）进士及第，官至都官郎中、利州路提点刑狱，为官谨正，有"循吏"之称。苏涣的字本来叫作"公群"，后由苏洵改成"文甫"。为了说明替兄改字的来由用意，苏洵才写了这篇文章。

古人"名"与"字"的意思往往是有关联的。比较典型的两个例子就是三国时的关羽字云长，是"羽""云"相关；而南宋的岳飞字鹏举，则是"飞""鹏"有关。苏涣原来的名与字均出自《易经》里的爻辞"涣其群，元吉"。"涣"的字面意思是水流涤荡，"涣其群"就是用水流涤荡污垢，喻指圣人推行德教。故而苏涣原字"公群"，"则是以圣人之所欲散涤荡者以自命也"。以此看来，苏涣的名、字不仅其来有自，而且意蕴高远，似乎没啥可以吐槽的地方。但苏洵不这么看——"以圣人之所欲"而"自命"，未免妄自尊大，有所不妥。所以他征得兄长同意，为之改字。

改字而不改名，自然是件有难度的事。但这难不倒大文豪苏洵："请以文甫易之。"《仲兄字文甫说》的首段百余字，只点出题中的"文甫"二字。按常理说，接下来应该对"文甫"二字的内涵加以阐论了。谁知苏洵接下来来了个借题发挥，拿"风水相遭而成文"做比喻，尽情地述说了他对文学创作过程的看法。

可以说，这才是《仲兄字文甫说》的精华所在。苏洵的文章本以古朴为特征，这篇文章对"水之与风"的描述却写得异常华丽："回者如轮，萦者如带，直者如燧，奔者如焰，跳者如鹭，跃者如鲤……"无怪乎明代的茅坤发出如此感叹："风水之形，人皆见之，老泉（指苏洵）便描出许多变态来，令人目眩。"

苏洵的本意并非写景，接下来写道："故曰：'风行水上涣。'此亦天下之至文也。"也就是说，风与水相遭遇时产生的波纹，是最美的。这是苏洵对文学创作的一种比喻手法。真实意思是说，只要按照客观事物的本来面貌，把它们如实地写下来，就非常之美妙了，何需故意雕琢呢？在他看来，"无意乎相求，不期而相遭，而文生焉"，文学创作要"神来兴会"，要有感而发。只有在"不能不为"的情况下写出来的文章，才是天下之至文。为了说明这个问题，他还运用了两个生动的比喻说法："今夫玉非不温然美矣，而不得以为文；刻缕组绣，非不文矣，而不可与论乎自然。"这就是说，璞玉仅有内在的美，外表太粗糙，不能成"文"；而雕刻刺绣的工艺品，由于外表过于华丽，失却了自然的美，也不能成为"文"。

换句话说，在《仲兄字文甫说》里，苏洵借"风水相遭"阐述了自己"文贵自然"的文学观。可是这与"文甫"二字又有什么相干呢？这是因为，"风行水上"本就是《易经》里的涣卦之象。孔颖达在《周易正义》里就说，"风行水上，激动波涛，散释之象，故曰风行水上涣。"既然"风行水上涣"就是"至'文'"。苏涣的"字"改作"文甫"（甫是对男子的尊称）也就顺理成章了。如此区区一篇"字说"短文，却被苏洵写得如此精彩，恰如明代林希元所评"非老泉之胸襟笔力，孰能形容到此！至以立功立言结束，此尤高世之论，非止文章之士矣"！

"得乎吾心"

苏洵不但在《仲兄字文甫说》里指出写作"文贵自然"，还在《太玄论》里指出，"言无有善恶也，苟有得乎吾心而言也，则其辞不索而获"。历代正统文人都把宣扬"孔孟之道"作为评价文章好坏的最高标准，苏洵却把"得乎吾心"，即文章要有自己的真知灼见作为论文的首要标准。与《仲兄字文甫说》类似，苏洵的《名二子说》也不过是说

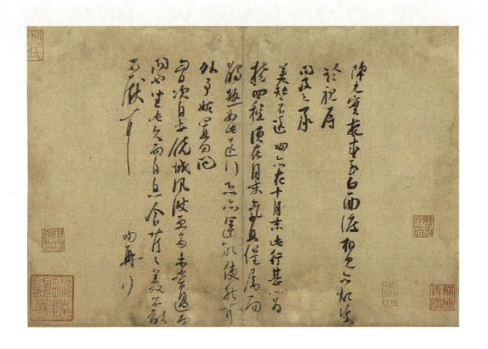

　　苏洵尺牍，出自《眉山苏氏三世遗翰》，现藏台北故宫博物院。除许多论说文之外，苏洵还留下另一类文学遗产——书信，除了较为著名的《上欧阳内翰第一书》之外，还有少量亲笔书信流传后世。

明改字命名用意的一篇短文，却也体现了这样的特点。

众所周知，苏洵的儿子，一个起名苏轼，一个起名苏辙。这也正是《名二子说》这篇文章的来由。《名二子说》篇幅极短，不算句读的话，全文只有87个字，看似议车，实则论人。文章一开始就说，轮（车轮）、辐（联结轴心和轮圈的直木条）、盖（车盖）、轸（车厢底部后面的横木）都各有职分，不可或缺；独有轼（车厢前用作扶手的横木）却好像没什么实在的用处，却也是完整的车子离不开的："去轼则吾未见其为完车也。"反过来，"天下之车，莫不由辙"。段玉裁注《说文解字》曰："两轮之迹，亦谓之轨辙。"因此这句话的意思就是，车子要行进，总归要经过车辙（车轮行进而压出的痕迹）。车辙又是什么处境呢？说到车的功绩，却没有车辙的份儿。但是，如果车子翻覆，马儿倒毙，灾难也与车辙无关。因此车辙乃是"善处乎祸福之间也"。

"去轼则吾未见其为完车也"与"善处乎祸福之间也"这两句，也正是苏洵给儿子们起名的用意。对苏轼，苏洵希望他能够如同"轼"一样成为有用之才，但后面的"轼乎，吾惧汝之不外饰也"则表露出了父亲对于苏轼性情过于外露、不知掩饰，易被外物所伤的忧虑。对苏辙，苏洵则希望他能把握好自己，"辙乎，吾知免也"。

耐人寻味的是，《名二子说》作于庆历七年（1047），当时苏轼十岁出头，苏辙只有八岁。所谓"知子莫若父"，这时的苏洵似乎已经通过起名预言了苏轼与苏辙后来的命运。性格"不外饰"的苏轼"积以论事，为当轴者所恨"，屡遭贬谪，一生坎坷。反观性格内敛持重的苏辙，遇事自持，"寡言鲜欲"，反而"齿爵皆优于兄"——苏辙比兄长长寿八岁，仕途也要顺利得多。明代文学家袁宏道（1568—1610）就

《三苏文集》眉州刻本，现藏三苏祠博物馆。为明代成化十九年（1483）眉州知州许仁主持刊刻。

总结，《名二子说》的前段"深忧长公不合世俗，恐得祸重"；后段"逆知少公得祸必轻"。这实在不能不让人佩服苏洵当年起名时的先见之明了。

不过，苏洵的两个儿子固然性情（与命运）截然不同，却有一个共同点，就是继承了其父苏洵的文学思想。苏东坡年轻的时候就写过一段话，"自闻家君之论文，以为古之圣人有所不能自己而作者。故轼与弟辙为文至多，而未尝敢有作文之意"。这其中的"家君之论文"指的就是苏洵的《仲兄字文甫说》。正是由于其父在此文中提出的"文贵自然"思想的影响，故而苏东坡坦陈：因此我和弟弟苏辙虽然也写过不少文章，但从没奢望写作父亲那样的论文。

也正是因为苏洵教子有方，使得"唐宋八大家"中苏氏父子、兄弟竟能独居其三。"苏文熟，吃羊肉；苏文生，吃菜羹"，这句谚语，真实反映了当时苏洵与苏轼、苏辙文章的影响之大。韩琦在写给苏洵的挽词里提到，"时名谁可嗣，父子尽贤良"，也是就此而言。清人邵仁泓在《苏老泉先生全集序》里感叹："老泉先生中年奋发，无所师承，而能以其文抗衡韩、欧，以传之二子，斯足异也。"这不啻是对苏洵的至高评价了。

（作者：郭晔旻）

曾巩

曾子文章众无有，水之江汉星之斗

　　世人说到苏轼的才华，总喜欢用他在嘉祐二年（1057）高中进士的一段逸事来举例。当时阅卷考官梅尧臣在读到苏轼的《刑赏忠厚之至论》后击节赞叹，将此文判为第一名考卷，推荐给主考官欧阳修。欧阳修看过后也深觉此文语言酣畅、说理清晰，在一众或浮华空洞，或生涩拗口的"西昆体""太学体"中独具风骨，正符合自己革除场屋之弊，为国家选拔真正有用人才的初衷。但此文风格与自己学生的文风过于相似，为避嫌，欧阳修最后只将此卷取为第二名，后来才知道这篇文章的作者是苏轼。而被误认为是作者的"倒霉"学生便是曾巩，他的同场作文《刑赏论》也流传至今，有心的读者可以拿来和苏轼的对读一下。

　　也难怪欧阳修会有此误解，早在十六年前曾巩初次上京赶考，投书拜见他的时候，这位青年学子的文采便给欧阳修留下了惊艳的印象："吾奇曾生者，始得之太学。初谓独轩然，百鸟而一鹗。"（《送杨辟秀才》）更难得的是，他从曾巩带来的洋洋十余万言文章中看到了这个青年"趋理不避荣辱利害，以共争先王之教于衰灭之中"的政治热情。惜乎当时的文坛正是"太学体"大行其道，擅长写质朴古文的曾巩自然铩羽而归，直到这次欧阳修被擢为科试主考才迎来出头之日。

这次科试中，一共考四场：第一场试诗赋，第二场试论，第三场试策，第四场试经义，苏轼虽然试论得第二、试经义第一，但第一场试诗赋竟然不及格！所以他最后殿试排名未能进入甲等，而是乙科（二至四甲），据后人考证应为第四甲，别说无缘状元、榜眼、探花，连前百名都不是。曾巩的最终成绩和苏轼差不多，也是第四甲，但他的兴奋可能不亚于拿了状元的章衡——因为他的三个弟弟：曾牟、曾布、曾阜；两个妹夫王无咎、王幾也在这一科中同跃龙门，一家六人同登进士、互为援引，一展胸中抱负的机会已近在咫尺。而他的身后，一场北宋朝最大的改革风暴正在酝酿。这场风暴引起的斗争之烈、波及范围之广，使曾巩在此后为官的数十年中，如同风暴中的一叶扁舟，奋力挣扎着，却与心中理想渐行渐远……

少年天才

据说曾氏的祖先，最早可以追溯至周代的鄫国。后鄫为莒国所灭，只好将"鄫"字去邑（"阝"），是为曾。曾氏一族在西汉时获封都乡侯，王莽篡政后，曾氏祖先失去爵位，带领族人逃至豫章（今江西南昌），后迁徙至南丰，定居此地繁衍生息。不过，当多年后曾巩请师长欧阳修为自己的祖父题写神道碑铭时，欧阳修曾对这段族人口耳相传的家族史真实性提出了质疑，最有力的证据便是汉宣帝曾分封宗室赵顷王之子刘景为都乡侯，显然曾家人在自家的口述史中有所"注水"。

南丰地处武夷山下，因旴江绕城而过，勾勒出一张古琴形状，故又称琴城。江西地处内陆，较少受到战火波及，水土丰沃与生活安定构成经济发达的先决条件，进一步催生了当地浓厚的文化氛围，在北宋先后走出了晏殊、欧阳修、王安石等名臣。虽然曾氏一族在汉代以后的历史长河中显晦不定，但至少从曾巩的曾祖起，曾祖、祖父、父亲都在赵宋朝廷中任职，曾氏可以算是南丰当地的书宦人家。

曾巩是家中的第二子，《宋史》说他"生而警敏，读书数百言，脱口辄诵"，按照现在的标准，是个不折不扣的天才少年。十二岁时，曾巩便能作《六论》，"援笔而成，辞甚伟"，他的幼弟曾肇后来在《子固先生行状》（曾巩字子固）中也提到他"未冠，名闻四方"，在同龄人中已是佼佼者。

天圣十年（1032），父亲曾易占右迁泰州如皋知县，曾巩与兄长随父赴任，兄弟二人寄住在当地的一座寺庙中潜心苦读《春秋》《史记》等经典，又师从李觏，学习了大量政治主张与治国方略。后来在《学舍记》中，曾巩回忆这段读书时光："十六七时，窥六经之言与古今文章有过人者，知好之，则于是锐意欲与之并。"坐而言不如起而行，此时的他已不再满足于理论学习，而是仿照秦汉子书格式，创作了《说学》《说宫》《国体辩》《邪正辩》等文章，诉说自己的政治理想。以《说学》为例，曾巩在文章中先是高度评价了周代之所以能垂拱而治七八百年，正是因为乡党制度下的学校能够尽礼乐之教，起到

"励世而育材"的作用。自秦以降，"乡党之制废不行"，学校也"惟课试文字之习否以为务"，因此培养出来的士子入朝、在乡、居家皆无法度。行文至此，突然笔锋一转：

> 今议者：宜郡立学校，使天下士师弟子为位以居学。曰：讲古传业亦周之盛也，予独以谓教之之意不如古，虽设学无益也。噫！古之制不必尽用也，其意不可改也，故原古之事以存之，庶夫有通治乱者能用之。

文章短短300余言，虽然有说理不够透彻、论证不够扎实的缺点，但语言峻洁，颇有气势，并无"太学体"故意求难求怪的矫揉造作之态，个人风格已初露端倪。更值得注意的是，文章的最后一段提出存古意而非学古制的观点，"古之制不必尽用"，隐约有改革之志，正与后来王安石在《上仁宗皇帝言事书》中"法先王只是法其意而非法其政"的观点不谋而合，也为二人后来坎坷的友情和曾巩蹭蹬的仕途埋下了伏笔。

大器晚成

曾巩与王安石的友谊，历来的说法是开始于两人在景祐四年（1037）上京赶考时。但根据学者李震的研究，就在这年五月，曾巩与兄弟朋友同游信州玉山，写下《游信州玉山小岩记》，按照往返时间推算，曾巩应该没有参加此次科考，且不久后曾易占便因拒绝上司的索贿而遭诬陷免职，曾氏兄弟立刻投入了为家庭生计的奔波中。两人的相遇当是在四年后的庆历元年（1041），志趣相投的二人在考场外一见如故。这一次，王安石顺利及第，不久后便签书淮南判官，曾氏兄弟却名落孙山，不得不黯然回乡，继续耕读生活。此后王安石多次邀请曾巩到淮南相聚，但曾巩碍于肺病沉重始终未能成行。

就文风而言，曾巩的落榜其实在意料之中，他本就长于策论而弱于诗赋，更对当时文坛流行的"太学体"嗤之以鼻。所谓"太学体"，是对"西昆体"的一种矫枉过正，时人厌恶过于追求工整靡丽的骈文，开始"报复性"地在写文章时求难求怪，用一些生僻的字词典故。与宋祁一起修《唐书》的欧阳修，就曾故意把好好的一句"夜梦不祥，书门大吉"偏要写成"宵寐匪祯，札闼洪休"，来嘲笑西昆的晦涩文风。这种风气无疑对写文章朴实易懂的曾巩十分不利。对于曾巩的落榜，欧阳修虽也愤愤，但他到底是眼光独到的文学家，在肯定曾巩才能的同时，一针见血地指出他的文章底蕴不够丰厚，"思"之不足，"道"则不胜，一味追求气势反而使内容显得空洞，需要"广其学而坚其守"。

就在曾巩缠绵病榻之时，北宋与契丹、西夏连年征战，屡战屡败，其后的"赐岁币"更令国家财政不堪重负，促使宋仁宗下定决心，采取范仲淹等人的建议，发动庆历新政。这场被视为熙宁变法前奏的改革不仅使在朝为臣的欧阳修卷入其中，也极大激发了曾巩的政治热情。他连写《上田正言书》《上范资政书》《上蔡学士书》等多篇文章，更在给老师欧阳修的《上欧阳舍人书》中大胆提出自己的政治观点："当世之急有三：一曰急听贤之为事，二曰急裕民之为事，三曰急力行之为事……又有号令之不一，任责之不明，当亦速变者也。"并为自己的好友王安石积极奔走："如此人，古今不常有。如今时所急，虽无常人千万不害也。顾如安石，不可失也。先生傥言焉，进之于朝廷，其有补于天下。"

然而庆历新政仅推行了不到一年，富弼、韩琦、欧阳修等改革派的中坚力量便在保守派的打压下纷纷被贬谪他处。庆历七年（1047），曾易占突然接到朝廷的起复旨意，曾巩陪伴父亲上京，刚好路过欧阳修所在的滁州，二人游览山水之余，参观了醉翁、丰乐、醒心三亭，欧阳修便委托曾巩为醒心亭作记。与老师诗情画意的《醉翁亭记》不同，曾巩并未着眼醒心亭本身与周围的旖旎风光，而是围绕《醉翁亭记》的题眼"乐"字展开：

> 虽然，公之乐，吾能言之。吾君优游而无为于上，吾民给足而无憾于下，天下学者皆为材且良，夷狄鸟兽草木之生者皆得其宜，公乐也。一山之隅，一泉之旁，岂公乐哉？乃公所以寄意于此也。

"人知从太守游而乐，而不知太守之乐其乐也"，太守真正的乐，在于关怀民生、与民同乐，曾巩的《醒心亭记》，显然是对欧阳修真正精神魅力的深入阐发。

人生乐景不常在。曾易占尚未进京，便身染沉疴撒手人寰，六年后，刚刚考中进士的兄长曾晔也卒于旅次。命运之手两次在曾家迎来希望的时候翻云覆雨，曾巩不得不带着弟弟们回到南丰老家，在菜园旁边搭建茅舍来做学舍苦读。"六艺百家史氏之籍，笺疏之书……下至兵权、历法、星官、乐工、山农、野圃、方言、地记、佛老所传，吾悉得与此。"后人评价曾巩文章，比宋代另外"五家"更醇于儒学，与这段南轩苦读的时光总脱不开关系。相比同时期《学舍记》对过往的追述，这篇《南轩记》中则更多是对道德情操的追求："养吾心以忠，约守而恕者行之。其过也改，趋之以勇，而至之以不止，此吾之所以

　　曾巩《祭欧阳文忠公文》碑，现位于河南省新郑市欧阳修陵园。在嘉祐二年欧阳修主持的会试中，曾巩一家六人进士及第，欧阳修作为曾巩的老师，对其文风的形成起到了重要影响。

求于内者。"以忠诚培植心性、约束操守，以宽恕的原则行事；有错就改，勇敢奔赴事业，以永不止息来实现最高目标，这是曾巩从内心获得的力量。他在给妹夫王无咎写的送别诗中，也对未来充满了乐观："穷通莫须问，功业有时来。"果然不久后欧阳修回朝任职，曾巩的"功业"终于迎来了转折点。这一年，他已三十八岁。

不合时宜的改革理想

嘉祐五年（1060），朝廷诏令三馆秘阁各置官员编校书籍，已升任枢密副使的欧阳修立刻保举曾巩入京担任编校。在这之前，曾巩只在太平州（今安徽当涂）当过司法参军，政绩不显，但从他在《与王深父书》中"遇在势者横逆，又议法数不合，常恐不免于构陷""常欲求脱去，而卒无由"等话语来看，这段经历显然并不美好。这也与曾巩的性情有关。曾巩为人耿直而少变通，旁人请他为新修的佛院题记，他偏要"指着秃驴骂和尚"，在文章中毫不留情地批评这些宗教建筑占田为址、劳民伤财（《仙都观三门记》《鹅湖院佛殿记》），即便偶尔有一两句夸赞之语，也只吝啬地肯定僧人不畏艰苦、潜心向学的精神（《分宁县云峰院记》）。这样的性格在官场中无法圆融上下，但却是需要肯吃苦、不怕琐碎的校勘工作的好人选。

集贤校理的工作繁难，曾巩也做得兢兢业业、尽心尽力。例如西汉刘向的《说苑》原有20卷，但到宋代仅存5卷，曾巩多方收集，在一些士大夫家中找到了13卷，最终合订18卷，才有了我们今天看到的版本。其校勘《战国策》，前后费时八年，将散佚的11篇补足。南宋人耿延禧后来在《战国策括苍刊本序》中就说："是书讹舛为多，自曾南丰已云'疑其不可考者'，今据所藏，且用先辈数家本参定，以俟后之君子而已。"勘误补阙的工作虽然烦琐，但对曾巩来说，为自己整理的典籍作序却是以古鉴今、阐述自己见解的好机会，其在史馆任职九年，为《战国策》《新序》《列女传》等大量古籍所作之序，后都被视为曾巩议论文的代表作，也是后人研究其政治主张的重要参考。

就在曾巩怀抱雄心入职史馆的同一年，一直徘徊在外任的王安石终于接受朝廷诏令，入京为三司度支判官。这是他被仁宗委以重任的开始，任何对政治稍有灵敏嗅觉的人，都已从他在之前的两篇《上仁宗皇帝言事书》和《议茶法》中，敏锐地感知到山雨欲来的气息。这场斗争因王安石丧母与英宗即位短暂地按下暂停键，但并不能停下舆论滔滔与保守派的攻讦。这期间曾巩亦经历了丧妻丧女，曾、王二人之间常常鸿雁传书，相互慰藉。王安石在信中提及自己小便便血，曾巩更是细细叮嘱他要"强食自爱，不惜时以一二字见及"。而当治平四年（1067）王安石再度上京，熙宁变法的序幕正式拉开时，二人才惊觉原来相似的理想下涌动着分歧的暗流。

事情的起因很简单，王安石希望在变法正式开始前为神宗与朝臣讲学，以便君主能更了解自己的主张和学术思想，才能"毫不动摇，任贤勿二"。关于王安石到底应该站着讲还是坐着讲，新旧两党爆发了激烈争辩，吕诲甚至上书《论王安石奸诈十事》，上升到人身攻击，大骂王安石"外示朴野，中藏狡诈"。在这场争辩中，曾巩站在了王安石的对立面。这其实也好理解，对于他这样深受儒家影响而近于迂腐的人来说，"师"是"礼无往教而有待问"的存在，也就是说只有当别人主动请教的时候，你才能教授对方，才能被称为"师"。对于王安石的定位，他在《讲官议》中说得很清楚：

世之挟书而讲于禁中者，官以侍为名，则其任故可知矣。乃自以谓吾师道也，宜坐而讲，以为请于上，其为说曰："必如是，然后合于古之所谓坐而论道者也。"夫坐而论道，谓之王公；作而行之，谓之卿大夫。语其任之无为与有为，非以是为尊师之道也。

曾巩认为，你王安石进宫讲课，官名"侍讲"还是带着个"侍"字，"坐而论道"不是给你用的。这是从根本上否认了王安石"帝师"的身份，还扔下一句更过分的"乃不知其强聒而欲以师自任，何其妄也"。

从根本上说，曾巩是支持变法的，不论是早期的《说学》还是后来史馆时期《礼阁新仪目录序》中"屡变其法以宜之，何必一一以追先王之迹哉"，都明确表达了推动改革的必要性。但在具体执行上，相比王安石的雷厉风行，曾巩则主张以"内成德化，外成法度"的方式徐徐图之，这一点在他给王安石的《与王介甫第二书》中写得很清楚：

不先之以教化，而遽欲责善于人；不待之以久，而遽欲人之功罪善恶之必见。故按致操切之法用，而怨忿违倍之情生；偏听摘抉之势行，而谮诉告讦之害集。己之用力也愈烦，而人之违己也愈甚。况今之士非有素厉之行，而为吏者又非素择之材也。一日卒然除去，遂欲齐之以法，岂非左右者之误而不为无害也哉？

平心而论，曾巩的意见是有道理的。后来的事实也果如曾巩所担心的那样，朝堂中的改革派整体素质还不足以承担推动变法的大任，官员水平参差不齐，对变法的理解和执行力都有限，"怨忿违倍之情"

和"潜诉告讦之害"也确实成为当时朝堂上的常态，很大程度破坏了变法一事本身的口碑。问题在于曾巩给出的解决方案是"先之以教化，而待之以久"，在当时北宋积贫积弱的大环境下，神宗连听完王安石讲座的耐心都没有，又怎会给他时间去慢慢教化上下？另外，曾巩过人的儒学智慧并不能掩饰他在政治上的稚嫩。他坚决反对王安石对对手采用"征诛"策略，认为应该经由教化达到思想上的统一，这完全是毫无从政经验才产生的幻想，正是因为王安石从政比曾巩早、大局观比曾巩成熟，才会说出"古之人欲有所为，未尝不先之以征诛而后得其意"这样的经验之谈。

对于自己迂阔的个性，曾巩也心知肚明，才会在开导青年学生的时候自嘲"知信乎古而不知合乎世，知志乎道而不知同乎俗"，进而发出"夫世之迂阔，孰有甚于予乎"（《赠黎安二生序》）的感叹。与朋友的政见不合使深陷旋涡中的曾巩痛苦不已："日暮驱马去，停镳叩君门。颇谙肺腑尽，不闻可否言。"自己苦口婆心，换来的却是对方的不置可否，只好随他去罢。

欲挽日西颓

曾巩是在熙宁二年（1069）上书自求外任的，彼时与自己政见不一的朋友正如火如荼大兴变法，而他的弟弟曾布、曾肇都是新党中坚，导致旧党也不见容于他。《宋史·杨绘传》提到，就在同中书门下平章事曾公亮举荐曾巩升任秘阁修撰史馆时，杨绘向神宗弹劾曾公亮任人唯亲，说他举荐曾巩是因为其父在越州侵占民田，当时在越州任职的曾易占帮助摆平了此事。对于曾巩这种学究型人物，神宗是毫无留恋的，因此曾巩的外任请求很快得到了批准，这年秋天，他在一片肃杀之气中踏上了通判越州之路。此后十二年，曾巩辗转越州、齐州、襄州、洪州、福州、明州、亳州，开启了漫漫外放之旅。

所谓东方不亮西方亮，曾巩驾驭全局的能力固然与欧阳修、王安石相去甚远，但他却是治理一方的能臣。他通判越州，亲自勘查当地鉴湖的堤堰、河港，绘制图籍，将经验总结成《越州鉴湖图序》，解决了当地从宋初便存在的盗湖为田问题；知齐州时，面对"习诈而夸，多盗与讼"的民风，曾巩不但整顿齐州治安，打击豪强恶少和横行乡里的恶势力，还设学校、讲说六经，从根本上改变当地"朋比夸诈见于习俗"的民风；知襄州时，将前任积留的冤案刑狱理正平反，百姓夹道欢呼；知洪州不久便遭遇瘟疫暴发，他处置果断，措施得力，拯救了当地许多生命。

尽管曾巩与王安石在具体细节上有所争执，但到底还是忠实地执行了各项变法。青苗法颁布时正值他通判越州时期，他在救灾时便采用了青苗法的精神，不仅开仓放赈，同意灾民赊欠粮食，之后按规定时间上缴欠款，又由官府出钱粟五万，贷民为种粮，不至耽误农时；齐州民风强悍，曾巩便尝试保甲法，"使讥察居人行旅，出入经宿皆籍记，有盗则鸣鼓相援。又设方略，明赏购，急追捕，且开人自言，故盗发辄得"。其实当时保甲法刚刚出台不足半年，要不要向地方推行，连朝廷也还未拿定主意，曾巩却能"独行之部中"，魄力与眼光亦值得称道。

这期间，新旧两党斗争激烈，而新党内部也因意见不合屡有倾轧之事，曾布、曾肇都在斗争中落败，或贬谪偏远地区，或被闲置。在

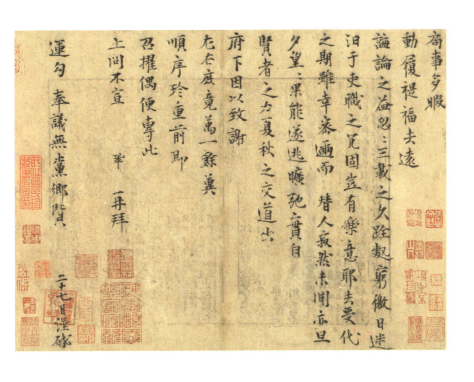

《局事帖》，宋，曾巩，纸本，纵29厘米，横38.2厘米。《局事帖》是迄今发现的唯一一件曾巩的传世墨迹，经徐邦达考证为曾巩在通判越州任上写给同乡故人的一封信。

曾巩历次改任的到任谢表中，自身的诉求也逐渐从再度上京建立彪炳功业，逐渐降低到能够携老母上任，再到求一个离老母近一些的任所以便就近奉养。蓬山远隔，魏阙难及，就在曾巩早已对仕途心灰意懒之时，却意外等来了人生的顶点。元丰三年（1080），已经六十二岁的曾巩接到朝廷改任他知沧州的诏令，出于惯例，他在《授沧州乞朝见状》中客套地一句"伏望圣慈，许臣朝见"，竟然真等来了神宗的召见。此时王安石已经罢相。面对神宗在变法遇到挫折后如何稳定局势的问题，有备而来的曾巩从改革官制、增设举士制度、增强边防治安、节用理财等几个方面侃侃陈述自己的见解，又写下《再议经费札子》进呈。

显然神宗对曾巩的回答是满意的，很快，他就为曾巩安排了一个称心的职位——修五朝国史，也就是神宗之前太祖、太宗、真宗、仁宗、英宗五位宋帝的历史。这本是曾巩的老本行，也是他最擅长的领域，不料他迂直的脾气再次惹了大祸：大约是想倾尽自己的才学编成一部力求真实详尽的史书来报答神宗的知遇之恩，曾巩向皇帝提出想查阅内官保存的五朝帝王实录，因为其中一些事迹"外廷所未闻"，这显然犯了皇帝的忌讳。曾巩在《太祖总叙》中不但浓墨重彩地记录了赵匡胤的文治武功，更将其与刘邦作比，列举了赵氏强于刘邦的十个方面。更要命的是，曾巩在文章中竟拿尧舜禅代来类比赵匡胤天下为公的心胸，且不论"斧声烛影"直到今天仍是聚讼纷纭的未解之谜，这样的拔高又将父子相传的太宗及其后代们置于何地？神宗是不是要把皇位禅让给太祖后人才算"师法尧舜"？果然，文章呈上去后便被神宗当头泼下冷水："为史但当实录，以示后世。亦何必与区区先代帝王较优劣乎？"直到此时，曾巩才反应过来，自己"马屁拍在了马脚上"。

五朝国史最终未能修完便悬置，惶悚不安的曾巩却也并未等来贬职他处的诏书，这实在得益于他尽人皆知的腐儒性格。为了平息物议、保护曾巩，元丰五年（1082），神宗将曾巩擢升中书舍人，且须立即就职，不得辞免。一生远离朝阙的曾巩，反而在人生的最后一年站在了天子身边，负责各种制诏的起草工作。

这年九月，曾巩的继母病逝，兄弟三人扶灵南归，行至江宁（今江苏南京）曾巩便已卧病不起。时王安石罢相后闲居江宁，闻讯赶来探望，曾布的儿子曾纡在《南游记旧》中回忆当时的情景，王安石"日造卧内"，当听闻朝廷让蔡京接替曾巩的工作时，愤然说："他如何做得知制诰！一屠沽耳。""时南丰已病革，颔之而已"，就如同流水冲刷过石砾，当"高论几为衰俗废"，两人毕竟还是知己。

元丰六年（1083）四月，曾巩病逝于江宁。或许因为敏感的时局，或许因为不久前才犯下"敏感的错误"，曾巩的葬礼格外冷清，只有秦观、苏辙、陈师道等或好友或学生寥寥几人寄来的挽词哀语。"试数庐陵门下士，十年零落晓星低。"三年后，哲宗即位，改元元祐，高太后主政，新法皆被废除，王安石郁然病逝。一个时代结束了。

（作者：冯璐）

庆历四年（1044）夏天，曾巩患上了严重的肺病，不得不卧床休息。这两年来，他饱受科场落榜之痛，生活十分艰难，还被一些奇怪的谣言找上了门，比方说王安石兄长王安仁的朋友段缝写信给王安石，称曾巩"行无纤完，其居家，亲友惴畏"。王安石怒而作《答段缝书》予以回敬，还不忘作诗寄给好友："曾子文章众无有，水之江汉星之斗。"其中固然有宽慰之意，但亦是对曾巩文章的极高评价。南宋文学家胡仔在《苕溪渔隐丛话》中提到秦少游有"杜子美诗冠古今，而无韵者殆不可读。曾子固以文名天下，而有韵者辄不工"之语，秦观身为一代婉约派大家，自然看不上曾巩四平八稳、缺乏工巧的诗，但对其写文章的功力也是认可的。

"散文至宋人始是真文字"，作为中国散文史上的重镇与繁荣期，据统计，有宋一代，仅留有作品的散文作者便逾万人，这其中又以"宋六家"欧阳修、三苏、王安石、曾巩为最高峰。

文以载道的写作观念

嘉祐二年（1057），曾巩一家六人同科进士及第，正是人生得意时。抚州知州新建了一座"拟岘台"，请曾巩作记。曾巩不好推辞，又不喜欢作谄媚之语，便留下一篇其作品中少见的以写景为主的散文《拟岘台记》。修建后的拟岘台，原本"平沙漫流，微风远响"，突然之间，气势大开大合："与夫浪波汹涌，破山拔木之奔放，至于高桅劲橹，沙禽水兽，下上而浮沉者，皆出乎履舄之下。"就在读者被风起云涌的万千气象吸引之时，曾巩笔锋一荡，写起了远景："山之苍颜秀壁，巅崖拔出，挟光景而薄星辰。至于平冈长陆，虎豹踞而龙蛇走，与夫荒蹊聚落，树阴晻暖，游人行旅，隐见而断续者，皆出乎衽席之内。"动静之间，近景与远景切换自如，声音与色彩交织，生动自然。近代翻译家林纾读罢此文后称其"一力奔泻如下，几于一发莫收"。然而行至文章结尾，曾巩才道出主题："君既因其土俗，而治以简静，故得以休其暇日，而寓其乐于此；州人士女，乐其安且治，而又得游观之美，亦将同其乐也，故予为之记。"曾巩当然不会看不出知州只是想借此亭自我扬名，但仍殷殷勉励，期望他能勤勉政务，与民同乐。

这里就不得不提及曾巩的文学观。曾巩受业于欧阳修，两人承自一脉，皆由韩愈、李翱的"文以载道"发展而来，但又与后者将"道"局限于六经之学的观点不同。关于这一点，欧阳修曾在《代人上王枢密求先集序书》中说得很清楚："君子之所学也，言以载事，而文以饰言。事信言文，乃能表见于后世。"后来曾巩请老师给自己的祖父作神道碑铭，在给老师的回信中提及如今人人都有墓志铭，但内容多以歌功颂德为主，哪怕这人生前没什么磊落事迹甚至劣迹斑斑，最后的墓志铭也作得花团锦簇，这种墓志铭"传者盖少"，因为作者缺乏公正。那么什么样的人才值得托付写墓志铭呢？"非畜道德而能文章者，无以为也。"在《南齐书目录序》中，曾巩更进一步得出结论："古之所谓良史者，其明必足以周万事之理，其道必足以适天下之用，其智必足以通难知之意，其文必足以发难显之情，然后其任可得而称也"显然，在曾巩看来，文道有先后，"道"为根本，"文"为表现，只是"道"的载体，这也是他一生的创作准则。

逐渐成熟的个人风格

就像每一个刚刚起步的青年作家都会去模仿偶像的文风，曾巩青年时期的作品也深深烙印着欧阳修的影子。《游信州玉山小岩记》作于曾巩十七岁那年，是如今能追溯到最早的曾巩记体文。记体文本就是欧阳修的强项，《醉翁亭记》千载之下依然为人传诵，曾巩的这篇散文，也采用了相似的结构。文章开宗明义，先是介绍玉山小岩的位置——"去县治所东南二十五里"，以及自己前来游览的原因——"家尊受诏为是邑宰"。紧接着，便是对山间小岩和钟乳石的描写："其石之异，有重碧耸翠，崛然本于下而起者；有势依理合，峨然覆于空而存者；有鳞叠羽缀，委其旁而列者；有壁峭刃攒，缭其隅而倚者。""其下有钟乳，围五六人，凝而欲滴者，若檐溜垂空合而外结；积而广者，若聚雪委平厓侧崇而未浅。腻如酥凝，分如瓜形，垂如盖张，色若海波，风聚而为沫。"最后一段提到前人的山水文章总论及神鬼之事，"予不敢知也，故于是独而无取"。隐然有讥刺之意。

朱熹评价此文"是仿《醉翁亭记》，不甚似"，殊不知"不甚似"才是曾巩作此文的苦心所在。岘山因羊祜堕泪碑、杜预沉潭碑著名，在此之前，欧阳修、尹洙也都曾为岘山亭作记，但无不是以羊祜、杜预二人事迹起文，曾巩故意绕开典故不谈而写岘山风光，便是在旧题中求新求变的努力。

早年曾巩的文章汪洋恣肆、气势磅礴，被欧阳修赞誉有"昆仑倾黄河，渺漫盈百川"之势。但其文章过于追求气势，有滥才之弊，而说理不够透彻，往往铺垫过长，写到论证部分却一泻千里，给人的感觉并非雄辩，反而是咄咄逼人。因此欧阳修在鼓励的同时，也诚恳地指出其应该"决疏以导之，渐敛收横澜"。若细细梳理曾巩的作品，就会发现他确实吸取了老师给他的建议，被视为曾巩风格成熟代表作的《墨池记》中，上述问题已消失不见。

墨池在江西省临川区，相传是东晋书法家王羲之洗笔砚处，曾巩钦慕王羲之盛名，于庆历八年（1048）专程前往凭吊。州学教授请他为这座"晋王右军墨池"题记，但该池其实为当地人附会而来，该如何写才能不得罪人呢？于是便有了这篇《墨池记》：

> 临川之城东，有地隐然而高，以临于溪，曰新城。新城之上，有池洼然而方以长，曰王羲之之墨池者，荀伯子《临川记》云也。羲之尝慕张芝，临池学书，池水尽黑，此为其故迹，岂信然邪？

开篇便点明墨池的地点、形状和由来，原来王羲之仰慕东汉张芝书法，听说张芝曾在一片水池边练习，一边练一边在池中捺笔，以致最后池水都黑了。隐晦地表明世上本无墨池，而且临池学书的事迹是发生在王羲之的偶像张芝身上的，只是后来王羲之名气太大，当地人把这段故事"张冠李戴"在他的身上，再"指鹿为马"地指认了这片池子。

> 方羲之之不可强以仕，而尝极东方，出沧海，以娱其意于山水之间；岂其徜徉肆恣，而又尝自休于此邪？羲之之书晚乃善，则其所能，盖亦以精力自致者，非天成也。然后世未有能及者，岂其学不如彼邪？则学固岂可以少哉！况欲深造道德者邪？

曾巩进一步思考，认为世人之所以有此误解，是因为王羲之书法独步天下。但是王羲之的才能难道是天生的吗？当然也是他自身努力不懈的结果，后人书法没人比得上王羲之，焉知不是因为不如王羲之努力吗？学书法如此，想要继续深造自己道德的也是如此。按照曾巩年轻时的风格，这篇文章至此已经可以收尾，然而曾巩更上层楼，提及教授请自己作题记之事：

> 墨池之上，今为州学舍。教授王君盛恐其不章也，书"晋王右军墨池"之六字于楹间以揭之。又告于巩曰："愿有记。"推王君之心，岂爱人之善，虽一能不以废，而因以及乎其迹邪？其亦欲推其事以勉其学者邪？夫人之有一能而使后人尚之如此，况仁人庄士之遗风余思被于来世者何如哉！

墨池所在地便是如今的州学舍，教授王盛难道不明白这墨池的"含金量"吗？之所以如此"指鹿为马"，还是为了以此激励后学努力加强道德修养，自己正是有感于王盛苦心，才欣然提笔，作此文勉励后生。寥寥短章，而使人味之隽永。明代茅坤给予这篇小文很高的评价："看他小小题，而结构却远而正。"文章委婉多姿，却能化实为虚，层层推进，章法缜密，其"立言于欧阳修、王安石间，纡徐而不烦，简奥而不晦，卓然自成一家"（《宋史》）的风格已经形成。

"子固独长于学记"

如果说曾巩想在《墨池记》中宣扬什么"道"，那一定是对教育的重视。宋代君主重文抑武，优遇文人，民间办学讲学之风亦随之高涨，书院林立，催生了散文中的新类——学记。曾巩一生只写过两篇学记，但却能够得到"子固记学，所论学之制与其所以成就人材处，非深于经术者不能，韩、欧、三苏所不及处"（茅坤）的评价，盖因其深受儒家学说浸润，为人耿直诚恳，"根柢至厚，故言皆成理"。

宋代学校分为官学和私学，私学比较好理解，是个人开的书院，官学又分为中央官学和地方官学，后者又细分为州学和县学。庆历三年（1043），仁宗听从范仲淹建议，下令天下各州皆设学校，各州学、县学如雨后春笋，及至新政失败，这些学校又悄无声息地被废弃。宜黄县隶属江西抚州临川，曾巩年轻时曾于此游学，因此当皇祐元年（1049）为县令李祥修所请，给当地县学作记，曾巩义不容辞地答应了。

《宜黄县学记》通篇围绕"学"的重要性展开论证，前三段分别回答了教育的根本任务——"使其识之明，气之充于其心，则用之于进退语默之际，而无不得其宜，临之以祸福死生之故，而无足动其意者"；教育的重要性——"盖凡人之起居饮食动作之小事，至于修身为国家天下之大体，皆自学出"；夏商周三代之后教育衰落的严重后果——"盖以不学未成之材，而为天下之吏，又承衰弊之后，而治不教之民"。从三个方面来论述国家兴学的必要性，正反两面对比，说理清晰，思路绵密，一反当年《说学》中只输出观点而疏于论证的缺点。

直到第四段，文章方切入主题，介绍宜黄县县学的兴建过程与县令李氏维护的苦心。建立县学乃是于国于民都大有裨益之事，因此乡里有识之士听闻此事后"莫不相励而趋为之"，校舍、藏书都颇具规模。行文至此，曾巩还不忘声援新政，暗戳戳地讽刺那些保守派："当四方学废之初，有司之议，固以谓学者人情之所不乐。及观此学之作，在其废学数年之后，唯其令之一唱，而四境之内响应，而图之为恐不及。则夫言人之情不乐于学者，其果然也欤？"当年你们说要废除县学，理由是百姓对它不感兴趣，结果废学的诏令都颁行几年了，宜黄县令振臂一呼，百姓们就自发加入，当初对学校不感兴趣的人到底是谁呢？

后来桐城派大师姚鼐评价此文，认为其"随笔曲注，而浑雄博厚之气郁然纸上，故最为曾文之盛者"，究其原因，便如同茅坤的总结，"非深于经术者不能"。曾巩在宋六家中以醇于儒学立身，自然对学制有烂熟于心的理解和把握，写出的文字才能给人以平和雅正、古色苍然之感。曾巩师承欧阳修，又与王安石相交最密，后人多拿三人文章相互比较。欧阳修与王安石皆是宋代中期政坛中的风云人物，事迹卓著，本身就有"名人效应"，加之二人的文章或从容不迫、摇曳生姿，或矫健刚劲、峻洁严密，曾巩能够与之相较而不落下风，便是得益于其自身中正典雅、古朴自然的风格。

优秀的公文写作者

世人对"唐宋八大家"的印象大多是古文运动的旗手，仿佛是骈文天敌的存在，但其实宋承唐制，"其曰'制'者，以拜三公三省等职。辞必四六，以便宣读于庭"，而给皇帝、上级所上的"表"，更是"多尚四六"。

以曾巩为例，其一生作文留存于世849篇，制文便有262篇，占总数的1/4。可以说对于宋代的每一个官员来说，骈文是官场安身立命的必备技能，可以不喜欢，但一定要写得好。曾巩在这方面并不落于人后，例如他在知福州时所上的《贺熙宁十年南郊礼毕大赦表》，其中也有描绘太平盛世的华丽之语："家有豫乐之声，人无愁怨之色。协气所召，休应自殊。钩陈太微，星纬咸若。昆仑渤澥，波涛不惊。近则金石之声，鸟兽欣蹈；远则干羽之舞，蛮夷骏奔。象齿旅于阙庭，龙媒纳于闲厩。"文章对仗工整而又少用生涩典故，读来平易近人，有古雅醇厚、灵活舒缓之感。

曾巩晚年，被神宗擢拜中书舍人，负责为皇帝起草诏书之职，这其中固然有一些"不足道"的隐情，但其出色的公文写作能力亦是不容小觑。

所谓性格影响行为，如何把一篇空洞华丽的骈体文写得言之有物？苏东坡的方法是"流出趣语"，而曾巩则是"灵活舒缓"，时人"论者谓有三代之风，上亦称其典雅"。曾巩作公文经常骈散结合，使文章语句错落有致，超越了骈文句式的"四六体"，句式多变，不拘于定式。三言、四言、五言、六言等复杂多样的对偶句式交替出现，格

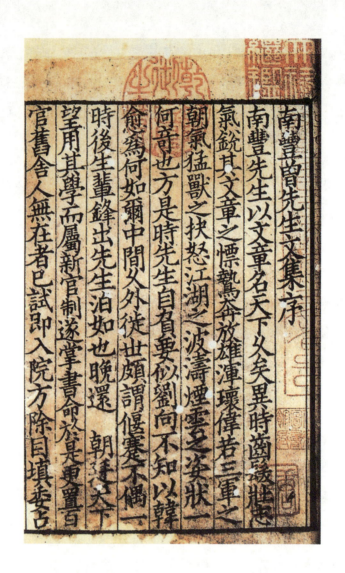

南豐曾先生文集序

南豐先生以文章名天下久矣，異時閭巷壯忠氣銳其文章之標熱鶩奔放雄渾瑰偉若三軍之朝氣猛獸之抶怒江湖之波濤煙雲之姿狀一何奇也方是時先生自負要似劉向不知以韓愈為何如彌中間父外從世頗謂偃蹇不偶一時後生輩鋒出先生泊如也晚還　朝　廷大望用其學而屬新官制遂掌書命於是更置百官舊舍人無在者巳試即入院方除目填委占

《南豐曾先生文集序》，宋，赵师圣。此文深刻评价了曾巩及其作品在文坛上的地位和影响，纵向立论，立意高远。

式不拘，并引入虚字及排比句式增强节奏感。

曾巩升任中书舍人后，曾为礼部、刑部、户部等国家机关作尚书制、侍郎制，也就是当朝廷诏令某人做官时颁行的诏书。宋承唐制，诏书多用四六骈体，例如乾德二年（964）授范质太子太傅，诏书便是"司徒兼侍中、昭文馆大学士范质，贞规镇俗，清德服人……安可久烦于旧德，俾令就第，用解持衡。升一品于春宫，总六卿于会府，永保崇高之秩，用光翊戴之勋……"文章一团锦绣，极尽绮丽之能。曾巩反其道而行之，以《刑部尚书制》为例，文章不拘格式，开篇点明官位本源与"刑"之本质："昔舜命皋陶曰：汝作士，明于五刑，以弼五教。盖刑者所以助治，而非致治之本也……"然后是例行公事的表扬和任命："某明允通博，资以术学，服采于位，厥声显闻。"最后勉励该员勤勉共识，方能不负圣心："尔尚体朕之心，折民以恕，使辩讼自息而王政浸明。"通篇语言简洁明了，娓娓道来，并无骈文故意追求用典而导致的生涩之感。

就在王安石第二次罢相、退居江宁府后，曾巩的弟弟、一直被视为王安石左膀右臂的曾布一路被朝廷打发到广州任知州。差不多同时，曾巩也接到朝廷命其知福州的调令，他到任后上表《福州上执政书》，向朝廷表达自己忠于王事，不过希望能改任他州以便奉养老母的心情。虽然最后的结果是皇帝"十分感动，然后拒绝了他"，但文章结构清晰，说理明白，加之情感真挚，仍不失为一篇上表的范本。

文章开篇便以《诗经》为据，指出上古时的养士之法，"既知其功，又本其情而叙其勤"，所以"上之所以接下，未尝不恐失其养父母之心；下之所以事上，有养父母之心，未尝不以告也"，列举《四牡》

《北山》《鸨羽》等篇，反复渲染，强调对于在外为王效命的臣子而言，赡养父母是其最大的心愿；行文至第二段，曾巩娓娓诉说，自放外任十年五徙，"诚以巩年六十，老母年八十有八，老母寓食京师，而巩守闽越，仲弟守南越"，"此白首之母子，所以义不可以苟安，恩不可以苟止者也"。言辞恳切，令人不禁想起李密在《陈情表》中的名言："臣密今年四十有四，祖母今年九十有六，是臣尽节于陛下之日长，报养刘之日短也。"去年春天，自己就已存上表改任之意，但闽中盗情未靖，自己身为朝廷命官自当国事为先，因此知道如今动乱平息，政平事简，自己"系官于此，又已弥年，则可以将母之心，告于吾君吾相，未有易于此时也"，有理有据，在表达自己急于转任他地以奉养老母的拳拳之心的同时，又不至使神宗对自己生出懒政的不满。全文仍以《诗经》作结，赞颂神宗烛照千里，断不会使自己有"《北山》之怨"，"反复咏叹，霭然有盛世之音"。

曾巩一生践行古文运动，公文散文化严重，即使形制要求最严格的制诰也能写出"新花样"。其实他作四六骈文功底亦好，如依例所作《谢中书舍人表》（因不准辞而未呈进）："如臣性实滞蒙，器非广博。知自强于名节，耻阴附于贵权。无因缘毫发之拔援，有积累丘山之嫉忌。晚逢睿圣，独赐收怜……谨当寻绎旧闻，用阐扬于命名；激昂懦志，庶补助于谋猷。"曾巩作中书舍人短短百日，便在为母扶灵的途中卧病不起，一年后撒手人寰，此表恐怕是他人生最后几篇上表之一。文章气势雄浑，无论是对自我的剖白，还是对神宗的感激，都写得恭敬而不谄媚，当得起"为学者宗""炳然与汉唐侔盛"的评价。

从理学圣人到跌落神坛

今人论及曾巩，总有"八大家存在感最弱"之论，其实自南宋以降，文人对曾巩的文章评价颇高，曾巩的"口碑"经历了从中正平和到哄抬捧杀，最终归于沉寂的大起大落。

总体上看，宋以后人们对曾巩的散文功底持肯定态度。自南宋起，已有学者整理唐与北宋文章，合订成集。最早版本是陈造的《六君子古文》，不过他选取的六家为韩愈、柳宗元、欧阳修、曾巩、尹洙、陈师道，而王安石和三苏一概不取，是比较罕见的"组合"。及至元明两代，各家在收录唐宋大家散文时，虽然有"六大家""七大家""八大家"，甚至"十家""十五家"等众说纷纭，但曾巩几乎不曾"落榜"，反而三苏中苏洵与苏辙常被作者取舍，可见后人对曾巩文章的普遍认可。

或许是因为时代更近，南宋时期对曾巩的评价最为冷静客观，其中影响最大的是朱熹。他指出世人评曾巩多未达精髓，即"词严而理正"。他不止一次提出"予读曾氏书，未尝不掩卷废书而叹，何世之知公浅也"。不过值得注意的是，尽管朱熹将曾巩置于苏轼之上，但那全然是出于他作为理学家的基本立场与偏爱。至宝祐四年（1256），南丰人陈宗礼为曾巩请谥号"文定"，成为曾巩后世口碑的第一个分水岭。陈宗礼官至宰辅，是一位典型的儒者。他在《曾南丰先生祠堂记》中比较了曾文与三苏风格的差异，之后笔锋一转，将曾文抬高到比古文家地位还要高得多的"醇乎醇"的程度——相比散文大家，更像个理学圣人了。巧的是，这既合乎崇奉理学的时代风尚，又合乎了历代古文家"他日若能窥孟子"的志向，不满足于单纯作个文学家的心愿——至少是曾巩的心愿。

曾巩能够跻身"唐宋八大家"，来自明代唐宋派文人茅坤的"一锤定音"。他在《唐宋八大家文钞总序》中提出能够入选的要求是"其旨远""其辞文"，意蕴深远而灿然成文，在这样的标准下，"魏晋以还，惟唐韩昌黎愈、柳柳州宗元，宋欧阳学士修，及苏轼父子兄弟、曾巩、王安石辈之八君子者……大略因文见道，就中擘理。"虽是如此，茅坤还是实事求是地指出，曾巩的文章虽然理学深厚，"得六古籍之遗"，但到底在文采和感染力上有所不及，常给人木讷之感，才华不足以支持其博大的论点。比如他写给皇帝的《熙宁转对疏》中虽有劝学一项，"所见正，所志亦大，而惜也才不足以副之"，字里行间的节奏总不如老师欧阳修，有一种风流态度。

有清一代，程朱理学更为盛行，浓厚的理学风气将对曾巩的推崇推至顶峰。如果说唐宋派在肯定曾巩序记文的同时，对其多论理而少情韵的特点还能公允评论，桐城派对曾巩的溢美则有过之无不及。方苞夸赞曾巩为古书所作序文在八大家中尤佳（"用此知韩、柳、欧、苏、曾、王诸文家，序列古作者，皆不及于固"）还不算过于夸张，到后来干脆变成了"能与欧、王并驱，而争先于苏氏"，令人瞠目。究其原因，大约是曾文"文道合一"的特点刚好迎合了康熙"万世道统之传即万世治统之系也"的理论，既然"道""治"一体，那么"文"对政权的巩固作用不言而喻，一生致力于"文统"与"道统"合一的曾巩成为楷模也就是题中应有之义，只是这与他最初的目的和在古文运动中发生的积极作用早已南辕北辙。而曾使曾巩在明清两代大受推崇的儒家味道，在五四运动中也令他成为八大家中第一个要被"打倒"的对象，真可谓"成也儒家，败也儒家"了。

（作者：冯璐）

王安石

六朝旧事随流水，但寒烟衰草凝绿

学而优则仕，这是中国古代士子晋身的"不二法门"。

不过到底要学点儿什么呢？

在1400多年以前，隋文帝杨坚给出了自己的答案。开皇九年（589）四月，南陈被灭，分裂了数百年的神州大地重归一统。随后，文帝迅速下了一道旨意。在诏书中，他历数前朝乱政，展望美好未来，表示眼下四海升平，率土大同，因此"禁卫九重之余，镇守四方之外，戎旅军器，皆宜停罢"。不过他同时也为勋贵子弟们指明了未来的出路，那就是"武力之子，俱可学文"，"有功之臣，降情文艺"。

这道诏书预示了一个新时代的到来，在中国政治舞台上盘踞了数百年的门阀士族从此迎来了自己漫长的衰亡之途，一个崭新的人才选拔模式——科举，出现在了人类的历史上。此后学文章、考科举，成为后世学子的晋身正阶。

然而一个新的问题呼之欲出，那就是：我们究竟要学谁的文章呢？

"八股制艺始于宋王安石"

科举始于隋代，成熟于宋代。

从中唐到宋初，科举惯例乃是重辞赋、轻经义，说白了就是大家只关心你诗词歌赋作得妙不妙，不关心你四书五经读得好不好。北宋名臣范仲淹曾在《答手诏条陈时事》中对此进行过批判，道是"国家乃专以辞赋取进士，以墨义取诸科，士皆舍大方而取小道，虽济济盈庭，求有才有识者，十无一二"，并提出了改革科举制度的构想。只可惜后来庆历新政半途而废，范仲淹被外放出京，科举改革之事，也就无疾而终了。

不过范仲淹的失败绝非偶然。自秦汉以降，各种儒家经典版本庞杂，各路大神更是纷纷为经义注疏，若以经义取士，就必然涉及一个尴尬的问题：以哪个版本为标准？以谁的解释为正宗？要知道，北宋直到真宗时期，才刚刚由朝廷校订了《周礼》《论语》等七家疏义，不要说考生难以阐述经学义理，就连考官想要在规定时间内批完这些考生的试卷并分个高低上下也是力有不逮。因此想要由诗赋取士转为经义取士，除非是朝廷能在一夜之间找到绝世猛人，匡正经义内容，建立评价标准。

北宋熙宁二年（1069），猛人来了。

这位猛士乃是江南西路临江军人，生于北宋天禧五年（1021年），姓王，名安石，字介甫。自幼聪慧过人，写得一手锦绣文章，宋史说他"属文动笔如飞，初若不经意，既成，凡见者皆服其精妙"。仁宗庆历二年（1042），王安石在科举考试中高中一甲第四名，赐为校书郎；仁宗嘉祐四年（1059），王安石上万字《言事书》，主张进行政治改革，无疾而终；嘉祐六年（1061），王安石再上《上时政疏》，要求变法理财，依然没有被仁宗重视。两年之后，仁宗驾崩。

由于仁宗皇帝无子，因此在他死前过继了濮王之子，便是后来的英宗皇帝。英宗继位之后诏议崇奉生父濮王之礼，与群臣就"我爸爸到底是不是我爹"的问题展开了旷日持久的大论战，这便是北宋历史上赫赫有名的"濮议"。

北宋的国力，就在内斗中一点一滴地被耗尽了。

治平三年（1066），"濮议"终于告一段落，英宗得偿所愿，以"皇考"称其生父。然而原本就身体欠佳的英宗皇帝在这场论战中元气大伤，没过多久，便撒手人寰。其子赵顼继位，是为宋神宗。而神宗即位后赫然发现，北宋三冗两积，国库空虚，甚至连赏赐百官和给先皇修山陵的钱都捉襟见肘！因此神宗皇帝果断决定，起用新人，进行改革。

熙宁元年（1068），王安石再度上疏，呈《本朝百年无事札子》。这次千里马终于遇到了自己的伯乐，神宗皇帝与王安石一拍即合，轰轰烈烈的熙宁变法就此开启，而变法中极为重要的一个环节，就是改革科举制度。

熙宁四年（1071），王安石大改科举制度，废诗赋取士之道，启经义晋身之阶。

他首先改革了考试形式，改革之后的科举考试要求考生在《易》《诗》《书》《周礼》《礼记》中选择一门"本经"，在《论语》和《孟子》中选择一门"兼经"，每科考试共分四场，第一场考本经大义十道，第二场考兼经大义十道，主要看考生是否通晓儒家经典，明其义理；第三场考试论一道，第四场试策三道，考察考生能否经世治国，从经术中参悟治国理论。

改革了考试形式之后是确定考核标准，他确立了一种被称为"大义式"的短篇文章，规定文章字数不得超过五百、文章标题不得偏离考生所选经书中的原文、文体形式必须属于散文式的议论体，考生要在文中紧扣经书内涵，阐明义理。为了给北宋学子们作出表率，他甚至亲自出手，撰写了十篇"经义式"范文，这十篇文章文萃斐然，说理严谨，堪称中国古代"申论"之典范。

而最后一件要做的事情，显然就是制定考试大纲了。熙宁六年（1073），王安石颁行《三经新义》，对《周礼》《诗》《书》进行了全新的阐述，并将其确立为经义考试的标准，此后北宋考生在科举中"自一语以上，非新经不得用"。

范仲淹、欧阳修这些文坛巨匠未曾完成的工作，就在短短数年之内，被王安石彻底搞定了。一个全新的时代，就此到来。此后考试内容固定、评价标准统一的经义考试逐渐成为科举考试的唯一解，并最

熙宁六年，王安石颁行《三经新义》，对《周礼》《诗》《书》进行了全新的阐述，并将其确立为经义考试的标准，此后北宋考生在科举中"自一语以上，非新经不得用"。

终在明朝形成了由破题、承题、起讲、入手、起股、中股、后股、束股等八个部分组成科举应试文体——"八股文"。明代大儒王世祯曾坦言："八股制艺始于宋王安石。"

八股文火了，王安石却"凉"了。

谁的文章值得学？

熙宁变法阻力极大，王安石为了扫清障碍，在朝中四处出击，树敌无数。而以是否支持变法为分界点，朝中新旧两党攻讦不休，北宋的大规模党争，就此开始。北宋靖康元年（1126），金人南下，开封被围，彼时朝中主政的新党因此而被攻讦不已，仓促之间登基的钦宗皇帝更是趁机向自己的父亲徽宗皇帝及其一众亲信大臣发起了清算，一时间朝中的政治斗争压倒了一切，而是否要在科举中废掉王安石的《三经新义》，更是大家争论的焦点。当时民间有一首《十不管》，恰如其分地道出了当时的乱象：

> 不管太原，却管太学；不管防秋，却管《春秋》；不管炮石，却管安石；不管肃王，却管舒王；不管燕山，却管聂山；不管东京，却管蔡京；不管河北地界，却管举人免解；不管河东，却管陈东；不管二太子，却管立太子。

于是就在一片混乱之中，金军于靖康二年（1127）再度南下，攻破开封，钦徽二帝被掳，社稷大乱。遭此剧变之后，南宋士大夫痛定思痛，总结亡国教训，终于统一了意见，将矛头彻底对准了新党。然而大家觉得意犹未尽，在对新党进行深度批判之余，依然要猛挖思想根源，彻底肃清变法流毒，而王安石作为昔日变法的主导与象征性人物，顺理成章地成为被批判的对象，最终甚至被定性成导致北宋灭亡的罪魁祸首，大家高呼着"今日之祸，实安石有以启之"的口号，将一口又一口沉重的黑锅扣到了王安石的头上。

元明两代承袭了宋代理学思想，因此王安石依然还是一等一的罪人，时常会被大伙拿来作为反面典型。洪武皇帝朱元璋直言"宋神宗用王安石理财，小人竞进，天下骚然，此可为戒"。明代大儒罗钦顺更是将王安石的罪状与其文章直接挂钩，表示"有国家者，畏小人不可不严也，退小人不可不力也。冢宰罗整庵云，唐之祸乱本于李林甫，宋之祸乱本于王介甫，李之祸唐，本于心术不端，王之祸宋，本于学术不正"。

于是从南宋到明初，王安石的文章只能"批判着读"。虽然大家偶尔也承认王安石的文章言简意赅、经世致用，但由于其"品行低劣""学术误国"，还是不能多学的。

时间悄然而逝。

随着科举考试的日趋重要，对考试内容与考试形式要求极为严格的八股文，也终于展现出了自己僵化死板的一面。八股文除了格式要求极其严格之外，还要求"代圣人立言"，不仅不能随意发表自己的见解，就连议论部分也是篇幅受限，在破题、承题、起讲、入手、起股、中股、后股、束股八个部分中，只有从起股到束股可以发表议论，每股又各由二股排比对偶文字组成。

既然考试形式如此死板，那么能用来考试的内容，又有多少呢？

很遗憾，四书五经加到一起，总计不过十七万字。而明清两代科举考试，出题超过十五万道。这意味着随着考试的发展，能用来出考题的内容，正在逐渐变少。

考试形式极其死板，考试内容又相对有限，这显然让不少天资不高、却肯下苦功的考生眼前一亮：那我在四书五经中逐句出题，提前做好，将其背下，岂不是迟早会有高中的那天？就算是今生与进士、举人无缘，混个秀才，那也是免除徭役、见官不拜的特权阶级啊！

一场内卷大赛，就此展开，而明代文坛风气，也被迅速败坏。到了明朝中叶，论及文章，则必言八股，文辞乏味，千篇一律。很显然，一场新的文学改革，迫在眉睫。

很快，明代的"古文运动"便开始了。最初发起"古文运动"的李梦阳等人主张文必学秦汉，诗必学盛唐，至于开元之后的各种文章，那都完全不够看，正所谓是"唐之文庸，犹未离浮也，宋之文陋，离浮矣，愈下矣"。平心而论，这些人的主张本身问题不大，《子虚赋》《上林赋》才气纵横、李太白杜子美光焰万丈，秦汉文章、盛唐诗篇确属巅峰之作，然而他们忽略了一个很简单的问题。

那就是这些诗文虽然好，然而大伙学不来。

文章本天成，妙手偶得之。人人都想做李太白，可中国上下几千年，也就只出了这么一位诗仙而已。而且千年以来，文辞字句变化颇大，一味学古，显然超出了大部分人的能力之外。因此学来学去，大伙不得不低头认输，将目光放到了更近一些的唐宋文人身上。明代大儒唐顺之便指出："文不能无法"，"汉以前之文，未尝无法，而未尝有法，法寓于无法之中，故其为法也，密而不可窥"。而既然如此，那就不如退而求其次，学学唐宋文章吧。

那么唐宋文章，要学谁的呢？

韩愈文起八代之衰，不可不学；柳宗元与韩愈同为唐代古文运动领袖，自然要学；欧阳修天下文宗，必须学！三苏父子行文纵横如空中布景，要学！曾巩乃是道学先辈，学！

还有谁的文章要学？

大家想起了一个人，这个人通晓经学，成就犹在三苏父子之上；才思敏捷，被欧阳修惊为天人；其记志极其精彩，与韩昌黎不相上下。更重要的是，他的文章逻辑严谨，立场鲜明，说理透彻，言简意赅，遣词造句光景一新，行文如刀劈斧凿，转折处跌宕起伏，寥寥数句便可直指要害，读他的文章让人"如游峭壁邃谷"——若是学到他的妙处，活用于八股文中，必可令文章更上层楼。

他便是八股制艺之始祖、"奸佞小人"王安石。

明人怀着极为矛盾的心情，将他的名字列入"唐宋八大家"之中。

以实力坐稳"八大家"位子

说来有趣，尽管人人都知道王安石的奏疏最妙，却人人都不敢将其选入文集之中。

原因非常简单：王安石的奏疏不是变法，就是改革，而熙宁变法早已在政治上被宣判死刑，你学他的奏疏，是不是活得不耐烦了？而更倒霉的地方在于王安石对文章"实用"的追求几乎到了走火入魔的境界，甚至就连在《游褒禅山记》中他也要借景发论："于是余有叹焉。古人之观于天地、山川、草木、虫鱼、鸟兽，往往有得，以其求思之深而无不在也。夫夷以近，则游者众；险以远，则至者少。而世之奇伟、瑰怪，非常之观，常在于险远，而人之所罕至焉，故非有志者不能至也。"所以明清两代，大家在编纂文选的时候对王安石的文章可谓是精挑细选，恨不得每个字都拿出来细细品评，务求入选文章既能体现这位文学大家的独到之处，又不至于让自己在政治上犯下错误。结果挑来选去，明清两代王安石被选入文集最多的，竟然是一篇史论——《读孟尝君传》：

> 世皆称孟尝君能得士，士以故归之，而卒赖其力以脱于虎豹之秦。嗟呼！孟尝君特鸡鸣狗盗之雄耳，岂足以言得士？不然，擅齐之强，得一士焉，宜可以南面而制秦，尚何取鸡鸣狗盗之力哉？夫鸡鸣狗盗之出其门，此士之所以不至也。

这篇短文不过90字，却是中古文坛上罕见的一篇驳论文，全文前后仅有四句，却几乎是一句一个转折，王文谨严峭劲的特点显露无遗。正所谓是："文章有短而转折多气长者，韩退之《送董邵南序》、王介甫《读孟尝君传》是也。"最有趣的是王安石虽然从来没有过"史学家"的头衔，但明代大儒们在读过这篇史论之后却不约而同地认为，王安石的史论短文大有太史公之风。就连向来不齿于王安石政治品行的杨慎也表示"半山之文，愈短愈妙……味此文何让《史记》乎？与读《孟尝君传》同关纽矣。"

　　而另外一篇明代文选的"必读文"则是《送孙正之序》，这篇文章篇幅稍长，却也不过300余字。

　　　　时然而然，众人也；己然而然，君子也。己然而然，非私己也，圣人之道在焉尔。夫君子有穷苦颠跌，不肯一失诎己以从时者，不以时胜道也。故其得志于君，则变时而之道，若反手然，彼其术素修而志素定也。时乎扬、墨，己不然者，孟轲氏而已；时乎释、老，己不然者，韩愈氏而已。如孟、韩者，可谓术修而志素定也，不以时胜道也。惜也不得志于君，使真儒之效不白于当世，然其于众人也卓矣。呜呼！予观今之世，圆冠峨如，大裙襜如，坐而尧言，起而舜趋，不以孟、韩之心为心者，果异于众人乎？

　　　　……

　　这篇文章成于庆历二年（1042），这年王安石科举高中，正是春风得意之时。当时北宋官场强调"立纪纲，召和气"，大小官员谨守祖宗之法，不肯逾雷池半步。而王安石在序文中却直接指出"众人时然而然，君子己然而然"，由此说到君子"不肯一失诎己以从时"，再对当世之士人"不以孟、韩之心为心者"进行了批评，说理层层递进，主题立意鲜明，即便是放到1000年后的今天，这也是一篇绝佳的议论文。最重要的是这篇文章堪称对论语中"君子固穷，小人穷斯滥矣"最好的解释，你想走八股文章正道，这样的文章放着不学，那还要学谁呢？

　　所以从明代茅坤首次提出"唐宋八大家"、编《唐宋八大家文钞》开始，王安石几乎就没有从这个名单中落选过。当然，偶尔也有人为了标榜自己政治上愿与王安石划清界限，而另辟蹊径，别寻他人来代替王安石，可问题在于王安石政治上有污点，但那曾巩也与新党关系密切啊！可曾巩开南宋理学一脉，理学乃是南宋之后元明两代的官方意识形态，你学文章，敢不学曾巩的文章吗？你评唐宋八大家，敢不评曾巩吗？那么评了曾巩，你又要如何与王安石和他的熙宁变法在政治上彻底划清界限呢？

清代文学大家袁枚曾经对此有过一针见血的论断："曾文平钝，如大轩骈骨，连缀不得断，实开南宋理学一门，又安得与半山、六一较伯仲也？"意思就是曾巩的文章平平无奇，跟王安石那是万万比不了的，只可惜他开南宋理学一门，乃是后世元明理学的祖宗，所以文章不得不学。而你学了曾巩，却不学王安石，那就显得愈发不合理了。所以几经争论之后，王安石还是以自己无可辩驳的实力坐稳了唐宋八大家的位子——只不过在排名次的时候大家为了表示自己是"批判地学"，不得不刻意把王安石的名次排到最后。有学者曾经翻阅过明清两代流传较广的三十四种唐宋八大家选本，发现其中有二十二种将王安石排在末位，被列入选本之中的文章更是多以游记、碑志、史论为主。

那么王安石的政论，难道就要这样被湮没于历史的尘埃之中吗？

几百年的恶评一朝扭转

众所周知，清代对思想的禁锢远超前朝，而热衷改革的王安石也成为一个禁忌。

中国近代清史学科奠基人之一的孟森曾这样描述过清代士大夫对王安石文章的态度："闻故都老辈言，承平时士大夫有不传之秘二事：于宋

　　靖康之难后，王安石作为昔日变法的主导与象征性人物，顺理成章地成为被批判的对象，最终甚至被定性成导致北宋灭亡的罪魁祸首。元明清三代官方对王安石依然持否定态度，但王安石仍以其简洁峻切的文风入选"唐宋八大家"之列。

则王荆公，于清则钱牧斋，其集皆在人袖笼中，心摹手追，口不敢道。"

钱牧斋，便是后世以"水太凉"而在互联网上名声大噪的钱谦益。不过很多热衷玩梗的朋友并不知道，钱谦益虽然一度降清失节，却又在后来辞官参与反清抵抗，以至于有清一朝他的声誉极差，乾隆皇帝更是亲自对其进行批判，要求禁毁他的全部著作。所以大家"心摹手追，口不敢道"。而王安石虽然侥幸没有落到跟钱谦益一样的遭遇，还在乾隆帝主持编选的《御选唐宋文醇》中占据了一席之地，但乾隆对王安石也是批评有加——可有趣的地方在于，乾隆最不满于王安石的地方并非他理财误国、败坏人心，而在于王安石这厮不肯乖乖地做奴才！王安石变法时动不动就以辞官相逼，竟然还敢威胁神宗皇帝，在乾隆看来，这实属一桩最大的罪过！

不肯乖乖去做奴才，这在清代来说的确是大罪一桩。因此王安石在清代得到的评价愈发低下，而他那些奏疏与变法有关，自然也难以公之于世，所以大家只好私下偷偷学习。不过到了清末，环境忽然一变，百年未有之大变局降临了。国人崇尚改革，一代文坛宗师梁启超更是对王安石赞不绝口，称其为唐宋八大家中唯一的"学人之文"，说他的文章"于中国数千年文学史中，固已占最高之位置矣"。在数百年的时光中被人们刻意遗忘的半山政论，忽然在民国迎来了自己的春天！而《本朝百年无事札子》《答司马谏议书》作为与变法关系最为密切的两篇文章，几乎成为学人必看之文。

平心而论，《答司马谏议书》堪称王安石的典范之作。这篇文章仅有300余字，针对司马光对他的批判层层予以反驳，水平甚至还在《读孟尝君传》之上。仅就文章首段而言，数十字之内便是跌宕起伏，指出两人"相好之日久"但"议事每不合"，虽"欲强聒"可考虑到你"必不蒙见察"，所以"不复一一自辨"，可转念一想，你对我"视遇厚"，所以我还是硬着头皮"具道所以"，希望你"或见恕也"。

王安石昔日与司马光同为包拯属官，交游甚密，后来因为变法问题而决裂。在这短短几十字之内，王安石竟然能回顾两人交情、说出两人龃龉、再用一连串的转折表达自己对司马光的感情，在"文简"一道上，可以说是已经通神了。

不过这还只是开胃菜，接下来的才是正题。在第二段中，王安石针对司马光给他扣上的四顶大帽子：侵官、生事、征利、拒谏，逐一进行了反驳。王安石先是以"名实之争"来提纲挈领，然后仅用了几十个字便将这四顶帽子全部甩开："某则以谓受命于人主，议法度而修之于朝廷，以授之于有司，不为侵官；举先王之政，以兴利除弊，不为生事；为天下理财，不为征利；辟邪说，难壬人，不为拒谏。"——改革是先皇的意思，今上批准的，你不满吗？找皇上去啊！理财是为了给朝廷弄钱，不接受你们反变法派的批评是因为你们不肯按照皇上的意思进行改革，我有什么错？我什么错都没有！

没有任何修辞手法，短短几十个字，道理尽透，如匕首投枪，处处抓着司马光的要害处下手。更是在第三段中乘胜追击，指出你们这些士大夫不仅"不恤国事，同俗自媚"，不肯替今上分忧，还对我这个肯干事的人横加指责，简直是无理取闹！最后更是暗戳戳地笔锋一转，狠狠地阴阳了一把司马光，表示我可能是误会你了，说不定你不满的地方在于我在位日久还没大有作为："如君实责我以在位久，未能助上大有为"，要是这样的话"则某知罪矣"！

短短几百字，回顾了两人交情，透露了自己对司马光的复杂感情，高屋建瓴地对司马光扣上来的大帽子进行了有力的驳斥，然后将反对变法的士大夫捆到一起骂了个痛快，最后还要阴阳怪气一下，戳一戳司马光的肺管子，简直是精彩绝伦。不要说唐宋两代，就是前推秦汉、后寻明清，也再找不到与之类似的文章了，因此后人对此文的评价是："半山文瘦硬通神"，"只下一二语便可扫却他人数大段，是何等简贵"。

王安石向来主张文学要"以适用为本"，要"有补于世"，其政论与朝政联系紧密，往往是借题发意，以小见大，以事说理。因此对他文章的评价便往往与对其政治成就的评价捆绑在一起。这让王安石从南宋之后吃足了苦头，却让他在二十世纪迎来了春天——继梁启超之后，大家赫然发现列宁同志竟然也听说过王安石的名字，还称其为"中国著名的改革家"！加上新中国成立之后评法批儒，王安石在历史上又一直被认为是儒表法里的代表性人物，因此几百年的恶评一朝扭转，《本朝百年无事札子》和《答司马谏议书》被认为是最能体现王安石"战斗精神"的作品，从此无人不知，无人不晓。

"王荆公体"

时光匆匆而逝，转眼间萧瑟秋风今又是，换了人间。

在经过了明清的贬抑、民国的翻案、新中国成立初的褒扬之后，大家终于将王安石的史论、碑志、游记乃至政论都研究得七七八八了。而政治运动的热潮消退之后，也终于开始有学者回归到文学本位上，提出要从纯粹的文学角度，去考察王安石的作品了。

这次人们盯上的，是王安石的诗词。

诗言志，这是最能反映创作者内心的文学体裁。在中国的历史上，有无数的诗词大家在惨遭人生巨变之后以诗词抒发自己的情怀，甚至留下了"国家不幸诗家幸"的说法。南唐后主李煜，年轻时创作的各种作品格调非常一般，往往都是"绣床斜凭娇无那，烂嚼红茸，笑向檀郎唾"这样的浓艳词句，然而国破之后，他忽然就写出了"雕栏玉砌应犹在，只是朱颜改。问君能有几多愁？恰似一江春水向东流"这样的千古名句，命运之无常，实在是令人感慨。

而王安石也不例外。

他早年才气纵横，年少轻狂，自以为日后必然大有一番成就，在《龙泉寺石井二首其一》中敢放言："山腰石有千年润，海眼泉无一日乾。天下苍生待霖雨，不知龙向此中蟠。"他在《登飞来峰》中更是直抒胸臆："飞来峰上千寻塔，闻说鸡鸣见日升。不畏浮云遮望眼，自缘身在最高层。"情绪激烈饱满，似乎就要破纸而出。

然而步入仕途之后，他亲眼见到了北宋三冗两积的弊政，也见证了庆历新政的无疾而终，更是亲自体会到了两次上疏不被采纳的苦闷之情，于是他的诗作也开始趋于深沉，多有老杜之风。而在变法之后，他的咏史诗更是层出不穷。有趣的地方在于，可能是阻力太大的缘故，这些咏史诗中有很多都是"翻案诗"，王安石用这种方式借古喻今，抒发情怀。而《商鞅》可谓是其中的代表之作："自古驱民在信诚，一言为重百金轻。今人未可非商鞅，商鞅能令政必行。"同时他主张诗文"务为有补于世"，不可无病呻吟，以诗咏史，以诗说理，这恰好蹚出了唐诗之外的一条新路子——李白的浪漫主义诗歌是非人力所能及，

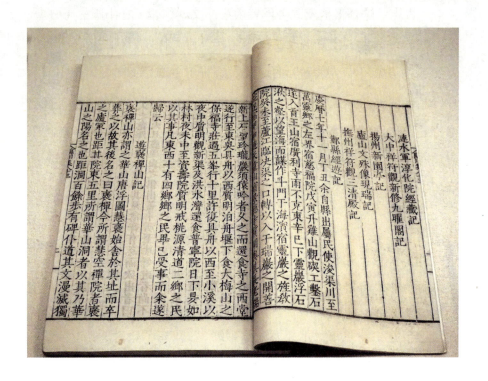

明刻本《临川先生文集》中《游褒禅山记》。由于王安石过于追求文章的"实用性"，出于政治原因，明清两代王安石被选入文集最多的是他的史论，而且大部分将王安石排在"八大家"中垫底的位置。

然而我以诗说理，发人深思，谁能说境界上就差了呢？

不过他真正在诗歌上突飞猛进，反而是在政治上惨遭失败、晚年退隐钟山之后的事情了。这位惊才绝艳的诗人将自己的大半生都献给了北宋的政治改革，昔日曾令欧阳修赞誉不已的文采被掩盖于犀利的政论说理之下。而退隐之后，他终于有了大段的时间和放松的心情，可以好好打磨一下他的诗歌了。王安石晚年的《梅花》，可谓他的大成之作："墙角数枝梅，凌寒独自开。遥知不是雪，为有暗香来。"咏梅，却不提梅花的颜色和形态；说理，却分明没有说教的痕迹。初读只觉上口，越读越觉其精妙，含蓄隽永。人们后来甚至将王安石的诗作称为"王荆公体"——在整个中国文学史上，唐代以后诗歌可单独成体的人寥寥无几，因此中国科学院文学研究所在《中国文学史》中指出"王安石在诗歌上的成就超过了他的文章，这是由于他的不少写实、咏史和写景的作品内容充实，艺术上也比较动人的缘故"。

1000年的时光匆匆而逝，王安石，这位北宋的改革家、政治家、文学家，在经历了南宋的批判、元明清三朝的贬抑、民国的翻案与新中国的褒扬之后，终于逐渐在文坛上找回了自己的位置。王安石在出知江宁府的时候写了一首《桂枝香·金陵怀古》，在词中他感慨道"六朝旧事随流水，但寒烟衰草凝绿"。——王安石存世的词作数量不多，但人们对这首词评价却极高。只是不知道他有没有想过，自己的文字在随后的1000年中，竟然也会经历六朝学者的评判，最后才能回归文学的本位。

（作者：刘志斌）

　　北宋天禧五年（1021），临江军判官王益安喜得第三子。据说这个男婴降生之时有"獾入其室"，因此父亲给他取了个小名，叫作"獾郎"。

　　此时王安石的父亲怎么也不会知道，千年后蜜獾以其天不怕地不怕的执拗性格，在网络上风靡一时，甚至被人尊称为"平头哥"。而不知是不是巧合，王安石的性格也如这"平头哥"一般，执拗得吓人，以至于得了个"拗相公"的绰号。

　　这年，要"为天地立心，为生民立命，为往圣继绝学，为万世开太平"的理学大家张载年仅两岁，史学大家司马光年仅三岁，日后的天下文宗欧阳修刚刚十五岁，文坛之上南唐与后周词臣的影响力依旧还在，骈四俪六、浮夸浓艳的文风大行其道，论及诗词，则有"三体"——一者乃是白体，多学白居易、元稹，文风闲适淡雅；二者乃是晚唐

在宋神宗的支持下，王安石在熙宁二年被任命为参知政事，翌年任同平章事，开始着手进行变法改革。为了富国、强兵、安民，其先后出台了均输法、青苗法和农田水利法等新法，开启中国历史上有名的变法：熙宁变法。

体，多学晚唐诗人；然而影响最大的当属"西昆体"，这派诗人多学李商隐，以宋初文坛宗师杨亿、刘筠为代表。真宗曾命翰林编修《册府元龟》，众多文人齐聚一堂，而杨亿则趁编书之际，邀众人互相酬唱，并将佳作编成诗集，最后取《山海经》中"天子升于昆仑之丘，至于群玉之山，先王之所谓册府"之意，将这本诗集取名为《西昆酬唱集》。

西昆体气象宏大，强调用典，恨不得一字一句皆有典故，文辞华丽，韵律铿锵，乃是文人炫技的得意之作，以杨亿的《馆中新蝉》为例，全文无一字说蝉，却处处都在写蝉，堪称佳作：

> 碧城青阁好追凉，高柳新声逐吹长。
> 贵伴金貂尊汉相，清含珠露怨齐王。
> 兰台密侍初成赋，河朔欢游正举觞。
> 云莫翠缕徒自许，先秋楚客已回肠。

西昆体一出，据说北宋"后进学者争效之，风雅一变"。而杨亿作为当时的天下文宗，更是所有士人所效仿的对象。

谁也不知道，下个时代将于何时来临。

启蒙晚，登第早

时光匆匆而逝，转瞬之间，便是四年过去了。

这年，七岁的司马光在河南闯出了偌大的名头——他熟读《左传》，"凛然如成人"，与小伙伴玩耍时偶遇意外，砸缸救人，从开封到洛阳，他的名字无人不知无人不晓，俨然便是下一个北宋文坛神童。

那么此时王安石在干什么呢？

他在享受自己无忧无虑的童年。按王安石晚年《字说》回忆，他要到十岁之后才开始识字，十二岁才有志于学。在当时来说，这个孩子在文学上的前途已经非常堪忧了。

北宋初年文坛神童——西昆体代表人物、宋初的天下文宗杨亿七岁能文，十岁能诗，十一岁被宋太宗召试，即兴赋诗《喜朝京阙》，道是"七闽波渺邈，双阙气岧峣。晓登云外岭，夜渡月中潮。愿秉清忠节，终身立圣朝"，令太宗皇帝大喜，授秘书省正字；之后执掌文坛的晏殊十五岁便被宋真宗召试，特赐进士出身。而王安石十岁才开始学文，十五岁"自负意气"，登上临川城的最高处，写下人生有迹可查的第一首小诗，诗的内容是这样的：

> 惨惨秋阴绿树昏，荒城高处闭柴门。
>
> 愁消日月忘身世，静对溪山忆酒樽。
>
> 南去干戈何日解，东来駜骑此时奔。
>
> 谁将天下安危事，一把诗书子细论。

以当时人的眼光来看，这首诗作过于直白，用典不深，辞藻不丽，唯一值得称道的，或许就只有作者的满腔豪情了——是年五月，蛮獠寇边于广南；十二月，李元昊率众攻猫牛城。王安石敏锐地察觉到了时局的动荡，这个十五岁的少年虽然还无力参与其中，但他跃跃欲试的心态，已经溢于言表。

然而时不我待，四年之后，王安石的父亲病逝于江宁府，葬于江

　　王安石性格固执，有"拗相公"的绰号。宋仁宗在位时，一日招待群臣赏花钓鱼，用盘子盛鱼饵让大家钓鱼，王安石误认为鱼饵是吃食，不知不觉中将其全部吃完，目睹此景的仁宗觉得此人不近人情。

宁牛首山下。

何去何从，留给这个少年的时间不多了。

这年是仁宗宝元二年（1039），李元昊刚刚叛宋作乱，血腥惨烈的宋夏战争一触即发，此时还没人知道，表面富庶繁华的大宋会被这次战争剥下自己浮华的外衣，将惊心触目的"三冗两积"问题暴露于世人面前。而王安石则与自己的两位兄长一起接受了父亲最后的余泽——到地方官学做了诸生。在这年所作的《杂咏四首》中，他不无怀念地写下了"故畦抛汝水，新垄寄钟山。为问扬州月，何时照我还"？

扬州的明月低垂不语，而千里之外的汴梁，正等待着他的到来。

康定二年（1041），宋仁宗下诏改元庆历，并于次年开科举。二十一岁的王安石服丧期满，入汴梁应试。这个十二岁才开始学文的年轻人宛若出鞘利刃，终于向这个世界展示了自己的锋芒。

这场科举的省试贡举官共有五人，其中两人的文章都以文辞艳丽而深得杨亿的赞许；考试内容则是诗、赋、论各一道，五道策，又有十帖《论语》，十条对《礼记》或《春秋》墨义——不过按照惯例，后面的策论墨义无足轻重，真正能决定士子去留的，只有第一场的诗赋。而王安石在这次省试中一路过关斩将，闯入殿试，殿试出题3道，分别为《应天以实不以文赋》《吹律听凤鸣诗》《顺德者昌论》。王安石舞动如椽大笔，再次击败对手，被列为一甲第四名，赐为校书郎，出为签书淮南东路节度判官公事。而据《默记》所载，他原本是考官们选中的第一名，只不过仁宗皇帝嫌他的试卷中有句话用得不好，刻意将他打落三名，列为第四。

王安石就这样，一头扎进了北宋文坛之中。

天下文宗？没兴趣

北宋以科举取士，乃是做题家的天堂，日后中外学者公认在宋朝儒家士大夫终于取代了贵族门阀，成为中国政治舞台上的主角。

所以北宋便有一个非常有趣的角色，唤作"天下文宗"。

在门阀政治时代，一个人的文学造诣与他的政治成就可能毫无关系，然而在北宋，这两者却紧密相关——你一个儒家士大夫，不会写文章，那还叫士大夫吗？

所以从北宋开始，随着儒家士大夫在政治舞台上逐渐兴起，一个崭新的文坛领袖形象——天下文宗便应运而生了。以学问折服群臣、凭文章取得显赫地位并获取政治权威，这让北宋的文宗显得尤为特别。他们在文学上独领风骚，在政治上呼朋引伴，往往能够凭借一己之力带动天下风气。而庆历之后，"以文章擅天下"的新一代文宗，乃是天圣八年（1030）甲科第十四名进士，复姓欧阳，单字名修。他上承西昆余韵，下启古文运动，主张师法唐代韩、柳，乃是一代文坛领袖、史学巨匠、经学大家，他在文坛的地位号称"世莫敢有抗衡者"。嘉祐初年文坛一度流行以文风险怪奇峻为代表的"太学体"，与欧阳修所倡导的平实文风大相径庭，于是嘉祐二年（1057）时权知贡举的欧阳修竟然将当年以"太学体"应试的举子全都判了落榜！引来众举子聚众闹事，一时间舆论哗然，而仁宗皇帝不仅没有理会这些人，而且还将欧阳修选中的举子全部特赐进士及第，天下文宗，恐怖如斯！

也就是这样一位文坛宗师，对王安石的评价是"此人文字可惊，世所无有。盖古之学者有或气力不足动人，使如此文字，不光耀于世，吾徒可耻也"。欧阳修后来在《赠王介甫》中说"老去自怜心尚在，后来谁与子争先"。

要不要专攻文章，入馆阁走青云之道？

对王安石来说，这并没有什么难度——身为一甲第四名，只要他有心，怎么都有办法可以进入馆阁；更不用说北宋旧制，地方任职期满后还可献文求试馆阁之职。然而王安石却做出了一个出人意料的举动，他在签书淮南东路节度判官公事期满后没有献文，而是主动要求调知鄞县（今浙江宁波鄞州区），更是在后面几年连续拒绝了朝廷召他回京让他试任馆职的要求。名义上他说自己家贫母老，难以应召，而实际上他却是在身体力行，探索着解决北宋"三冗两积"的办法！

所谓"三冗"，乃是冗兵、冗员与冗费——北宋承袭五代制度，施行募兵制，禁军由国家供养。而为了应对外敌、防备内乱，北宋不得不维持一支规模空前的禁军部队。这支队伍在仁宗时期数量高达百万之巨，吃掉了国家财政收入的绝大部分。而与此同时北宋优待文臣，动辄大开"恩荫"之门，一人为官，则子孙亲族都可为官，天长日久之后财政系统不堪重负，各种非正常开销日甚一日，是为"冗费"。而这三冗又使得北宋国力日渐衰弱，积贫积弱，是为"两积"。

因此要想解决三冗两积，其核心问题只有一个，那就是搞钱。

王安石在庆历七年（1047）出知鄞县知县，他在春季向百姓借贷官粮，又在秋季按照一定的利息收回借粮，不仅帮助百姓度过了青黄不接的时节，更减少了官府库中陈粮；他巡游鄞县，写成《鄞县经游记》，记述全县风土人情，大修水利，保障粮食生产。他日复一日地思考着究竟要如何解决百姓的生存问题，同时解决朝廷三冗两积的弊病，也在这个过程中，逐渐形成了简洁朴实、夹叙夹议的文风。而《上杜学士言开河书》，可以称得上是他这段时期散文的代表作之一。

这篇短文严格说来，乃是一篇"请示"。王安石在400余字的篇幅中，先是言简意赅地描述了鄞县的地貌特征和水利情况，继而回顾了鄞县水利兴修的历史沿革，以"钱氏时置营田吏卒，岁浚治之，人无旱忧"与现下"方夏历旬不雨，则众川之涸，可立而须"的境况形成鲜明对比，指出"故今之邑民最独畏旱，而旱辄连年。是皆人力不至，而非岁之咎也"，巧妙地论证了开河的必要性；然后话锋一转，说自己到来之后粮食丰收，因此"宜乘人之有余，及其暇时，大浚治川渠"，用简洁有力的语言说明了开河的可行性，接着再暗戳戳地将上级吹捧一番，说"伏惟执事，聪明辨智"——那您既然如此聪明，当然也知道兴修水利原本就是您应该关心的事情，"此最长民之吏当致意者"，所以还希望您早日批复啊。全文论证严密、逻辑严谨，难得的是不仅条理清晰，竟然还能在吹捧上级之余加入许多大道理，堪称是北宋公文请示中的上佳之作。所以也难怪欧阳修在读过他的"鄞县新文"后欣喜感叹道："读之饱足人意。盛哉盛哉！天下文章久不到此矣"。

此时的欧阳修过得并不舒心——随着宋夏战事的持续，北宋的三冗两积问题终于到了无法回避的地步。仁宗皇帝甚至要自掏腰包，从内库里拿钱补贴国家！在庆历二年（1042），仁宗从内库中掏了100万银、200万绢给外朝拿去应急；而庆历三年（1043）又掏了300万绢补贴国用，因此在国用不足的情况下，仁宗批准了范仲淹和欧阳修等人的建议，启动了"庆历新政"。

只不过这新政来得快，去得也快。一方面，新政中"明黜陟""抑侥幸""精贡举"等政策直接向北宋的"冗官"问题开了刀，得罪了规模庞大的官僚群体；另一方面，随着宋夏议和的开启，仁宗皇帝对改革的迫切需求正在衰退。因此很快，主持改革的干将们便在反对派的汹汹恶议中败下阵来，而欧阳修作为改革派主力之一，被外放滁州，在那里，他写下了流传千古的名篇《醉翁亭记》。而与此同时，他也迫切地希望见一见王安石，当面指点一下这个年轻的后学，考校一下他的功课，如果可以的话，甚至"付托斯文"。

王安石是否应约了呢？我们翻遍史书，并未找到一星半点的相关记载。实际上，王安石很可能根本无意继承欧阳修的衣钵，在后来的《上欧阳永叔书二》中，他曾直白地表示"欲传道义心虽壮，学作文章力已穷"，而在《次韵欧阳永叔端溪石枕蕲竹簟》一诗中他更是放言道："天方选取欲扶世，岂特使以文章鸣。"

写锦绣文章，做天下文宗，那些都是极好的，王安石说。

可我偏不喜欢。

文章不过是手段

一眨眼的工夫，数年匆匆而逝。

一手主导庆历新政改革、被誉为"本朝百年人物第一"的范仲淹在皇祐四年（1052）客死徐州，享年六十四岁，谥号"文正"。在庆历新政失败之后，这位范文正公再也没有回到过东京汴梁。

而欧阳修则在至和元年（1054）被召回东京，这年王安石再度任满回京，朝廷准备授予他集贤校理之职，他"上书四辞"，坚称自己家境贫寒、老母年迈，不能留京担任馆阁之职。于是欧阳修想方设法，帮他弄到了一个超级肥差——群牧判官。

北宋马政承袭唐制，群牧判官之所以被视为超级肥差，是因为养马，必然就有马粪；而马粪在当时属于肥料，是可以售卖的——唐初时国用不足，唐太宗李世民售卖监中马粪，竟然获利丰厚，然而再三权衡之下，李世民还是叫停了官方的马粪售卖行为，因为他担心长此以往，自己会落个"马粪皇帝"的诨号，被人耻笑。卖粪的利益之大，从此也可见一斑，因此北宋时大家有"群牧吃粪"的说法。可出乎大家意料的是，面对滚滚财源，王安石依旧坚辞不授。

这下大家都明白了，他根本就是不想留在汴梁城中以文章为生啊！

对王安石来说，他对文学的认识与欧阳修等人有着根本的不同。大部分的宋代士大夫将文章本身就视为一种最终产物——创作出一篇好文章，本身便是一件美事。而王安石则不同，在他看来，文章不过是个手段，是个载体，而文章背后的东西，才是他真正追求的目标。他所推崇的，是绝对的实用主义文学。因此他不愿在馆阁之中消磨自己的意志，而更希望在地方上一展拳脚，去验证自己的理念。

实用主义的文学取向并没有让王安石的文章变得庸俗而乏味，相反，在经过多年打磨之后，他的文风反而变得愈发成熟。在词句上，他多用短句，言简意赅，偶尔穿插对偶句式，气韵十足；在结构上，他将转折与设悬运用得炉火纯青，短短数字之内往往便有转折，令人百读不厌；在论证上他逻辑严谨，层层递进，针牵线连。而他叙中夹议的本领也是炉火纯青，往往寥寥几笔便将事情勾勒明白，然后笔锋一转，大发议论。如果说之前他的文章中还有一些对前人的模仿痕迹的话，那么从至和年间开始，他的文章已经形成了自己简洁有力、峻峭硬瘦的风格。

仁宗嘉祐三年（1058），王安石回京述职。这次他终于不再隐忍，而是上了一份洋洋洒洒的万言书，第一次公开提出自己的政治主张。

很显然，这份《上仁宗皇帝言事书》并没有起到应有的作用，一方面当时天下承平日久，大家缺乏改革动力；而另一方面仁宗皇帝在嘉祐元年（1056）时重病一场，竟然在文武百官面前口吐白沫、抽搐不止，而后病情一再恶化，很快就不得不暂停临朝视事，卧床休息了。据说这次病情极为严重，以至于仁宗皇帝在相当长的一段时间里竟然失去了语言能力，"然终不语"，"大抵首肯而已"。之后嘉祐六年（1061），王安石再上《上时政疏》，要求变法理财，而此时朝中大臣们的全部工作重心都放在了逼仁宗皇帝立嗣上面，根本无人关心所谓的变法理财。连续两次打击让王安石明白了一个道理：我已经准备好了，但大宋，还没有准备好。

大宋需要一位年富力强、雄心勃勃的皇帝，只有这样的一位帝王，才可能支持他的变法。

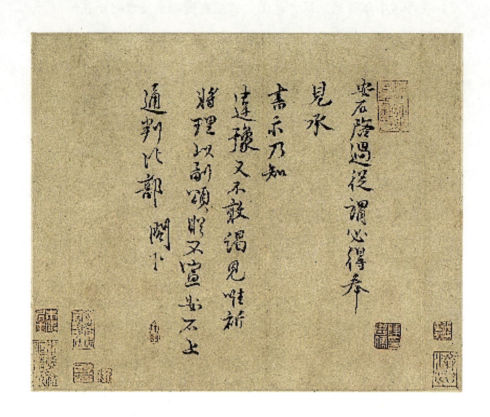

《致通判比部尺牍》，宋，王安石，纸本，纵26厘米，横32.1厘米，现藏台北故宫博物院。王安石推崇绝对的实用主义文学，在他看来，文章只是载体，重要的是其背后的政治主张。

很快，这个人出现了。

嘉祐八年（1063），仁宗皇帝驾崩，英宗皇帝继位。英宗性格谨慎，体弱多病，四年之后，年仅三十六岁的英宗皇帝也不幸逝世，不到二十岁的太子赵顼继位，是为宋神宗。然而神宗甫登大宝，就接到了一个让他瞠目结舌的消息：没钱了。

按照惯例，新皇登基要大赦天下、赏赐百官。然而三司使表示国库空虚已不是一天两天的事情了，从仁宗那会儿咱们大宋就有点入不敷出了。不光是赏赐百官的钱没有了，给先皇修山陵的钱也是捉襟见肘，因此他强烈建议神宗皇帝勤俭节约，学会过紧日子，先把大臣们的赏赐给发了。

要知道，当年仁宗皇帝之所以一度同意范仲淹等人进行改革，也是因为国家财用不足，他甚至得从自己的内库里掏钱以助军资——而后来随着北宋与西夏战事的告一段落，财政紧张的状况大为缓解，仁宗的改革意愿自然也一落千丈。因此年轻气盛的神宗皇帝在深入了解了自己统治的这个帝国的实际情况之后，作出了同当年仁宗一样的抉择：朕，要改革！

而在地方历练多年，又极富才名的王安石，成为神宗皇帝选中的改革操盘手。

熙宁元年（1068）四月一日，王安石应诏入对，立陈改革之必要性。而神宗皇帝则被他描述的"民不加赋而国用饶"的景象深深吸引住了，双方几乎一拍即合，迅速开启了北宋规模最大的一次改革。而随后王安石上《本朝百年无事札子》，彻底吹响了变法的冲锋号。

这道札子号称"北宋百年第一札",全文似扬实抑,貌褒实贬,尤其是在论及仁宗皇帝的所作所为时,王安石竟然用上了"复读"的写作手法,两次重复仁宗"未尝妄兴一役,未尝妄杀一人,断狱务在生之,而特恶吏之残扰。宁屈己弃财于夷狄,而终不忍加兵"。看似赞不绝口,实则讥讽有加——"未尝妄兴一役,未尝妄杀一人",而宋夏边衅不断;"断狱务在生之,而特恶吏之残扰",但民变几乎年年不断;更绝的是王安石把岁币称之为"宁屈己弃财于夷狄,而终不忍加兵",这让神宗皇帝看过之后简直忍无可忍,日后明人称此文道"荆公所以直入神宗之胁,全在说仁庙(即仁宗)处,可谓搏虎屠龙手"。

好一招"搏虎屠龙手",大受刺激的神宗皇帝很快便将变法的权力赋予了王安石,而王安石则以财用入手,先后颁发了均输法、青苗法、农田水利法、市易法、募役法……种种新法极大触动了北宋既得利益集团的蛋糕。皇亲贵戚、高官重臣,无数人施展着自己的手段,打着"祖宗之法不可变"的旗号要与王安石决一死战。

而王安石,来者不拒。

横扫北宋文坛政界

与人斗,其乐无穷。

熙宁初年无疑是王安石最为快乐的一段时光。拥有了皇帝绝对信任的他放手施为,将自己平生所学,尽数施展了出来。

心态上的春风得意没有体现在他的文章上,却体现在了他的诗歌上。主政之后王安石的咏史诗进入了一个爆发期,而其中的"翻案诗"

则更是一绝。与王安石在地方施政时言辞直白的《收盐》《感事》等现实主义诗歌不同，这段时间王安石的咏史诗，几乎就是他纯粹心境的写照。在变法之初，他在《商鞅》中踌躇满志，放言"今人未可非商鞅，商鞅能令政必行"；而随着周围非议之声越来越多，他在《众人》中又冷笑道："众人纷纷何足竞，是非吾喜非吾病。"你们只管去说，我王安石不在乎。

面对朝中的汹汹恶议，这个曾拒绝欧阳修好意的文坛巨匠终于将另外一种文章之道展现于世人面前，他的文章如匕首、似投枪，以经史大义提纲挈领，逻辑严谨、论证有力、夹叙夹议、大开大合，《宋史》说"至议变法，而在廷交执不可，安石传经义，出己意，辩论辄数百言，众不能诎"。天下文宗欧阳修，由于反对变法、阳奉阴违，而被他拒于中枢门外，改知蔡州；一代史学巨匠司马光，由于反对变法强谏不止，被王安石以一封凌厉绝伦的《答司马谏议书》给撑了回去，最后逼得司马光不得不离开汴梁，退居洛阳，专心写书。《唐宋文举要》称《答司马谏议书》"劲悍廉厉，无枝叶如此，不似上皇帝书时，尚有经生习气也"，算是变着法地承认了王安石的战斗文学，已经功力大成。

熙宁五年（1072），新的挑战从天而降——这一年欧阳修与世长辞，当时的文坛大家们纷纷为其撰写祭文。这位文坛宗师掌天下文脉数十年，亲启古文运动，提携后辈无数，一直对王安石青眼有加，然而在他人生的最后时刻，却因为王安石主持的熙宁变法而与其互生龃龉。正在朝堂上大杀四方的王安石究竟会拿出一篇怎样的祭文？他的祭文会不会被苏轼与曾巩比下去？所有人都屏息凝神，翘首以待。

此时这些人还不知道，日后明清学人品评"唐宋八大家"的文学成就时，公推祭文乃是王安石一绝，明代桐城散文大家刘大櫆在《唐宋八家文百篇》的自序中对此作出评价，认为八大家中谈及祭文"则韩、王，而欧次之"——也就是说，除了韩愈之外，就连欧阳修在祭文上也不是王安石的对手！

因此王安石这篇《祭欧阳文忠公文》一出，立刻技惊四座。

夫事有人力之可致，犹不可期，况乎天理之溟漠，又安可得而推！

惟公生有闻于当时，死有传于后世，苟能如此足矣，而亦又何悲！如公器质之深厚，智识之高远，而辅学术之精微，故充于文章，见于议论，豪健俊伟，怪巧瑰琦。其积于中者，浩如江河之停蓄；其发于外者，烂如日月之光辉。其清音幽韵，凄如飘风急雨之骤至；其雄辞闳辩，快如轻车骏马之奔驰。世之学者，无问识与不识，而读其文，则其人可知。

呜呼！自公仕宦四十年，上下往复，感世路之崎岖；虽屯邅困踬，窜斥流离，而终不可掩者，以其公议之是非。既压复起，遂显于世；果敢之气，刚正之节，至晚而不衰。

方仁宗皇帝临朝之末年，顾念后事，谓如公者，可寄以社稷之安危；及夫发谋决策，从容指顾，立定大计，谓千载而一时。功名成就，不居而去，其出处进退，又庶乎英魄灵气，不随异物腐散，而长在乎箕山之侧与颍水之湄。

然天下之无贤不肖，且犹为涕泣而歔欷。而况朝士大夫，平昔游从，又予心之所向慕而瞻依！

呜呼！盛衰兴废之理，自古如此，而临风想望，不能忘情者，念公之不可复见而其谁与归！

这篇祭文保持了王安石一贯的简洁风格，但却与他以往的硬瘦文风略有不同，文章自第二段开始夹叙夹议，长短融合，骈散并用，人们惊愕地发现，王安石虽然向来不以辞藻华丽而见长，但却依然能够写出"其积于中者，浩如江河之停蓄；其发于外者，烂如日月之光辉。其清音幽韵，凄如飘风急雨之骤至；其雄辞闳辩，快如轻车骏马之奔驰"这等字句。后世学人曾系统评价过当时的诸多祭文，比较之下，大家最后表示"欧阳公祭文当以此为第一"。

欧阳修的时代结束了。

现在，是王安石以一己之力，横扫北宋文坛政界的时代。

从巅峰跌落

100多年以后，南宋的第五位皇帝在读到王安石的文字时依然被他的傲慢所震惊。宋理宗赵昀曾经表示，"王安石谓'天变不足畏，祖宗不足法，人言不足恤'此三语为万世之罪人"，然而神宗皇帝对这一切却熟视无睹，他以近乎纵容的态度，让王安石在北宋朝堂之上尽情施为，发挥着自己的才华。

神宗皇帝之所以对王安石如此宽容，最主要的原因之一是他终于开始品尝到自己改革的成果了。按宋史所载，"皇祐所入总三千九百万……治平四千四百万"。而到了熙宁年间，这个数字忽然就变成了五千零六十万！在王安石的改革之下，大宋的财政状况有了极大的好转，对于一个上任之后就不得不节衣缩食、拿内库补贴外朝的皇帝而言，白花花的银子比任何东西都更有说服力。随后神宗皇帝拓

　　熙宁元年四月一日，王安石应诏入对，立陈改革之必要性。而神宗皇帝则被他描述的"民不加赋而国用饶"的景象深深吸引住了，双方几乎一拍即合，迅速开启了北宋规模最大的一次改革。随后王安石上《本朝百年无事札子》，彻底吹响了变法的冲锋号。

边西北，在熙宁七年（1074），宋军北进银川，西平南山，扫荡了这个地区所有不肯归顺的蕃部势力，取得了辉煌的熙河大捷！

这不仅意味着西夏的战略缓冲空间被大宋压缩殆尽，更意味着大唐安西都护府陷落近300年后，炎黄子孙的旗帜又一次插上这片土地！大宋上下举国欢腾，改革派终于取得了最辉煌的战绩。神宗皇帝欣喜之情无以复加，他亲自解下了自己的玉带，递到了王安石的手上。

王安石达到了自己辉煌的顶点。

论创制垂法，他一手主持了熙宁变法，立青苗、免役、保甲、市易诸法，几乎是以一己之力改变了北宋这座陈腐而冗杂的国家机器之运行轨迹；论拯厄除难，他于北宋三冗愈演愈烈之际横空出世，于内整顿吏治、扩宽财源；于外开疆辟土，转守为攻，让原本暮气沉沉的北宋一时间竟然有了中兴的气象；论言得其要，理足可传，他更是当仁不让——他在经学上造诣颇深，自创的荆公新学名高一时，甚至以官方律令的形式成为当时科举的标准教材，在北宋儒学界占据了统治性的地位。

然而也就是在这个时刻，命运跟他开了一个莫大的玩笑：熙宁六年（1073），天下大旱，次年反对变法的开封城安上门监门官郑侠谎称边关急报，将一幅《流民图》送呈神宗皇帝，随图而来的，还有一份《论新法进流民图疏》。据说神宗皇帝看过之后"是夕寝不能寐"，最终下定决心，暂罢新法。结果三日之后，天降大雨，"远近沾洽"！

一方面，在推崇"天人交感"的封建社会，这种事情的出现意味着王安石的辞相已成定局。但另一方面，神宗皇帝暂罢新法的举动本身就说明了他对王安石的信心已经出现了动摇。这之后的坏事一桩接着一桩：先是反变法派汹涌而来的攻讦让王安石不得不辞去相位，失去了领袖的变法派群龙无首，竟然爆发了激烈的内斗，让神宗皇帝对这群人的观感为之一变。此后神宗皇帝虽然也曾再度起用王安石为相，但君臣之间的隔阂早已产生，因此复相之后王安石的施政可谓是举步维艰。而在熙宁九年（1076），被王安石视为自己政治接班人的长子王雱因病去世，而早年间与王安石心意相通的宋神宗却完全不理会这位臣子的老年丧子之痛，在王安石提出辞相后"益厌之"，竟然真的答应了他的请求。

国家不幸，诗家幸。

明月何时照我还？

辞相之后的王安石退居江宁府，也就是今天的南京。他每日寄情于山水之中，过着清贫而朴素的生活。对王安石来说，在接下来几年里发生的一切，真让他生不如死。

王安石第二次辞相时只有五十五岁，这正是一个政治家的黄金年龄，然而命运却跟他开了一个天大的玩笑，他不仅从此远离朝堂，更是目睹了自己所缔造的一切是如何分崩离析的——元丰四年（1081），神宗发动数十万大军趁西夏内乱之际进行五路伐夏，然而宋军先胜后败，在灵州城下遭遇数十年未有的惨败；元丰五年（1082），西夏人再度反攻，拔掉了大宋在宋夏边境上扎下的最大一颗钉子：永乐城。城中七万守军几乎被全歼，各级将领死伤数以百计。神宗闻讯后心态崩溃，在群臣面前痛哭流涕，完全失态。从此郁郁寡欢，没两年就撒

　　熙宁六年，王韶在神宗与王安石的支持下，收复熙、河、洮、岷、叠、宕六州之地。熙宁七年，宋军北进银川，西平南山，扫荡了这个地区所有不肯归顺的蕃部势力，取得辉煌的熙河大捷。巧合的是，王韶与苏轼、苏辙、曾巩一样，同是嘉祐二年进士及第。

手人寰。

而神宗死后，继位的哲宗皇帝由于年幼不能理政，只得由太皇太后高氏垂帘听政。而这位太后昔日便是宫中最反对变法的人之一，因此她主政之后迅速召回了司马光等一干反变法派。从元祐元年（1086）开始，反变法派终于在朝堂之上彻底压倒了变法派，开始了全面的反攻倒算，司马光甚至将当时还没被废掉的青苗法、免役法、将官法与西夏边衅并称"四害"，喊出了"四害不除，我死不瞑目"的口号！

在江宁闲居的王安石终于迎来了人生的至暗时刻，他曾经拥有的一切都如云烟般消散，来时为空，去时亦为空。他寄情于山水之间，也终于明白了自己曾经的锋芒毕露有多么可笑。王安石少年时以意气自许，早年诗词从不懂得什么叫收敛，往往口气宏大，咄咄逼人，老了再看，简直是黑历史一般惨不忍睹。这其中最有趣的当属那首著名的咏竹诗：

> 一迳森然四座凉，残阴余韵去何长。
> 人怜直节生来瘦，自许高材老更刚。
> 曾与蒿藜同雨露，终随松柏到冰霜。
> 烦君惜取根株在，欲乞伶伦学凤凰。

这首诗恨不得把品性高洁四个字印在自己的脑门上，虽说王安石年老之后依然自视甚高，然而却也学会了含蓄自夸。可问题在于别人不知道啊！不少登门拜访王安石的晚辈后学以为王公年少时以这首诗为得意之作，到老了必然愈发喜欢，因此经常会在登门拜望之后吟咏此诗，夸一夸这位"老更刚"的"高材"。这大概就像是有人等你退休之后拿着你的小学作文，大声朗读后夸奖你"果然成了一个优秀的人"

《帝鉴图说·轸念流民》，熙宁六年，天下大旱，次年反对变法的开封城安上门门监郑侠谎称边关急报，将一幅《流民图》送呈神宗皇帝，随图而来的还有一份《论新法进流民图疏》。神宗皇帝最终下定决心，暂罢新法。结果三日之后，天降大雨，"远近沾洽"，王安石被迫罢相。

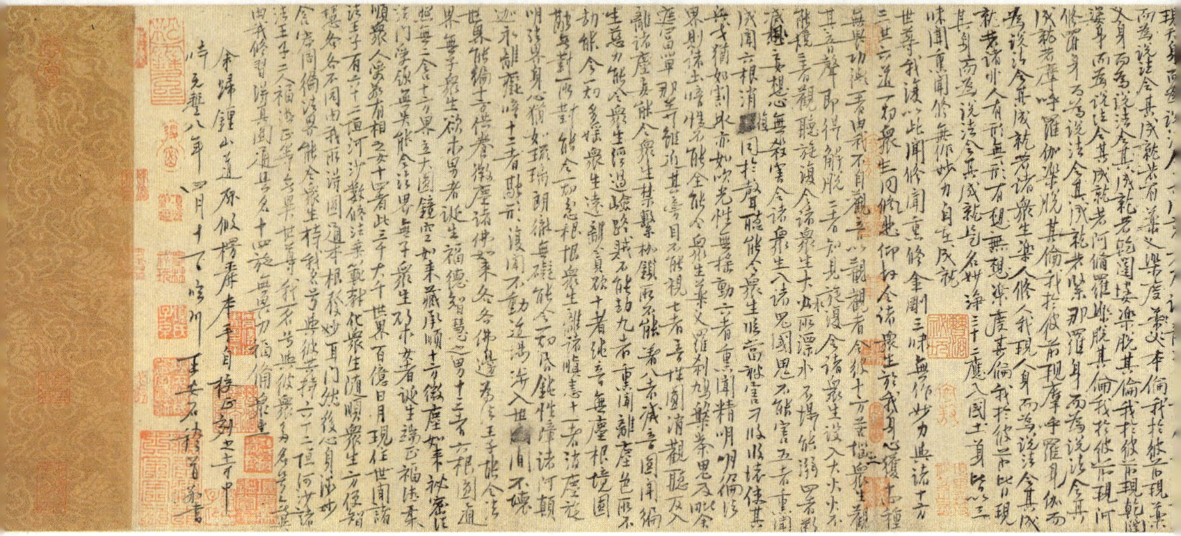
余歸鍾山道原假楞嚴本手自校正刻之寺中
時元豐八年四月十一日臨川王安石稽首敬書

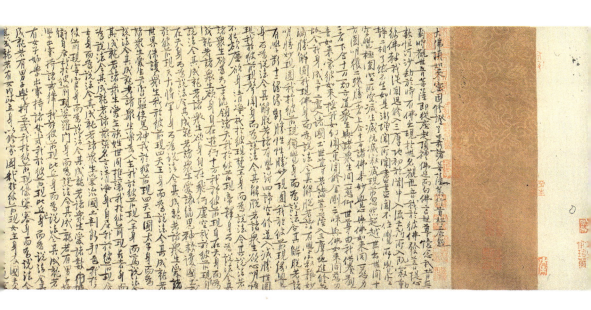

《楞严经旨要》，宋，王安石，纸本，纵29.9厘米，横119厘米，现藏上海博物馆。卷末自题："余归钟山，道原假楞严本，手自校正，刻之寺中。时元丰八年四月十一日，临川王安石稽首敬书。"一年后，哲宗即位，王安石病逝于钟山。

一样尴尬。最后王安石狠狠地进行了一番自我批判，道是"少时作此题榜，一传不可追改，大抵少年题诗，可以为戒"。

知耻而后勇的王安石在自己人生的最后几年中，将自己毕生所学终于融会贯通，而《次韵王胜之咏雪》则堪称其中的代表作之一：

> 万户千门车马稀，行人却返鸟休飞。
> 玲珑翦水空中堕，的皪装春树上归。
> 素发联华惊老大，玉颜争好羡轻肥。
> 朝来已贺丰年瑞，更问田家果是非。

咏雪诗作却全文没有一个雪字，结构精巧，大有西昆遗风，然而与宋初西昆体空洞浮华之文风不同的是，这首咏雪诗中提到的"千门万户车马稀""朝来已贺丰年瑞"等又带有强烈的现实主义色彩，显然在格调上又高出西昆体一截。因此大家对他晚年的诗作评价颇高，然而这些早已不是王安石所在意的事情了。

仁宗宝元二年（1039），王安石父亲新丧，他踏上了求学之路。当时他发出"为问扬州月，何时照我还？"的疑问；而晚年在回到江宁的途中，他却又在《泊船瓜洲》里提出了同样的问题：

> 春风又绿江南岸，明月何时照我还？

到底要回到哪里去呢？

或许居庙堂之高则思乡，处江湖之远则忧君，是进亦忧，退亦忧吧。

（作者：刘志斌）

苏轼

问汝平生功业，黄州惠州儋州

　　即便时隔三十二年，历经许多风波，苏轼依然清晰记得少年时的一段往事。那还是仁宗天子在位的至和二年（1055），他的父亲尚在，同弟弟苏辙也未曾分离。在父亲的带领下，三人离开家乡眉州前往成都，拜谒了以礼部侍郎衔知益州的张方平。一州长官张方平对身为白丁的父子三人青眼有加，场面正如苏轼在元祐二年（1087）作的《乐全先生文集叙》中所写："轼年二十，以诸生见公成都，公一见待以国士。"

　　"国士"二字评价至重，就算只是客套，对于一位弱冠少年来说也足以自夸一辈子。更何况张方平实非吹捧，他听说苏洵打算让苏轼、苏辙二兄弟先在本州应乡举，拿到当地官学的推荐资格再赴京省试后，当即表示反对，建议他们进京赶考："从乡举，乘骐骥而驰闾巷也。六科所以擢英

《西园雅集图轴》，元，（传）赵孟頫，纸本，纵131.5厘米，横67厘米，现藏台北故宫博物院。西园为宋英宗女婿、驸马王诜的宅邸花园。王诜曾邀请苏轼、苏辙、黄庭坚、米芾、秦观、李公麟等名士于此聚会，会后李公麟作《西园雅集图》，后人多以此次盛会为题仿摹创作。画中左侧端坐挥毫者为苏轼。

俊，君二子从此选，犹不足骋其逸力尔。"不仅如此，他为苏氏父子给朝中大佬欧阳修写推荐信，对苏氏父子器重提携之殷有目共睹——毕竟，北宋在明面上还是要求"本贯取解，不得寄应"，不允许"考试移民"的。

朝廷兴文抑武，以"东华门外唱名方乃好儿郎"，官家心目中的无双国士也不再是军事天才，而是文章高手。身为地方长官的张方平本人就以文字见长，连他都称许尚未崭露头角的苏轼为"国士"，其人文学天赋之高亦不问可知。在后来的岁月中，苏轼也没有辜负张方平的期望，经过党争、贬谪磨炼的他，在文学道路上不断精进，跻身"唐宋八大家"之列。不过，苏轼在文坛崛起之初，让那些先辈大佬惊叹的很可能并非清风明月般的诗词歌赋，而是一些议论文，即古人所言的论说文。

并非学霸的启蒙教育经历

张方平素以"颖悟绝伦"著称，本人就是老一辈的"天下奇才"，对于天才与国士之间的区别心里门儿清。他能看中苏氏父子特别是苏轼，自然不仅仅是因为此子文学天赋异禀，多半还有苏轼基本功底扎实、未来可期的缘故。不过让人略感意外的是，这位文学史上的国士刚进学时却并未表现出什么过人天赋。

苏轼正式开始读书时已七岁，差不多正是现代小孩入小学的年纪，时间比较晚，而且此前也未传出识得几千个汉字、熟背几百首唐诗、年读500本书的事迹，别说不如历史上许多神童，就同现代多才多艺的小孩相比也是颇不如，就现今"虎妈"评价孩子的标准而言，恐怕只算弩钝。不仅如此，苏轼刚进学堂接受的甚至不是正规教育：八岁时他被送到道观，跟在一名叫作张易简的道士就童子业。毫无疑问，他跟着张道士学的肯定不是仕途经济，熟背的恐是各种道家经典。甚至在多年之后，苏轼被贬海南后还会梦回天庆观北极院，跟着张道士一起诵读"玄之又玄，众妙之门"。

从"鸡娃"的角度来看，苏轼可谓足足浪费了三年。直到庆历七年（1047），苏洵结束四方游学回到眉山之后，苏轼才回到家里跟其父学习"正经学问"。据说，苏洵经历多次考试失败后，深感以前"不足为吾学也"，烧掉以前写过的文章，找来《论语》《孟子》重新钻研，他教导少年苏轼、苏辙的内容自是儒家为主。苏轼真正被迫下苦功死记硬背儒家典籍大约就是在这段时间——多年之后他还会梦见父亲抽查功课，按规定应当读完整部《春秋》，结果发现自己只看了一多半，猛然醒来后，焦虑的心情还久久不能平复，觉得惴惴不安犹如吞下钓钩的鱼儿一般。

当然，苏洵"鸡娃"也不是没有理由。北宋科举虽设进士、明经及诸科，但唯有进士科通显贵重，往往十余年便位极宰执，以苏洵之心高气傲，自然不屑于让儿子们走进士之外的路子。朝廷规定，进士选拔要"试诗、赋、论各一首，策五道，贴《论语》十帖，对《春秋》或《礼记》墨义十条"。贴是默写，墨义乃简答，都需要对经典倒背如流才行，特别是墨义往往还需要涉及注、疏，对于相当于还是初高中生的苏轼来说，不逼着他下苦功夫死记硬背，似乎也没有别的什么好办法。话说回来，苏洵也不是一味让孩子死背儒家经典。苏辙就曾回忆，当时兄弟俩在家里的来风轩书堂读书，四周都是父亲校读过的书籍，其中又以史书为最，两兄弟就在堂中"闭门书史丛，开口治乱根"。

苏洵刻意为二子营造学史环境，很可能是为了培养二苏写作论说文能力。论说文一向是古代散文中的大宗，按其内容、用途和写法，大致可分为论、史论、设论、议、辩（辨）、说、解、驳、考、原、评、策等，名目虽多，但核心如刘勰所言，乃"弥纶群言，而研精一理者也"，就是说论说文需要概括各种言论和意见，精密地研讨出唯一的道理。刘勰在《文心雕龙》中详加解释，指出该文体主旨是为了明辨是非，需要对客观事实现象进行深入观察，推求隐藏于现象背后的道理："原夫论之为体，所以辨正然否；穷于有数，追于无形，钻坚求通，钩深取极；乃百虑之筌蹄，万事之权衡也。"

从刘勰的总结中可以看出，论说文首先需要"穷于有数"，就意味着作者要么读万卷书，要么行万里路，脑海中存有大量的材料和典故，方才谈得上接下来"追于无形"；而"追于无形"实则是要作者不能仅停留在占有材料的层面，还要能够对其"钻坚求通，钩深取极"，进行总结和分析，最终上升到理论层面的"百虑之筌蹄，万事之权衡"。换言之，就是要能在文章中表现出一整套对事物的认知、分析、总结能力。

对大多数人来说，按刘勰的标准写出一篇合格的论说文并不太难，但要从事实案例中引发出让人耳目一新的道理，在此之上还能保证文辞华丽耸听，字句典雅浑厚，对作者的综合素质要求就非常高了。要想以文字鉴别一个人的综合能力，那么让他撰写论说文绝对没错，历朝科考都将撰写论说文视为重要考察方式，其道理就在于此。苏轼和苏辙正是在苏洵的刻意培养下，通过大量阅读史书故事，然后对过去的人物、事件进行思考和点评，从而掌握了论说文的写作技巧。大约在苏轼十岁时，苏洵让他根据曹魏人物夏侯玄作了一篇《夏侯太初论》，少年苏轼便写出"人能碎千金之璧，不能无失声于破釜；能搏猛虎，不能无变色于蜂虿"让人刮目相看的金句。虽然整篇习作没能保存下来，然而能让张方平激赏的文字，大约就是这些习作文章吧。

应试文中的党争预兆

嘉祐元年（1056）五月，苏氏父子为了准备礼部支持的进士科考而来到汴京，寄寓在太平兴国寺浴室院。来到京城后，他们三人一方面展开一系列社交，一方面准备参加八月开封府的举人考试。苏氏父子的"社交"乃唐代"行卷"遗风，有才华的士子将自己得意的习作交给文坛前辈或朝中大佬，借知名人物之口替自己扬名立万。同张方平一样，时以翰林学士代三司使的欧阳修对苏氏父子很是看重，甚至对苏洵表示："予阅文士多矣，独喜尹师鲁、石守道，然意常有所未足。今见君之文，予意足矣。"欧阳所言的尹、石乃尹洙、石介，号称同欧阳修一起并列为柳开、王禹偁以来最重要的古文家，然而比起苏洵"有所未足"，他对苏洵文章的称赞之意不言而喻。

隔年正月，在开封府取得了举人资格的苏轼应试礼部省试，试题为《刑赏忠厚之至论》，此题出于《尚书·大禹谟》的注文（传孔安国所作）："刑疑付轻，赏疑从众，忠厚之至。"考官为欧阳修及梅尧臣。两人看到苏轼卷子大为激赏，由于糊了名，欧阳修担心是自己的弟子曾巩，执意避嫌将其放到第二名，结果揭榜之后才发现是苏轼。据说，欧阳修在考试结束后见苏轼，对他的文章赞不绝口，唯一的疑问就是苏轼在文章用了一个"皋陶曰'杀之'三，尧曰'宥之'三"的典故不知出于何书，不曾想苏轼大大咧咧回答说，这是我在考场以今推古，现编出来的。欧阳修听了之后，只能对小伙子的豪迈表示深感佩服。

此则逸事多半是后人附会夸张，原典应该出于《礼记》中有司同周文王"三宥不对"的故事。苏轼在考场大约是将其记混到皋陶和尧身上。虽然苏轼在考场忘了此典的出处，但该文的确算得上是难得的应试佳作。

纵观全篇，苏轼一开始就提出，儒家学说中被视为盛世的"尧、舜、禹、汤、文、武、成、康"为什么能将事情做好？随即将其归结于君主待天下以君子长者之道，其具体表现就是"有一善从而赏之……有一不善从而罚之"。接着，他紧扣着主旨，从赏善与罚恶两个角度指出，二者虽然对立，但在仁者的施政中实为一体，为"忠厚"二字在不同场合的具体应用，目的都是为了让人"弃其旧而开其新"。

在讲述了基本理念后，苏轼便展开讨论如何达成"忠厚"的赏罚之道，其原则就是"罪疑惟轻，功疑惟重"，所谓"广恩""慎刑"，都体现了"忠厚"之义。为了加深读者印象，他不仅引用《书经》警句，还现场"杜撰"了唐尧与皋陶执法意见的案例，从而加强了文章说服力，然后再顺势推进，抛出"过乎仁，不失为君子；过乎义，则流而入于忍人"的观点，深化了主旨，让接下来的"仁可过也，义不可过也"显得斩钉截铁，十分精悍有力。

严格地说，苏轼的《刑赏忠厚之至论》不过是儒家施仁政、行王道，推崇尧舜周孔的老生常谈。但他能在一篇不足700字的文章中紧扣题目布局谋篇，将典故和经传与自己的论点紧密结合，特别是在结构上颇有技巧：每段都集中阐述一个道理，当读者觉得已经讲透时，下一段又再度提升理论高度，层层递进，在阐发上给人带来一种观点逐渐深入的"柳暗花明又一村"感，再加上他文笔酣畅，说理透辟，使得全篇精彩纷呈，确为佳作。哪怕主考官不是欧阳修，想必也会从诸卷中选拔出此文。

欧阳修看中苏轼此文，不仅仅是因为文章技巧好，更重要的是此文传达出了他一直提倡的"道生文至"的文风，即以道理驾驭文章技巧，有别当时一些矫揉造作却又空洞无物的文章，而且苏轼文章中所传达出来的重视"仁"，讲究人情的观念，恰恰也切合他关于"道"的理念。

事实上，作为文学家和政治家，欧阳修在意识形态上历来高举着"人情"大旗。在他看来，儒家孜孜以求的"仁"，必须推本于"人情"，即所谓"圣人之言，在人情不远"，"不近人情，不可为法"，而且要"不立异以为高，不逆情以干誉"。换言之，欧阳修认为不管是治学还是施政，重要的是要将价值观同日常性相融合，不能故意显得惊世骇俗，要能让世人普遍接受，让个人体会同大众愿望相结合，从而实现天下大治。这点完全得到了苏氏父子的赞同，在苏轼随后为了参加难度更大、更为重要的嘉祐六年（1061）"制科"试而提交的总共50篇的《进策》和《进论》中，也处处都体现了以人情为本的观点，如"圣人之道，自本而观之，则皆出于人情"（《中庸论上》）；"古之善原人情而深知天下之势者，无如高帝"（《汉高帝论》）；"圣人之道，造端乎夫妇之所能行，而极乎圣人之所不能知"（《子思论》）；"宜先其实而后其名，择其近于人情者而先之"（《策别·安万民一》）；"圣人之兴作也，必因人之情，故易为功"（《策别·安万民二》）。

欧阳修、苏轼看重"人情"的政治理念，含有与民同乐、听取民众意见的意味，自有其合理之处，然而放在嘉祐年后的北宋政治现实中，未免会遇到严峻的考验：北宋政坛三冗问题突出，各种矛盾已经趋于尖锐，在如此大环境下继续秉持提倡"不立异""不逆情"的"人情"论，客观就是无所作为的因循苟且，而且人们还必须看到，苏轼在策论中表现的锐意进取，针对北宋的诸多问题提出多项改革建议。这些建议如果真要付诸实施，势必都要触动某些人的既得利益，必然引来"人情汹汹"的反对意见，那么试问，此时苏轼你到底还要不要坚持自己的"不立异不逆情"的"人情为本"论？

正因欧、苏所谓的"人情"始终缺乏明确的理论定义，从而最终难免滑向自由心证，成为自说自话，所以遭到了经学大家王安石的坚决反对。在他看来，苏轼在策论中大谈需要逆众而行的改革，但同时处处宣扬照拂人情，岂不是自相矛盾？所以苏轼要么就是空谈改革以邀名，要么就是附丽欧阳修"人情"论，无论哪种都不是出自内心真意，只是一些毫无实用的"战国纵横之学"罢了。此次"制科"试后，王安石遇到苏轼的考官吕公著，当吕公著对苏轼赞不绝口时，王安石却冷冰冰地回了一句："全类战国文章，若安石为考官，必黜之。"

王安石胸怀大志，以变革天下为己任，此时在自己一系列论说文中提出要"常恐天下之久不安……患在不知法度故也"，要"因天下之力以生天下之财……理财以其道而通其变"，主张重制度轻人情，以厉行一整套法度来变革天下，扭转北宋朝廷的颓势，在意识形态上重法度、做实事，为此甚至可以做到"天变不足畏，祖宗不足法，人言不足恤"，自然看不惯欧、苏的人情论。好在此时两人还只是在文章中进行理念交锋，等到王安石拜相，苏轼进入官场之后，笔仗便会从学术争论升级为朝堂政争了。

苏轼的反变法檄文

在通过"制科"试之后，苏轼顺利踏上升迁快车道，先是于嘉祐六年（1061）签判凤翔府，到了治平二年（1065）调任京师，判登闻鼓院，二月通过考试，授朝廷中极为清贵的馆阁职。不幸的是，就在苏轼政坛青云直上之时，治平三年（1066），苏洵病逝于东京。苏轼、苏辙两兄弟按制度护丧回乡，直到三年后的熙宁二年（1069）方才返京。就在当年二月，新继位不久的神宗拜王安石为参知政事，设置三司条例司（简称"三司条例"），熙丰变法的大幕徐徐拉开。

仕途上的变迁同样反映在苏轼的文章之中，当他正式出任官职之后，策论文写作次数骤减，取而代之的是大量另类论说文——公牍文，即所谓的"公文"。据统计，苏轼一生写过的公文大约有1700篇，几乎囊括了当时所有的公文种类，可谓是一位相当勤奋的官僚。

苏轼抛去策论转而写下大量公文，同当时朝堂政争关系不大，主要还是因为身份的转变，这就好比考公务员需要将申论写得天花乱坠，但考上之后就得抛下申论，改写部门材料了。在封建王朝中，公文一般分上行公文和下行公文，上行公文主要是臣下给帝王的上书，即"奏议"；下行公文主要是替帝王给臣下的旨令，即"诏令"。由于此时苏轼官职还达不到代皇帝写"诏令"级别，因而在从政初期，他只能将自己的文学天赋和政治理念发挥在各种奏议文中。

作为维系朝廷运作的公文之一，奏议文早已有之，秦统一六国后，将臣下上文改名为奏，汉代正式定出奏、章、表、议四品，按刘勰的说法，"章以谢恩，奏以按劾，表以陈情，议以执异"，即是说章为向皇帝表示谢意，奏是向皇帝举报他人不法行为，表是用以向皇帝进献忠言，议为向皇帝提出不同意见。到了北宋，随着文体发展，比较重要的奏议文还有以分条详细陈述政见或匡谏过失的"疏"和"状"，介于表、状之间进言议事的"劄子"（札子），详细陈述意见的"书"，等等。作为文学大家，苏轼的奏议文自然也是写得花团锦簇一般。然而，由于公文所附带的严肃政治意义，使得他所写下的一些煽动力极强的奏议文成为熙丰变法中旧党向变法派发起攻击的犀利武器。

苏轼回到朝中之后被政见不和的王安石闲置，但作为众望所归的清贵才俊，他在朝堂也有着发言权，甚至还有直接向皇帝上书提意见的权利，因而不可避免地卷入了变法之争。作为变法的先声之一，朝廷下令讨论科举改革，熙宁二年（1069）五月，"判官告院"的苏轼便写了一份《议学校贡举状》，表明自己对王安石科举改革持反对态度。不过此举并没有招致宋神宗的反感，他召见了苏轼并予以嘉奖。毕竟，改革科举只算得上是为后面的大变法探路，苏轼发表自己的意见，本为回应皇帝"臣僚，各限一月，具议状闻奏"的命令，客观上有利于推动变法大讨论。当年十二月，调任开封府推官的苏轼因为朝廷要强卖市场上的"浙灯"，向神宗进谏（《谏买浙灯状》）。皇帝接受了他的批评，并且立即改正了买灯之举。在试探过皇帝的态度之后，深受鼓舞的苏轼在腊月写出了《上神宗皇帝书》，隔年二月又写了《再上皇帝书》，成为反新法的代表作。

平心而论，苏轼在熙宁初年写的有关新法的几份重要奏议都颇有文采，甚至可以说，正因为是公文高手苏轼写出来的反变法奏议，才会给王安石带来极大的压力。纵观几篇奏议，人们既能发现苏轼出色的公文功底，也能发现他在里面夹带的"私货"，以及对新法攻击的逐渐升级。

作为直接给皇帝看的文章，奏议文讲究开门见山，苏轼的《议学校贡举状》也是如此，一上来写道："准敕讲求学校贡举利害，令臣等各具议状闻奏者"，指出自己是在回应皇帝的召唤，然后再开始铺陈下文。值得玩味的是，他首先来了一段"夫时有可否，物有废兴。方其所安，虽暴君不能废。及其既厌，虽圣人不能复。故风俗之变，法制随之"。即是在向皇帝表白说：陛下您看，我可不是反对变革，风俗之变，法制随之嘛。但接下来就来一个大回环：不过呢，变革也要考虑到大势的进程对不对？逆大势而动，变革就"难为力"，所以我觉得"今之学校，特可因循旧制，使先王之旧物不废于吾世，足矣"。

劝谏皇帝是一件难事，因为没人敢一上来就质问皇帝，这在皇权社会可是"指斥乘舆大不敬"的死罪。所以劝谏者必须委婉，必须先顺着皇帝的意思捋，就像苏轼在此文中指出皇帝您的初衷没错，但我觉得还有其他更深层次的理由一般。在整个《议学校贡举状》中，苏轼就如此不断提到"此数者皆知其一，不知其二者也"，既不否定变法者——实际就是王安石——提出的"一"，隐然又拔高了自己持有异议的"二"，可谓技巧娴熟。

其实，苏轼在《议学校贡举状》中提出的一些观点，不失其理。他在文中指出王安石科举改革中兴学和国家选拔官吏有脱节，政治才干无法从学校读书而来，但放在熙宁变法的大背景下，其中的用意就相当深远了。王安石改革科举，将兴学和官吏结合起来，是想培养一批能帮自己变法的政治人才，而苏轼偏偏说政治人才是无法造就的，现在最好就是"因循旧制"，这不就是唱反调吗？倘若考虑到苏轼在考

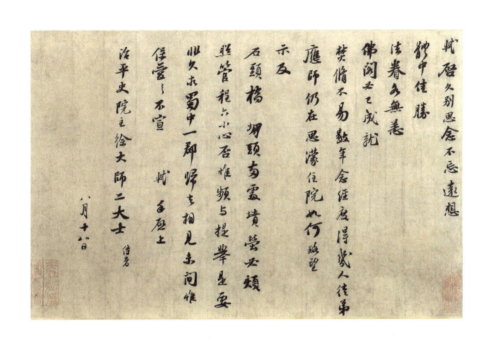

　　《治平帖》卷，北宋，苏轼，纸本行书，纵29.2厘米，横45.2厘米，现藏故宫博物院。释文："轼启：久别思念不忘，远想体中佳胜，法眷各无恙。佛阁必已成就，焚修不易。数年念经，度得几人徒弟。应师仍在思濛住院，如何？略望示及。石头桥、塸头两处坟茔，必烦照管。程六小心否，惟频与提举是要。非久求蜀中一郡归去，相见未间，惟保爱之，不宣。轼手启上。治平史院主、徐大师二大士侍者。八月十八日。"据内容可知，此帖是苏轼于北宋熙宁年间在京师时，为委托乡僧照管坟茔事书写的信札。

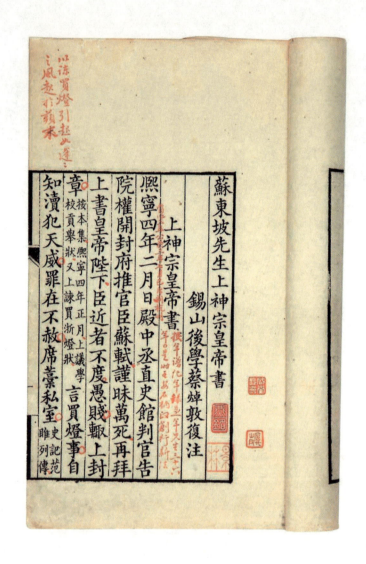

蘇東坡先生上神宗皇帝書

錫山後學蔡燽敦復注

上神宗皇帝書

熙寧四年二月日殿中丞直史館判官告

院權開封府推官臣蘇軾謹昧萬死再拜

上書皇帝陛下臣近者不度愚賤輒上封

章校貢舉狀又上諫買浙燈狀言買燈事自

知瀆犯天威罪在不赦席藁私室睢列傳

《上神宗皇帝书》。该奏议书写于熙宁二年腊月，文中向皇帝提出"结人心、厚风俗、存纪纲"的建议。不过，苏轼在该文中只选取有利己方的论点论据，回避不利的观点，实则成为旧党的反变法宣言人之一。

"制科"试的策论中大谈特谈各种变革，要"课百官、安万民、厚货财、训军旅"，此时的言论未免就有出尔反尔之嫌。不仅如此，在最为重要的《上神宗皇帝书》中，苏轼提出"结人心、厚风俗、存纪纲"，表面上是为了赵宋江山着想，骨子里还是在攻击变法，文中他提道："夫陛下之所以创此司（三司条例）者，不过以兴利除害也。"但接下来话锋一转，搬出了祖宗家法："事若不由中书，则是乱世之法……此司之设，无乃冗长而无名。"

宋代讲究祖宗家法，苏轼就处处紧扣祖宗家法；封建意识形态讲究厚古薄今，苏轼就旁征博引三代之治如何。他文辞便给，又博闻强识，只管选有利自己的说，回避不利于自己的论点，依着"结人心、厚风俗、存纪纲"一层层敷衍开来，8000余字的《上神宗皇帝书》写得富有说服力，可谓是后世所有奏议文的学习典范。然而饶是如此，当苏轼彻底站到反变法阵营、任由立场决定头脑时，他也会写出诸如《再上皇帝书》的"骂街文"。比起《上神宗皇帝书》，苏轼的《再上皇帝书》完全陷入个人攻击，通篇基本是道德人品挂帅，直斥王安石为"小人""苟容之徒"。此书一上，苏轼反对新法的性质已经完全改变，他不再是出于"制科人习气"对执政者提出建设性的批评，而是站在完全反对新法立场，力图证明其全盘错误，开始扮演旧党发言人的政治角色了。最终，王安石不得不借助一桩葫芦案将苏轼排挤出京，免得他在京城继续用自己的如椽大笔反对变法，给新法施加压力。

成熟政治家的公文作品

熙宁四年（1071）六月，苏轼被排挤出京，任杭州通判，直至元

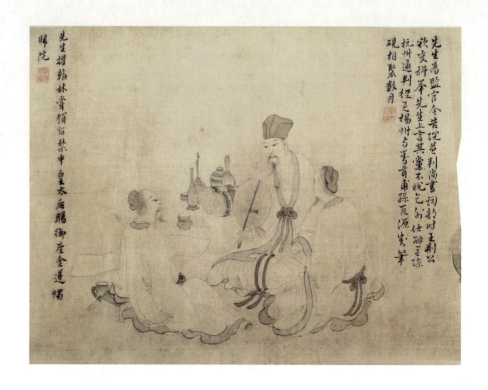

《东坡先生懿迹图·通判杭州》（局部），明，李宗谟，纸本白描，全卷纵25厘米，横216厘米。此图中描绘的是苏轼因反对新法，于熙宁四年六月被外任为杭州通判，至熙宁七年方改"知密州"一事。

丰八年（1085）后才被调任回京。长达十四年的外任经历，对他来说既是一种惩罚，更是一种磨砺。由于远离了政治中心的汴京，在此期间他写的公文远不如熙宁初年所撰的那样有影响，多半都是一些官样文章。然而让苏轼始料未及的是，他在京城写下的那些攻击性极强的奏议并没有带来什么麻烦，反而是在地方上写的一些官样文章惹出了滔天之祸，致使他身陷囹圄。元丰二年（1079）四月，苏轼调任湖州，到任后按惯例上了一份感谢皇帝的《湖州谢上表》，结果被人抓住小辫子搞出"乌台诗案"，经过包括王安石在内的多人求情之后，方才以贬为"充黄州团练副使"结案。

"乌台诗案"是一场不折不扣的文字狱，与北宋熙丰变法和新旧党争发展有着密切关系，而苏轼成为此案的主角，同他文章出彩、流传广泛、社会影响力大也不无关系。虽然最终朝廷高举轻放，但此案对被人素以"国士"看待的苏轼打击还是甚大。政治上陷入低潮、被"流放"黄州的苏轼自然也不会有心情写什么挥斥方遒的论说文，反而创作出有着强烈个人色彩的散文名篇，如前后《赤壁赋》等。值得一提的是，苏轼每每在政坛上陷入低潮时，就能在贬谪之地创作出文学佳作，他后来也不无自嘲地写道："问汝平生功业，黄州、惠州、儋州。"

不过，历史进程往往会改变个人的期望。元丰八年，神宗去世，反新法的高太后垂帘听政，北宋进入了旧党主导的"元祐更化"时期。被视为旧党中坚的苏轼也重获重用，当年六月，尚处于戴罪状态的苏轼接到朝命"知登州"，实际恢复了他"乌台诗案"之前的官职。十一月，他刚在登州到任五天，就接到朝廷新任命，回京升任起居舍人。次年改元元祐，苏轼被免试直接任命为中书舍人，掌"外制"（以朝

王安石的弟弟王安礼在神宗面前为苏轼求情，出自汪宗强绘连环画《苏东坡》。

苏轼拜服王安石，出自谢京秋绘连环画《王安石与苏轼》。元丰二年，苏轼遭人陷害，在湖州任上被逮捕下狱，是为著名的"乌台诗案"。此案爆发之后，无论新旧党成员都为他求情，据说王安石也曾向神宗进言，方才使得苏轼被从轻发落。经历此次文字狱打击，再加上主政地方拥有一些实际经验后，苏轼也对新法表现出一定程度的认同，后来还同王安石达成了和解。

廷名义颁布诏旨）；九月升翰林学士，掌"内制"（以皇帝名义颁发文告），同时兼任教育小皇帝的侍读。

短短一年半的时间里，苏轼连升四级，青云直上成为朝廷要员兼帝师，特别是掌"外制"和"内制"意义更不同凡响，意味着他如今写的公文已经可以代表朝廷与皇帝发声，属于"诏令"了。

在封建时代，举凡朝廷或皇帝颁发给臣下或者告示天下的公文都可称为诏令，先秦时又称诰、誓、命，秦代统一改名为诏，此外还有制、策（册）等大同小异的文体。一般来说，诏为诏告群臣百姓；制往往在颁布制度，进行重大赏罚、任免时使用；而策（册）主要用于赐封或罪免诸侯王、三公、后妃、太子等地位尊贵之人。由于诏令代表朝廷皇帝，不仅对文辞典雅异常讲究，往往还需要在其中暗含深意，讲出一些只可意会不可言传的内容。旧党显然正是看中苏轼出色的文字驾驭能力，才将此项工作交付于他。而苏轼接手后需要撰写的第一棘手的诏令，正是给亦师亦敌的老对手王安石盖棺定论。

元祐元年（1086），王安石去世，朝廷按惯例追赠王安石为太傅，同时需要颁布相应的制文评价这位变法先驱。单以立场而论，身为旧党的苏轼大可如《再上皇帝书》那样，夹枪带棒地将老丞相批判一通即可，朝堂上谁也不会挑他毛病。然而，有过地方主政经验、经历过文字狱的苏轼早已不再极端，政见相对成熟，他虽赞同旧党，但同样也认为新法有可取之处，后来更是和昔日政敌王安石有了一定的和解。因此，在他所撰写的《王安石赠太傅制》中，人们看到的不是什么偏执"拗相公"，而是一位希世伟人：

敕：朕式观古初，灼见天命。将有非常之大事，必生希世之异人。使其名高一时，学贯千载；智足以达其道，辩足以行其言；瑰玮之文，足以藻饰万物；卓绝之行，足以风动四方。用能于期岁之间，靡然变天下之俗。

具官王安石，少学孔孟，晚师瞿聃，网罗六艺之遗文，断以己意；糠秕百家之陈迹，作新斯人。属熙宁之有为，冠群贤而首用。信任之笃，古今所无。方需功业之成，遽起山林之兴。浮云何有，脱屣如遗。屡争席于渔樵，不乱群于麋鹿。进退之美，雍容可观……

制中，苏轼对王安石最重要的功业内容只字不提，或许代表了他对变法不以为然，也有可能是为避免"引战"，挑起无谓的党争。但不管是何种情况，他都出色地把握了评价王安石的火候：此老政策或许值得商榷，但学问品性是大家都服气的，变法初心也是为了国家。因此，敏感文章中就多谈大家共同承认的事实，搁置新旧党具体争议，多讲王安石"靡然变天下之俗"的初心，"冠群贤而首用"的才华，以及"进退之美，雍容可观"的洒脱，至于为何罢相，一句"山林之兴"带过，"功业之成"到底如何，不具体展开，留待后人评说。毫不夸张地说，《王安石赠太傅制》妙就妙在苏轼于三分辞藻华丽典雅之外，更有七分把握住了政治火候，将其视为他公文中巅峰作品之一，似也不为过。

另外，若说苏轼在官场已趋于圆滑，那倒也未必。元祐元年（1086），朝廷追贬新党成员吕惠卿为建宁军节度副使。此人为王安石一手提拔，但却告发王安石和他的私信中有"无使上（皇帝）知"语，迫使王安石罢相，主政时更一手导致了覆军杀将的永乐城之败，成为苏轼于公于私都极为痛恨之人。朝廷起草贬谪吕惠卿的制书时，苏轼主动请缨，

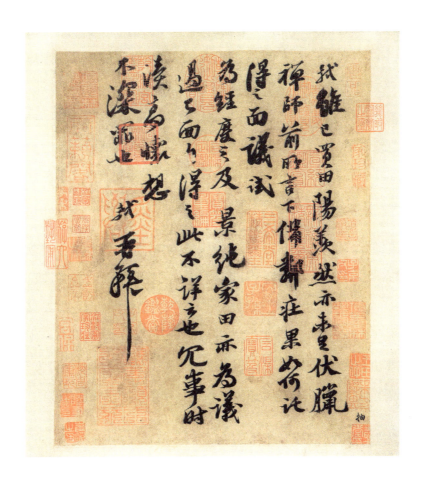

　　《阳羡帖》，北宋，苏轼，纸本行书，纵27.5厘米，横22.6厘米，现藏旅顺博物馆。释文："轼虽已买田阳羡，然亦未足伏腊。禅师前所言下备邻庄，果如何，托得之面议，试为经度之。及景纯家田亦为议过，已面白，得之此不详云也。冗事时渎高怀，想不深罪也。轼再拜。"该帖作于元丰八年。元丰七年，神宗下诏让安置于黄州的苏轼移居到条件更好的汝州，后又应其要求改为常州。该帖内容即是苏轼为在常州阳羡买田事宜信札的后半部。

写下一篇在北宋史上有名的《吕惠卿责授建宁军节度副使本州安置不得签书公事》，劈头便是："凶人在位，民不奠居；司寇失刑，士有异论。稍正滔天之罪，永为垂世之规"，而提到吕惠卿为人则是痛骂他"以斗筲之才，挟穿窬之智。谄事宰辅，同升庙堂。乐祸而贪功，好兵而喜杀"，不仅如此，文中还用"喜则摩足以相欢，怒则反目以相噬"的细节刻画了吕惠卿精致利己的丑态，可谓是入木三分。制文一面世就让苏轼和吕惠卿成为政坛死敌，以至于后来新党上台之后都互相告诫，不要让复出的吕惠卿与贬谪的苏轼同处一地，否则必会闹出人命。

从元丰八年（1085）十二月返京到元祐四年（1089）四月外任"知杭州"，苏轼在京中待了不足四年，共写下外制约214道、内制411道，差不多每两三天就需要起草一份，再加上还需要教导皇帝读书，从事政务工作，繁忙异常。可想而知，元祐初年的苏轼根本抽不出时间写作个人性质的作品，只能将自己的文学才华奉献给公文写作。直到他在旧党内讧中被排斥出京之后，方才得以有闲暇创作其他文章。

他或许并没有想到，仅仅几年之后，随着高太后的去世，哲宗亲政，北宋政局又发生了天翻地覆的变化。旧党被贬，新党重新执政，包括他在内的元祐群臣被打成旧党。自此他在仕途上一蹶不振，再也没能回到朝堂之上，他炉火纯青的公文写作造诣再无用武之地，空成一番屠龙之技。然而，随着仕途一再跌落，他在非公文方面的文学成就反而越来越高，最终磨炼造就出中国文学史中一位万众敬仰的无双国士。

（作者：李思达）

　　传统中国文学作品的文体分类其实并不太明晰，古人一般惯用论说文来阐发道理，明辨是非，但在议论修身治国平天下之外，也会写下一些没有什么大道理，仅是抒发自己心境想法的文章——正如今人爱在微博和微信上发个状态，他们常常也会写下一些随性自由的散文。这些散文或是以"记""志"为题、纪事纪物的杂记文；或是对著作、诗文或图画作介绍的序跋文；也有借与他人交流形式披露思想的书牍文；更有规劝、告诫或提醒的箴铭文；纪念亡者的哀祭文；记述人物履历的传记、行状文；刻于石碑上流传四方的碑志文；等等。一些文学评论家套用佛教术语，将不以"言志""载道""论理""劝谏"为创作目的，而是以日常生活为主题，真正实现文学审美功能的文章统称为"小品文"，寓意为此类文章虽篇幅短小，但却文字精练，含义深远，其重要性正如钱穆所言：

"中国散文之文学价值，主要正在小品文。"

此类文章名虽带"小"字，范围却可真不小，举凡尺牍序跋、山水游记、亭阁纪念、辞赋杂志，都可以归入其中，想要涉猎所有类型的小品文，已非易事，若还要在其中融个人体验和天地之理于一体，寄无限感慨于方寸景物之间，成为脍炙人口的篇章，那便非天赋异禀的高手不可，纵观一部中国文学史，能做到的人寥寥无几。

不过，此种全方位的文学天才就算再少，苏轼也一定能位居其中。毫不夸张地说，奠定他名列"唐宋八大家"地位的，不是那些论说雄文，恰恰正是4800余篇各类精美隽永的小品散文。

亭台杂记：官场新人的意气风发创作

嘉祐六年（1061），苏轼和弟弟通过北宋朝廷的"贤良方正直言极谏"科制策试，即所谓"制科"（"大科"）试，被评为三等。北宋制科极难，惯例一、二等均为虚设，三等即满分。换言之，苏轼在全国最难的考试中拿了个头等，以此资历于当年十二月被授予"大理评事凤翔府签判"，赴陕西上任。

国人对学霸的崇拜可谓是与生俱来，即便是在千年之前也是如此，整个凤翔府上上下下都对这位崭露头角的政坛新秀钦佩有加，乃至于尊称其为"苏贤良"而不名。苏轼自是意气风发，或自主或应邀频频提笔撰写一些小品文：嘉祐七年（1062）三月，凤翔遭遇旱灾，在知州宋选的带领下，衙门里大小官员和百姓一起祭祀求雨，不久果然天遂人愿下起大雨，苏轼便将自己官舍北面新落成的亭子命名为喜雨亭，为之撰写了一篇喜气洋洋的《喜雨亭记》。隔年，新任长官陈希亮修筑人文景观凌虚台，按惯例需要作一篇纪念文章，此事又公推到苏轼头上。苏轼也实在不谦虚，挥毫写下《凌虚台记》，言辞中对前不久才对他小惩大诫的长辈上司隐隐有不服。陈希亮看后，佩服于苏轼的文笔，下令一字不改将其铭刻在石上，还颇有感慨地告诉旁人：我是苏轼父亲的长辈，苏轼对我来说相当于孙辈后生，平时对他严厉只是怕他少年得志太骄傲，我难道还真喜欢故意跟他过不去吗？爱护之意，溢于言表。

新科"贤良"，同事崇拜，上司青睐，苏轼良好心境也反映在他的笔下，此时的几篇散文都写得轻快爽朗，用古人的话说，是为"无一点尘俗气"（明人姜宝语）。如《喜雨亭记》，全文仅有四段，先用两段交代喜雨亭命名的缘由，然后敷衍了一段自己给亭子取名喜雨的意义："十日不雨则无禾。""无麦无禾，岁且荐饥，狱讼繁兴，而盗贼滋炽……今天不遗斯民，始旱而赐之以雨……其又可忘耶？"

以常人手笔，文章到此意已竟，大可止住，但苏轼却偏偏还有的说："既以名亭，又从而歌之，曰：使天而雨珠，寒者不得以为襦；使天而雨玉，饥者不得以为粟。一雨三日，伊谁之力？民曰太守。太守不有，归之天子。天子曰不，归之造物。造物不自以为功，归之太空。太空冥冥，不可得而名。吾以名吾亭。"几个"归功于"将读者的思绪从近在身边太守递进到远在京城的天子，又从实有其人的天子递进到虚冥渺渺的造物乃至太空，近与远、虚与实的对比已让人敬服于作者的想象力，然而他还能用亭名作切入点收拢，将读者拉回主题，用现代文学理论来讲，乃是切换自如的远近景描写，苏轼早在千年前就已无师自通，应用得收放自如，怎能让人不佩服？

　　《赤壁图》，金，武元直，纸本水墨，纵50.8厘米，横136.4厘米，现藏
台北故宫博物院。苏轼遭遇"乌台诗案"后被贬到黄州安置。精神上极度苦
闷的他于元丰五年两度泛舟夜游传说为三国古战场的赤壁（今东坡赤壁），以
此为契机创作出千古名篇前后《赤壁赋》。

不仅是《喜雨亭记》，在同时期的另一篇《凌虚台记》，苏轼也展现出了一种超然的视角感，从现今悠然想到"废兴成毁，相寻于无穷"，追思昔日"其东则秦穆之祈年、橐泉也，其南则汉武之长杨、五柞，而其北则隋之仁寿、唐之九成也"，想到今日凌虚台，感叹道"夫台犹不足恃以长久，而况于人事之得丧，忽往而忽来者欤"？最后将自己的观点作为总结："盖世有足恃者，而不在乎台之存亡也！"

即便是提到繁华终"化为禾黍荆棘，丘墟陇亩"的《凌虚台记》，苏轼表达出的依然是世间"有足恃者"。在几篇楼台亭阁记中，人们能强烈地感受到这位青年官员洋溢的乐观自信。这也难怪，按北宋惯例，通过制科试者都被视为文官中的佼佼者，乃朝廷未来的希望。考取三等的苏轼自然也是官场万众瞩目的新星，十年之内拜为宰执，得志于天下，似乎也非不可能。有着如此心态的苏轼，笔下自然是隐隐透出一股丈夫处世兮立功名的豪气。文章挥斥方遒，处处都带着强烈的正统儒家思想：《喜雨亭记》中"周公得禾，以名其书"，暗示追慕先贤之意；《凌虚台记》中"不在乎台之存亡也"，暗含"在德不在险"的传统理念。显然，此时的苏轼仕途顺利，头脑无暇其他，满是立功立言的儒家先贤教诲，傲然的心态不自觉地流诸笔端。与他在密州时写的另一篇亭台杂记《超然台记》形成鲜明对比。

熙宁四年（1071）六月，苏轼因反对王安石变法而被外放，先是任杭州通判，三年任满后，于熙宁七年（1074）改任密州知州。北宋重内轻外，苏轼从京官调任地方就已是暗降，出京后，朝中最器重他的重臣之一欧阳修去世（熙宁五年九月），京中执政全是同他政见不和的新党，一时间仕途大受挫折。因而在他的《超然台记》中，就再难见到昔日那股天不怕地不怕的锐气了，虽然全篇都在强调"吾安往而不乐""乐哉游乎"，然而考究全文，却是"岁比不登，盗贼满野，狱讼充斥""人固疑余之不乐也"。同样是追思先贤，在密州却变成"秦人卢敖之所从遁""思淮阴之功，而吊其不终"，感叹"庶几有隐君子乎"！这哪里是乐？明显是在苦中作乐，强颜欢笑，而他将台命名为超然，更具深意：超然出自《老子》"虽有荣观，燕处超然"，明明白白是要看淡荣辱，超然物外了。对比苏轼此三篇亭台小记，虽都是文辞宏丽、韵调铿锵，结构有张有弛，紧扣主题，让人读之不厌，但个中意境却是从积极昂扬到强自排解，同苏轼官场境遇起伏大有呼应之处，颇值得人们玩味。

仕途低潮文章盛：千古名作前后《赤壁赋》

从熙宁四年（1071）被贬出京开始，苏轼的仕途就一直不顺。任职密州期满又转徐州，再转湖州，朝廷始终没有流露出分毫要将公认的大才子召回重用的意思，反而在各种场合表达了对他的不满。熙宁十年（1077），苏轼密州任期满，按例回京述职，结果"有旨不许入国门"，即不允许他进汴京，折辱之意十足。然而还没有完，元丰二年（1079），被贬到地方近八年的苏轼更是遭遇无妄之灾：他在例行表章《湖州谢上表》中发了一些牢骚，结果被人抓住小辫子往死里整，深陷囹圄四个月又十天，直到当年十二月方才出狱，处以"责授检校水部员外郎充黄州团练副使、本州安置、不得签书公事"的惩罚，这就是中国政治史和文学史上都赫赫有名的"乌台诗案"。

"乌台诗案"在中国历史上有名，是因其为严格意义上的首场文字狱；而在文学史上同样有名，则是因为它间接地促使苏轼在文学上发生转变，成为中国文学史上国士无双的文豪。

黄州即今天湖北黄冈的黄州区，在北宋隶属淮南西路，"当江路，过往不绝"，经济发达且离京城不太远。依北宋官场潜规则，贬谪臣子向来以贬地离京城远近、信息畅通与否以示惩罚的轻重，朝廷将苏轼安置在黄州，明显表露出一种并未"弃绝"、留观后效的态度。

虽说如此，"乌台诗案"还是给苏轼带来了不小的精神冲击。王安石之弟、曾在该案中为苏轼向皇帝求情的王安礼曾一语道破了苏轼痛苦的根源："轼以才自奋，谓爵位可立取，顾碌碌如此，其中不能无觖望。"他是仁宗老皇帝钦定的未来宰相，论才华和能力在同辈中无人能及，本自诩十年之间可以得志，但如今不仅未能达成夙愿，反而被打成犯官，差点儿在文字狱中丢掉性命，美好期望和残酷现实间的巨大差距，怎会不让聪明的他感到痛苦呢？

痛苦和苦难会让庸人沉沦，但对另一些人来说则是磨砺。被贬到黄州的苏轼生活困苦，精神苦闷，但他并没有就此沉沦，而是将自己的块垒以文学的方式抒发出来。元丰五年（一说为元丰三年）七月既望，秀才李委前来探望他，一起泛舟夜游赤壁。此时长江"清风徐来，水波不兴"，众人饮酒作乐，诵诗高歌，对着江景感叹人生。三个月后，苏轼和客人再度泛舟于赤壁，此次夜游却颇有"曾日月之几何，而江山不可复识矣"，引发苏轼"悄然而悲"。两次赤壁之游给苏轼留下了深刻印象，从而促使他创作出千古名篇前后《赤壁赋》。

赋是一种中国传统文体，早在周代末就已产生，盛行于汉代。汉代讲解《诗经》的毛诗序说："故《诗》有六义焉……二曰赋"，晋代文学批评家挚虞更指出："赋者，敷称之称，古诗之流也"，都明确指出了该文体同诗歌的关系，"不歌而诵谓为之赋"。赋在写作方法上铺陈写事、物，字句上韵散间出，多用四言，半诗半文，让人读起来感觉铿锵有力。经过唐宋古文运动之后，赋已演变为趋于散文化的文赋，但依然不排斥骈偶，句式以四言、六言为主，使其继承了古文的章法气势，又克服了汉赋喜用生僻字和堆砌辞藻的毛病，叙事抒发的同时又富有诗意。大约正是看中文赋这些特点，苏轼才选择该文体将淤积在心中好几年的苦闷一股脑儿倾泻在纸上。

后世评论家多对《赤壁赋》写景赞叹不已。在《前赤壁赋》中，苏轼眼中的长江夜景乃是"月出于东山之上，徘徊于斗牛之间。白露横江，水光接天。纵一苇之所如，凌万顷之茫然"。长江月夜的美景不由得让人有遗世之感："浩浩乎如冯虚御风，而不知其所止；飘飘乎如遗世独立，羽化而登仙。"然而到了《后赤壁赋》，曾经的美景就变成"江流有声，断岸千尺，山高月小，水落石出。"俯瞰长江成了凝望深渊："攀栖鹘之危巢，俯冯夷之幽宫。"

同一处长江，山月同天，然而苏轼在前后《赤壁赋》中仅用了几句四言，就营造出偌大的差距。在《前赤壁赋》中，江月夜在苏轼眼中的第一印象是"月出东山之上"，而在《后赤壁赋》中，第一印象干脆就不是视觉，而是听见"江流有声"，接下来才慢慢发现是两侧"断岸千尺"，原来是"山高月小"，一股萧瑟之意油然而生，从声到形的通感修辞方式，给人带来强烈临场感。

如果仅仅是因写景细腻，那么苏轼的两篇《赤壁赋》还不至于让后人感觉惊艳，让人赞叹不已的是他在文中极其自然流出来的思索和感受。《前赤壁赋》还是袭用了传统汉赋一问一答的表现手法，不过手法上比起汉赋一上来就没头没脑强行"客问曰"自然了许多。客人在月下吹起如泣如诉、余音袅袅的洞箫，从而引发"苏子"和"客人"的对话：客人感叹在赤壁遥想昔日，英雄霸业，尽归尘土，而不如孟德、周郎的小人物我们，又怎能不觉得"寄蜉蝣于天地，渺沧海之一粟。哀吾生之须臾，羡长江之无穷"呢？

联系苏轼此前的仕途经历，他此种"固一世之雄也，而今安在哉"的慨叹，恐非仅对古人有感而发，多半也联想到了自己，昔日雄心壮志，而今安在？但在黄州待了几年，他已经成功地开导了自己："且夫天地之间，物各有主。苟非吾之所有，虽一毫而莫取。惟江上之清风，与山间之明月，耳得之而为声，目遇之而成色。取之无禁，用之不竭。是造物者之无尽藏也，而吾与子之所共适。"声名官位，不过都是身外之物，只要我们心中有清风明月就已足矣！

然而，挫折真的就能用"苟非吾之所有，虽一毫而莫取"排解掉吗？在更为私人、也更能披露内心真实想法的《后赤壁赋》中，人们读到的是一股不可抑制的苦闷宣泄："划然长啸，草木震动，山鸣谷应，风起水涌……肃然而恐，凛乎其不可留也。"特别值得留意的是，文中提到了"适有孤鹤，横江东来……戛然长鸣，掠予舟而西也"，孤舟惊鸿本是中国文学中的传统意境，然而苏轼却用奇特梦境将其翻新："梦一道士，羽衣蹁跹，过临皋之下，揖予而言曰：'赤壁之游乐乎？'……畴昔之夜，飞鸣而过我者，非子也耶？"

是我梦见蝴蝶，还是蝴蝶梦见我？自庄周以来，这个问题就萦绕在中国文化的深处。它既是隐遁，可以让人们在现实与梦境的切换中忘记烦恼，但同时也是一种逃避不了的追问，涉及此世彼岸究竟谁是梦幻谁是永恒的问题。自幼经过严格道家启蒙，熟背老庄的苏轼此时此地肯定想起了梦蝶主题，结合前后《赤壁赋》的文本，人们能清晰地看到苏轼的困惑与迷茫：仕途经济那又如何？即便能轰轰烈烈做到横槊赋诗地步的人，今天又安在？只能是希望"挟飞仙以遨游，抱明月而长终"，但却"知不可乎骤得，托遗响于悲风"，又或许，一切皆如赤壁夜游之乐，醒来不过是一场孤鹤秋梦。

夜游短记：思想彻悟的偈语短篇

苏轼酷爱夜游，在黄州有两次赤壁夜游，而到了江西又同儿子一起乘月色泛舟夜游石钟山，嗣后写下《石钟山记》。读过此文的人都能看出，此时的苏轼已经摆脱了黄州时的迷茫和痛苦，昔日文章中的道家意境早已消散，取而代之又是儒家"格物致知"之意了。

元丰七年（1084），在经过诚恳反省式的君臣互动后，宋神宗原谅了苏轼，亲自下诏将苏轼"量移汝州"，甚至在诏书中还称"人才实难，不忍终弃"，综合京城传来的消息，皇帝显然流露出重用苏轼的意思，《石钟山记》便作于此间。仕途新生，道家的颓废和排遣自然得收起，此文末尾苏轼又"盖叹郦元之简，而笑李渤之陋"，大才子的傲气多少有些回归。虽然次年三月神宗就突然病逝，但接下来太皇太后高氏垂帘听政，旧党翻身，苏轼也水涨船高，一跃进入朝廷核心。为了笼络才子重臣，高太后还和哲宗搞了一次深夜召见，太后及君臣之间还配合演出了一幕感怃于"先帝知遇""烛送词臣"的佳话，可见苏轼之春风得意，即便元祐四年（1089）因旧党内讧而出京，也改变不了他属于元祐朝堂主流的事实。

《赤壁图》(局部)，明，仇英，绢本设色，纵25.1厘米，横90.8厘米，现藏辽宁博物馆。苏轼在被流放黄州时期，在前后《赤壁赋》中透露出浓厚的道家思想，特别是在《后赤壁赋》中，以梦赋予传统孤舟惊鸿意境新的含义，从中透露出作者对现世与彼岸的思索。

元祐八年（1093）秋，幕后主持"元祐更化"的太皇太后高氏去世，哲宗亲政，立"绍述"为执政理念，再度为新旧党争翻案，一夜之间北宋朝政再起波澜。

"绍述"之政下，旧党人人获罪，苏轼在旧党中虽算不上位高权重，但遭受的惩罚却是最重的，这可能与他曾出任哲宗帝师有关。哲宗天性倔强，幼年丧父，青春期被祖母高氏压制得够呛，对旧党有着极强的逆反心理。亲政之后，年轻的皇帝曾对左右吐露自己在元祐年间的委屈：每天我只能看见这些官员屁股（朕只见臀胯）！普通朝臣关系尚如此之僵，他对负有管教指导责任的苏轼等人态度亦是不问可知。绍圣年间，群臣屡次听见哲宗咬牙切齿地念叨"苏轼"之名，可见皇帝衔恨之深。

"获罪于天，无所祷也。"绍圣元年（1094）四月，朝廷降旨，削去苏轼端明殿学士、翰林侍读学士的职衔，罢"知定州"（今河北定州），改"知和州"（今安徽和县、含山县境内），随即改为"知英州"（今广东英德），实际流放岭南。刚从定州启程，他又接到旨意，由原本正六品上左朝奉郎降为正六品下的左承议郎。六月前后，昔日旧友、今日政敌章惇拜相，再度追贬苏轼，免去他左承议郎衔，改授建昌军司马惠州（今广东惠州）安置，从外放州官变成被看押的犯官。等他到了庐陵（今江西吉安），又接到朝廷旨意：落建昌军司马，改为宁远军节度副使（地位比司马还低），仍旧在惠州安置。

一年之内连贬五次，此番打击远比"乌台诗案"要沉重得多，而且之后也不会如黄州一样还有翻身的机会。绍圣四年（1097），在章惇主持下，朝廷对元祐党人再度进行了整肃，贬于内地的被统统发配

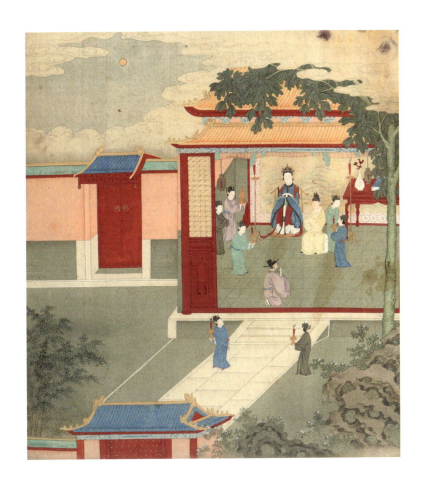

　　彩绘插图《烛送词臣》，出自明代张居正编著的向年幼的明神宗讲述为君之道的《帝鉴图说》。该图讲述北宋苏轼在元祐年间担任翰林学士时，深夜被太皇太后高氏和哲宗召见交谈，以示恩宠的故事。然而哲宗实则对苏轼极为痛恨，亲政后将其一年连贬5次，流放至岭南惠州。

到了岭南，而早在岭南的苏轼也就只能漂洋过海，责授琼州昌化军安置，"惟欠一死"耳。如此巨大的人生打击，不可能不触及苏轼的人生观。当他于绍圣元年（1094）九月渡大庾岭"鬼门关"时，思想发生了巨变："一念失垢污，身心洞清净。浩然天地间，惟我独也正"（《过大庾岭》）。

如果人们熟悉佛经，就能发现苏轼此诗饱含浓烈的佛教色彩："一念失垢污，身心洞清净"暗合"是诸法空相，不生不灭，不垢不净……心无挂碍"，而认识缘起缘灭之下不变的本我，同"浩然天地间，惟我独也正"也相差仿佛。

儒家思想指导出世时建功立业，建功立业求之不得，世人难免会生出此岸彼世究竟孰为春梦之叹，然而现实终究不容逃避，纵然庄周梦蝶，醒来之后也要面对"一生凡九迁"的命运。那么该当如何？苏轼可不是那种只会抱怨"错的是整个世界而不是我"的庸人，他虽以佛家来远离世俗的"颠倒梦想"，但用豁达的态度来面对一切苦难，坚持自己本心不动摇，又何尝不是一种大勇大智？正是在惠州、儋州六年的流放，苏轼埋葬了过去的垢污，真正以"游于自然""忘情物我"的态度新生，此等精神境界，可以说是佛家的"心无挂碍"，也可以说是道家的"轻去就脱生死"，还可以说是儒家"人不堪其忧，回也不改其乐"。真正从痛苦中脱胎换骨，融释儒道为一体的苏轼，对人生有了新的感悟，而他此时期所写的各类小品文，也愈发炉火纯青，往往都是寥寥几句，就能让人咀嚼再三，感悟良多。

贬居惠州时，苏轼曾信步出游松风亭，有所感悟，顺手写下了113字的《记游松风亭》：

　　余尝寓居惠州嘉祐寺，纵步松风亭下。足力疲乏，思欲就亭止息。望亭宇尚在木末，意谓是如何得到？良久，忽曰："此间有甚么歇不得处？"由是如挂钩之鱼，忽得解脱。若人悟此，虽兵阵相接，鼓声如雷霆，进则死敌，退则死法，当恁么时也不妨熟歇。

　　"进则死敌，退则死法，当恁么时也不妨熟歇"，此典颇类《佛说譬喻经》："有黑白二鼠，互啮树根……下有毒龙……树根蜂蜜，五滴堕口。"挂钩之鱼乃苏轼最喜譬喻之一，从小到大每当焦虑之时他便会想到此语。然而到了今天，他已找出降服自己心中焦虑的良法——"当恁么时也不妨熟歇"。人生宛如负重远行，功名利禄犹如远处的亭台楼阁，若是一味盯着此处焦虑"如何得到"，那便是"进则死敌，退则死法"的绝境，那为何又不能换个活法呢？"此间有甚么歇不得处"，往大了讲，难道不是苏轼在质问自己和世人，这趟远行的意义到底在于远处亭宇，还是在于旅途本身？

　　五年后的元符二年（1099），苏轼已经被贬到海南，上元夜再度夜游，成就一篇短小隽永的《书上元夜游》：

　　己卯上元，予在儋州，有老书生数人来过，曰："良月嘉夜，先生能一出乎？"予欣然从之。步城西，入僧舍，历小巷，民夷杂揉，屠沽纷然。归舍已三鼓矣。舍中掩关熟睡，已再鼾矣。放杖而笑，孰为得失？过问先生何笑，盖自笑也。然亦笑韩退之钓鱼无得，更欲远去，不知走海者未必得大鱼也。

　　儋州何所有？僧舍、小巷、民居、屠沽而已，比起长江、庐山差远了，然而苏轼依然获得了"放杖而笑"的快乐。这种快乐既非《超然台记》的故作欢乐，亦非《前赤壁赋》中借助无穷无尽的江月寄托之乐，乃发自内心的恬然之乐。此时，就连上钩之鱼也变得无所谓，走海者何必得大鱼？对苏轼来说，人生在于体验，逆境也好，顺境也好，只要内心安乐，何处不是自己的理想乡？此番豁达心态更体现在他的《试笔自书》中：

> 吾始至南海，环视天水无际，凄然伤之，曰："何时得出此岛耶？"已而思之，天地在积水中，九州在大瀛海中，中国在少海中，有生孰不在岛者？覆盆水于地，芥浮于水，蚁附于芥，茫然不知所济。少焉水涸，蚁即径去，见其类，出涕曰："几不复与子相见。岂知俯仰之间，有方轨八达之路乎？"念此可以一笑。戊寅九月十二日，与客饮薄酒小醉，信笔书此纸。

从形式上看，苏轼这篇短文颇有向庄子《逍遥游》致敬之意，然而考察其背后的主题，还是在探讨生命有限与宇宙无穷的辩证关系，同样也是阐发"夫子之言性与天道，不可得而闻也"（《论语·公冶长》）。在儒家看来，"性"是人的本性，具有"内在性"，而"天道"则是自然与人类社会的关系的综合，具有"超越性"，同时又内在于人性之中。儒家历来主张人应该发挥精神内在性，实现自我完善，从而实现"天人合一"的最高境界。道家和佛家在追求精神上的"内在超越"的方法上虽有不同，但三者哲理颇有相似。或许，苏轼在儋州正是因为融会三家，贯通出自己的精神内在超越，因而才如此超脱，能够"海南万里真吾乡"。

尾声：生平功业黄、惠、儋

建中靖国元年（1101），在被流放烟瘴岭南七年之后，苏轼终于因为新帝登基而获得赦免，越过大庾岭，回到了阔别已久的中原。在生命的最后一年，他依旧步履匆匆，一路沿江西入赣水，越鄱阳湖而入长江，顺流而下东行至金陵（今江苏南京）、金山，抵达了生命的终焉之地，他最喜欢的城市之一——常州。

一路北上，已经是六十六岁老人的苏轼陆续听到了各种消息：纠缠一生的好友、政敌章惇因为一句"端王轻佻"的谶语被贬岭南雷州（今广东雷州）；元祐年间的同侪也多半死于贬所，其中就包括"苏门四学士"中同他感情最深厚、思想最契合的秦观。时至今日，无论是亲友还是仇敌都已不在，只剩风烛残年的他侥幸生还，回首熙丰变法、元祐更化，那些热腾腾的事业、闹哄哄的争论，岂不如一场梦幻泡影？途经镇江金山时，苏轼写下一首绝句："心似已灰之木，身如不系之舟。问汝平生功业，黄州惠州儋州。"

的确，千年以后，变法党争已只是印在历史书上的一段前尘往事，而苏轼这位智者在黄州、惠州、儋州写下的文章，却超越了时间，如江水与皓月般永被传颂，鲜活地存在于孩子们的诵读声里。

（作者：李思达）

苏辙

早岁文章供世用，中年禅味疑天纵

　　宋仁宗嘉祐元年（1056），苏洵带着十九岁的苏轼和十七岁的苏辙进京准备参加第二年举办的省试。参加这一届科举考试的考生可谓星光闪耀，这一榜进士中，《宋史》有传的有二十四人，官至三品以上的有十一人，其中任宰执的有九人，王韶、郑雍、梁焘、吕惠卿、苏辙、林希、曾布、张璪、章惇、苏轼、曾巩、张载、程颢、吕大钧……这些活跃在北宋政坛和文坛的人物均在这一年的进士榜之列。

　　嘉祐二年（1057）科考时，主考官是欧阳修，苏洵是场外陪考的家长，王安石在京城担任群牧司判官。此前，石介主持太学时，太学生中流行文风艰涩怪癖、深奥难懂的"太学体"，为此庆历六年（1046）张方平上书，要求对文风进行规范，但是太学体这一奇怪文风并没有消失。嘉祐二年，欧阳修主持贡举，对太学体进行坚决打击，他将"生于草野，不学时文，词语甚朴，无所藻饰"的苏轼、苏辙等置之高等，"场屋之习，从是遂变"，从而开创了宋代文学的全面繁荣。欧阳修也被尊称为一代文宗。

不过，嘉祐二年（1057）进士榜中的头五名（章衡、窦卞、罗恺、郑雍、朱初平）并没有成为宋代历史上的名人，而位列前茅的其他进士却才华出众、人才济济。苏氏兄弟也就此崭露头角，开始登上政治舞台。

在这次科考中，苏辙所作的试论文章《刑赏忠厚之至论》虽不像其兄同名作品那样纵横恣肆、气势磅礴，但考察古人治国经验，论说实行刑赏的原则，侃侃而述，不急不缓，态度和婉，文气雍容，不失为佳作。兄弟二人的文章也体现其各自性格特点，一般认为，苏辙性格人如其名，冲和淡泊、踏实沉稳，苏辙自己也说："子瞻之文奇，吾文但稳耳。"因为苏轼的名气太大，而苏辙的宦海生涯又与其兄紧密联系在一起，人们往往更关注苏轼，苏辙一直作为苏轼的配角出现。其实，作为"唐宋八大家"之一的苏辙，出道绝不是靠其兄的光环，反而更多是被苏轼光环所掩盖。据《瑞桂堂暇录》载，苏洵曾携二子谒张方平，张对苏洵说："皆天才，长者明敏，尤可爱；然少者谨重，成就或过之。"一个明敏而不外饰，一个谨重而不外露。从其后仕途发展看，苏轼一生并未取得宰执之位，而苏辙则做到了副宰相。但如若由此认定苏辙是个一味内敛的人，则大谬不然，入仕以来，他比苏轼更有政治抱负，表现也要更激烈。在其后两兄弟一同参加的制科考试中，苏辙就充分显露其敢言的一面。

炮轰仁宗

苏辙兄弟同科进士及第，名震京师。不久因母亲程氏病故，兄弟二人返家并守丧三年。守丧期满回京后，兄弟俩以"选人"身份至吏部流内铨去报到授官，分别得到河南府福昌县主簿和渑池县主簿的任命，但并未前去上任，而是由欧阳修、杨畋推荐，应嘉祐六年（1061）举行的"制科"考试。

制科又称大科、特科，是为选拔"非常之才"而举行的不定期考试。参加制科考试的人员不但需要学识渊博，而且必须由朝中大臣推荐，然后由六名考官先行考核，及格者参加由皇帝亲自出题的考核。制科考试第一项内容被称为进卷，考生需要先呈交上自己平日的策论作品50篇，由翰林学士评判、打分，如果策论文辞优美、说理清晰，得到"次优"以上的评分，便可以赴阙参加第二项内容"阁试"。阁试为初试，之所以叫阁试是因为考试地点在秘阁（宫廷藏书之处）。阁试试题为试论6篇，目的是考察应试人的学识，"盖欲探其博学"。阁试合格后就可以进入由皇帝亲自主持的复试，也叫"御试"。

韩琦见识过二苏的文章，据说考试前，韩琦就和门客表示："二苏在此，而诸人亦敢与之较试，何也？"这话传出去，果然有不少考生忌惮与苏家兄弟同榜竞争，纷纷弃考，"不试而去者，十盖八九矣"（李荐《师友谈记》）。而开科之前，苏辙偏偏生了病。得知消息，韩琦竟亲自向皇帝上奏，请求将考试时间延迟以待苏辙病愈并得到皇帝的同意。他说，今年招考的学子，唯有苏轼、苏辙兄弟二人声望最高，若苏辙不能参加考试，必有负众望。在苏辙生病时，韩琦还多次派人了解病情，直至苏辙痊愈，才进行秘阁考试。秘阁考试的考官是吴奎、杨畋、王畴、王安石，考试结果，合格者有苏轼、苏辙和王介。通过秘阁试论的三人接着进入在崇政殿举行的"御试对策"。苏氏兄弟各有《御试制科策》一篇。苏辙后来回忆："早岁西厢跪直言，起迎天步晚临轩。"并自注道："是日晚，仁皇自延和步入崇政，过所试幄前。瞻望天表，最为亲近。"这是苏辙第一次也是唯一一次见到仁宗皇帝，其后不到两年，仁宗就去世了。

苏轼自称他的《御试制科策》是"直言当世之故，无所委曲"，但其最尖锐的话不过是指责仁宗"不知勤"，亲策贤良之士是"虚应故事而已"。而苏辙的策论语言则尖锐犀利得多，他炮轰仁宗从政三十多年，有所懈怠，缺乏忧患意识，"无事则不忧，有事则大惧"，而且"惑于虚名而未知为政之纲"。他说，仁宗在庆历新政时，劝农桑，兴学校，天下以为三代之风可以渐复，结果半途而废，未见实效。"臣观陛下之意，不过欲使史官书之，以邀美名于后世耳，故臣以为此陛下惑于虚名也。"他指责仁宗沉溺声色之乐，一连列举历史上六个致乱之君夏太康、商祖甲、周穆王、汉成帝、唐穆宗、唐恭宗（即唐敬宗李湛，宋为避宋太祖赵匡胤之父赵敬讳而改）以为戒："此六帝王者，皆以天下治安，朝夕不戒，沉湎于酒，荒耽于色，晚朝早罢，早寝晏起，大臣不得尽言，小臣不得极谏。左右前后惟妇人是侍，法度正直之言不留于心，而惟妇言是听。"仁宗所为与这些致乱之君相似："陛下自近岁以来，宫中贵姬至以千数，歌舞饮酒，欢乐失节，坐朝不闻咨谟，便殿无所顾问。"宫中生活穷奢极欲，百姓却生活愁苦，"赋敛繁重，百姓日以贫困，衣不盖体"。"官吏之俸""士卒之廪""夷狄之赂"以及"宫中赐予玩好无极之费"都要由百姓承担，因此"凡今百姓为一物以上莫不有税，茶盐酒铁，关市之征，古之所无者莫不并行，疲民咨嗟，不安其生"。

辞官不赴

苏辙的这篇对策确实有一种初生牛犊不怕虎的锐气，大胆直率，无所顾忌，以至于苏辙当时"自谓必见黜"，自然也立刻在朝廷中引起轩然大波，大臣之间进行了一场激烈的争论。考官胡宿认为，苏辙试卷答非所问，又引历代昏君来比拟盛世英主仁宗，应不予录取。很多大臣也认为苏辙狂妄自大，主张罢黜。但主考官司马光则力排众议，说："臣窃以为国家置此六科，本欲得才识高远之士……但见其（苏辙）指正朝廷得失，无所顾虑，于四人之中，最为切直。"他劝告皇帝，如果因为苏辙指正朝廷过失就不录用，则恐怕天下人都会疑心，以为朝廷设直言进谏的科考只是做做样子罢了；而以直言贬斥读书人，从此四方就要以言论为忌讳，会损伤圣主的宽明之德。

仁宗皇帝不愧为仁厚之君，豁达大度，他说："吾以直言求士，士以直言告我。今而黜之，天下其谓我何？"又说："朕设制举，本待敢言之士。辙小官，如此直言，特与科名。"他对苏轼、苏辙兄弟赞赏有加，还兴奋地说："朕今日为子孙得两宰相矣。"

不过，这次考试最被后人津津乐道的却是苏轼，因为他在这次制科考试中入第三等，为"百年第一"。宋代制科录取共有五等，但一、二等都是虚设，从来都不会录取人，一般情况下，考生入第四等，便是考中，入第五等，就要被淘汰。而第三等，一般也不录取人，除非特别优秀。从宋朝建国到苏轼时，制科三等一共就录取过两个人，一个是景祐元年（1034）参加制考的吴育，另一个便是苏轼。但是，第

　　《致子瑝秘丞尺牍》，宋，苏辙，纸本，行书，信札，纵25.7厘米，横31.8厘米，台北故宫博物院藏《宋代墨宝》册之一。信札曰："辙启。出京匆草，不获再奉逮。候忽累月，曷胜驰仰。递中辱示手教，伏承履此新凉。起居殊胜，至慰至慰。辙到此幸无恙。学中全无职事，疏懒日甚。但患违去亲旧，无与往还耳。未卜会面，惟顺候自重。不胜区区，谨奉手启布谢。不宣。辙再（拜），子瑝秘丞仁丈执事。七月廿四日。"

三等中又分了三等和三等次两个档次，而吴育只是三等次，只有苏轼，是正儿八经的三等。可见，称其为"百年第一"并不为过。与之一同参加的王介获得第四等，而苏辙则是第四等次。宋朝制举录取的名额极为有限，两宋三百余年，制举登科者不过寥寥四十一人。因此，宋朝士子对制举出身极推崇，认为制举所选拔出来的，都是了不起的人才。

考试结束，苏轼授大理评事、凤翔府签判，这大概相当于北宋前期进士科状元的待遇，非常优厚。苏辙只得到"试秘书省校书郎，充商州军事推官"，比苏轼差得多。但就是这样一个小官，任命也不顺利。因为每个官员任命时，朝廷都要写一个制词，相当于对这个人的评价，然而，负责起草任命状的知制诰王安石却拒绝为苏辙草制。他认为苏辙攻击当今圣上，其实是像西汉大臣谷永一样"专攻人主"，从侧面偏袒宰相的无能。就目前所发现的史料看，这或许是苏辙与王安石开始交恶的起点。当然担任知制诰的不止一人，于是韩琦又另请高明。苏辙的制词，后来便转由沈遘起草。沈遘起草的制词如下：

> 朕奉先圣之绪，以临天下，虽夙寐晨兴，不敢康宁，而常惧躬有所阙，羞于前烈。日御便殿，以延二三大夫，垂听而问。而辙也指陈其微，甚直不阿。虽文彩未极，条贯未究，亦可谓知爱君矣。朕亲览见，独嘉焉。

针对苏辙对仁宗的批评，沈遘先是为仁宗开脱，又以仁宗"独嘉"苏辙"指陈其微"，歌颂仁宗宽宏大度，批评苏辙的制科策"文彩未极，条贯未究"，安抚了反对苏辙入朝为官失败的胡宿等人；针对王安石"右宰相，专攻人主"之语，称赞苏辙"知爱君"。而"爱君"二字确实抓住了苏辙《御试制科策》的本质，正因为爱君之深才责难于君。推荐苏辙的杨畋对仁宗说："苏辙，臣所荐也。陛下赦其狂直而收之，盛德之事也，乞宣付史馆。"仁宗很高兴，从其请。

沈遘的制词写作水平虽高，但这场风波却让年轻气盛的苏辙深感失望。任命虽下，他却以父亲在京修礼书，兄长出仕凤翔，旁无侍子为由，奏乞留京养亲。苏辙辞官不赴，名义上是"养亲"，实有抗旨之意。不过，对于仁宗的宽宏，苏辙一生都十分感激，他后来曾多次谈及这点："昔仁宗亲策直言之士，臣以不识忌讳，得罪于有司。仁宗哀其狂愚，力排群议，使臣得不遂弃于世。臣之感激，思有以报，为日久矣。"（《上神宗皇帝书》）

据宋人孙汝听《苏颍滨年表》记载："辙有《谢制科启》。"所谓"谢启"即中了制科后感谢考官们的书信。这封书信没有收入苏辙的《栾城集》而见于南宋吕祖谦编的《皇朝文鉴》中。此文整篇的语调似乎是苏辙检讨自己做得不够稳妥，也有为自己辩护的意味。他说自己之所以犯错，是因为想做忠臣；之所以敢大胆进言，是因为"策问"本身有那样的要求；之所以被某些考官所不容，是因为他们只喜欢听空洞的好话；之所以获得宽容，是因为时代环境比西汉要好。如果说这篇文字写得还算克制的话，宋人吕希哲的《吕氏杂记》引录的苏辙当时所作另一篇谢启中的语句就有些愤愤不平了："古之所谓乡愿者，今之所谓中庸常行之行；古之所谓忠告者，今之所谓狂狷不逊之徒……欲自守以为是，则见非者皆当世之望人；欲自讼以为非，则所守者亦古人之常节。"

参与变法

不过，这场风波并未磨灭苏辙的政治抱负。北宋治平三年（1066），苏洵去世，兄弟俩扶父亲灵柩回乡守孝三年。熙宁二年（1069），苏辙办理好父丧返回京城，此时的北宋朝廷正在酝酿着一场大的政治变革，宋神宗任用王安石为宰相，开始议行新法。年轻气盛的苏辙立即抓住这个机遇，上书皇帝，指陈时弊，提出"天下之事，任人不若任势，而变吏不如变法……当今之世，不变其法无以求成功"。

早在嘉祐年间，苏辙就深刻认识到北宋社会的一些"三冗"问题。苏辙在《上皇帝书》中直言："故臣谨为陛下言事之害财者三：一曰冗吏，二曰冗兵，三曰冗费。"要解决危机，就必须任用贤能，大胆改革。"君臣同心，上下协力，磨之以岁月，如此而三冗之弊乃可去也。"他认为"方今之计，莫如丰财"，并提出一揽子成熟的革新主张。苏辙深知他所提出的建议肯定会触犯很多既得利益的权贵阶层，不但会招来非议，而且也会招来抵制、诬陷。他说改革"必有所犯天下之危"，而"今世之士大夫好同而恶异，疾成而喜败，事苟不出于己，小有龃龉不合，则群起而攻之"，因此他特别提醒神宗皇帝要坚定改革的信心，"破天下之浮议，使良法不废于中道"。对改革中可能出现的失误，苏辙也作了充分的估计，但他认为绝不能因噎废食。

苏辙的上书让正准备大刀阔斧推行变法的宋神宗不禁"眼前一亮"，他也确实需要像苏辙这样年轻的新锐来协助。于是，他在批付中书的公文中说："详观疏意，知辙潜心当世之务，颇得其要。"他亲自召见苏辙，并把他安排到新成立的变法机构——制置三司条例司任检详文字，一同参与推行新法。

然而，受到神宗青睐的"变法派"苏辙，在王安石真正主持变法时，却站在反对的立场上。刚入职不到半年，作为制置三司条例司里的重要幕僚，苏辙直接上书神宗《制置三司条例司论事状》，开始全面批评新法，指斥新法与民争利、扰民害事、挑起边争。王安石大为恼怒，欲加罪于苏辙，因副相陈升之的反对才作罢。苏辙一不做二不休，上书《条例司乞外任奏状》，请求离开条例司外任。既而，以河南府留守推官离开变法阵营。

苏辙对北宋社会的弊端看得很清楚，也强烈要求变革。但又为何由"变法派"迅速转化为"保守派"呢？这是因为苏、王二者的改革理念不同，议政每与王安石不合。苏辙主张变法，但他反对急变和巨变。"天下之事，急之则丧，缓之则得，而过缓则无及"，即变法要有限度，要缓而行之。另外，苏、王都视理财为先务，但在如何理财上却产生了分歧。王安石认为"国用不足者，是未得善理财者"，"善理财者，不加赋而国用足"，因此主张解决财政危机以开源为主。苏辙则主张节流，即"去事之所以害财者"，强调以解决三冗问题为急。苏辙认为，天下所出有限，不在国即在民，"不加赋而国用足"不过是国家利用各种名义盘剥庶民财利而已。他在《历代论》中抨击王安石及新法时说："世之君子，凡有志于治，皆曰：'富国而强兵'，患国之不富而侵夺细民，患兵之不强而陵虐邻国，富强之利，终不可得。"他说王安石借口"富国强兵"剥敛百姓，挑起边事，根本达不到国富民强的目的。他还反对国家利用政权的力量干预正常的经济运行，称抑兼并扼制了富民经济的发展。他攻击市易法"徒使小民失业，商旅不行。空取专利之名，实失商税之利"。

王安石变法后，苏辙上书神宗批评新法，指斥新法与民争利、扰民害事、挑起边争。选自戴宏海绘《王安石变法》。因为苏、王二者的改革理念不同，苏辙议政每与王安石不合，不久便离开变法阵营。

被贬筠州

可见，苏辙并没从自己最初因直言而遭受挫折的惨痛经历中吸取教训，看似为人慎重的苏辙，在政治上表现得往往比苏轼要激烈得多。苏辙在这个时期所表现的勇决程度，仅次于御史中丞吕诲，而远过于司马光、苏轼等。他上书反对新法，比苏轼要早四个月；要求离京外任，也比苏轼早将近两年。后来苏轼也称赞他道："至今天下士，去莫如子猛。"

离开变法阵营后，苏辙并未赴任河南府留守推官，而是在京城滞留。此时，苏辙心情异常苦闷，自己多年来经世之志眼看就要破灭，他在《南窗》诗中曰："展转守床榻，欲起复不能"，表现出其犹豫不决之情，他本不想离开变法阵营，因为在这里可以实现政治理想，然而现实又使他不得不离开，故而又有"壮心付与东流去，霜蟹何妨左手持""故国老成谁复先，壮心空记语当年"的诗句来表达自己一腔报国之情无以实现之苦闷。

熙宁三年（1070）二月，苏辙的好友张方平以观文殿学士、新知河南府的身份到陈州任职，于是辟请苏辙去担任陈州教授。不过，当时王安石的"新学"占据学坛主导地位，苏辙的"旧学"毫无用武之地。陈州任期届满后，苏辙又到齐州担任掌书记（知州的从官）。任期满后，他回到京城等待改官。这一时期，苏辙远离北宋政治中心，但由于他在这期间所交游之人基本都是反变法者，在地方上也耳闻目睹一些新法弊民之事，因此，他通过作诗和替张方平作《论实事书》来表达自己对新法的不满。在《陈州为张安道论时事书》中，他列举了使宋神宗"三悔"之事，一为"结怨西戎，空竭内府"，却无尺寸之功；二为"奉行青苗、免役、保甲之法"，致使兵民愤怨，天下交争；三为"出兵无人之境，筑城不守之地，困弊腹心"，以致"四方震动，君臣宵旰"。凡此三者，力陈王安石新法之弊，致以"土崩之患"为宋神宗警示。从这一时期的论述可见苏辙已经完全站在反变法的立场上了，对王安石新法一些便民之处也视而不见，这很难说没有意气用事的因素。

熙宁九年（1076）冬十月，王安石罢相，苏辙顿时觉得机会来了，立即给皇帝上奏："盖青苗行而农无余财，保甲行而农无余力，免役行而公私并困，市易行而商贾皆病。"把新法"青苗、保甲、免役、市易"四大政策驳斥得一无是处，誓有不罢新法不罢休之势。然而苏辙等来的却是不予采纳的回复，此后，苏辙又在南京（今河南商丘）任签书判官。

王安石被罢免不仅没有给旧党重新执政带来机会，反而使此后新旧党争更加日趋激烈，将原来正常的政见之争演变为意气倾轧，这使苏辙大失所望。"世路早令心似灰"（《将至南京雨中寄王巩》），"世事不堪开眼看，劳生渐恐转头空"（《张安道生日二首》）。在《寄范丈景仁》诗中，他更是表达了在纷纭政治斗争中的一种命运无常之感："人生聚散未可料，世路险恶终劳神。交游畏避恐坐累，言词欲吐聊复吞。"该诗既表达了欲言又止的忧畏之情，同时也嗅出可能更为激烈之政治倾轧即将到来。苏辙这种担心在元丰二年（1079）变为现实，这一年，苏轼因为写诗文抨击新法与朝廷，被捕入京，这就是历史上著名的"乌台诗案"。

苏轼兄弟情深义重，苏辙惊闻此事，"举家惊号，忧在不测"，倾其所有，上下打点，并急切上《为兄轼下狱上书》的奏折。这篇情真意切的文章或许打动了神宗，苏轼得以从轻发落，被贬为检校尚书水部员外郎、充黄州团练副使、本州安置，不得签书公事，苏辙也贬筠州（今江西高安）监酒税。

高光时刻

对苏辙来说，这次贬谪又是一记重锤。无论是失落还是无奈，不被新党抓住把柄的最好办法就是缄口不言时事，所以这时的苏辙暂时放弃了议政，在筠州"昼则坐市区鬻盐、沽酒、税豚鱼，与市人争寻尺以自效。暮归筋力疲废，辄昏然就睡，不知夜之既旦"。（《东轩记》）他与市井小民为一分钱争得面红耳赤，晚上一回家就筋疲力尽，倒头而睡。元丰七年（1084），苏辙改任歙州绩溪县令。"行年五十治丘民"（《初到绩溪视事三日出城南谒二祠游石照偶成四》），这时，他接到苏轼寄来的《沁园春·孤馆灯青》：

> 当时共客长安，似二陆初来俱少年。有笔头千字，胸中万卷；致君尧舜，此事何难？用舍由时，行藏在我，袖手何妨闲处看。身长健，但优游卒岁，且斗尊前。

苏轼回忆，当年我们风华正茂，同时客居在汴京，如同陆机、陆云兄弟，自以为辅佐圣上使其成为尧舜，该是星月同辉，事业必成。其实重用与否在于时势，入世出世须由自己权衡。不妨闲处袖手看风云，少不得那份明哲与淡定。好在你我身体康健，只需终年悠闲游乐，姑且杯中寻醉聊慰平生。

就在苏辙打算"优游卒岁，且斗尊前"之时，朝局又发生了变动，他也终于迎来自己人生中的高光时刻。

元丰八年（1085），神宗驾崩后，年仅八岁的哲宗即位，高太后垂帘听政，罢免新党，重新起用旧党大臣。这一年八月，因为旧党逐渐掌握实权，苏辙也因此被召回，并成为所有旧党大臣中，提拔速度最快的：元祐元年（1086）二月，任右司谏；八月，任起居郎；十月，升中书舍人；十一月，任户部侍郎；元祐四年（1089），改任吏部侍郎、翰林学士；元祐六年（1091），升任尚书右丞；元祐七年（1092），升任门下侍郎，成为实至名归的副宰相。

这时的苏辙，不仅有基层执政经验，在许多问题上的思考也更成熟，随着年龄增长，昔日锐利的棱角也逐渐磨平，变得更严谨稳重、练达务实，不过其直言的性格并未改变。

右司谏属于"台谏官"，亦称言事官，是皇帝直接任命的"耳目之官"。在任上，他首先做的就是弹劾宰相蔡确、韩缜，枢密使章惇等人，消除盘根错节的新党势力，替元祐更化鸣锣开道。"谏草未成眠未稳"，这完全是苏辙工作的写实。苏辙在对一些奸猾投机之人的鉴定上也具有较敏锐的眼光。蔡京是元丰末、元祐初之投机分子，此时，他迎合司马光尽罢新法的主张，完全是为博官位荣宠以成全个人私心。苏辙认为新旧法互有利弊，在《乞罢蔡京开封府状》中云"权知开封府蔡京，职在近侍，身为民害，若不知旧法人数之冗，是不才，若知而不请，是不忠"。其后，又有《再乞责降蔡京状》说蔡京"文学、政事一无所长，人品至微"，处置蔡京，更为杜绝官吏"观望首鼠，以长奸私"。后来蔡京得势后的种种卑劣行径的确证实了苏辙的高瞻远瞩。

不过，苏辙对新党大臣与小臣之态度是有区别的。他对新党大臣主张尽皆罢黜，不予擢升，而对于那些并非"建议造事"之小臣，则认为应该从轻发落。"故臣窃谓大臣诚退，则小臣非建议造事之人，可一切不治，使得革面从君，竭力自效，以洗前恶。"此态度可谓明智，一方面保证了对新党大臣之打击，使其无力把持朝政；另一方面又维持了官吏稳定，不至于出现地方官员空缺，使得"更化"政策得以顺利进行。

这一时期是苏辙作为"元祐大臣"施展政治抱负的时期，其大部分时间都处于宋廷的权力中心，直接参与"更化"，因此他在此期间所写的奏状也比较多，总计达100多条，涉及当时几乎所有重大政治问题，多数均被采纳施行。除在弹劾打击新党过程中起重要作用外，他在旧党内部争斗中也处于非常重要的地位。旧党一上台，就开始了"复仇"，一时之间，"尽废新法，尽黜新党"的呼声一浪高过一浪。而苏辙则认为："矫拂天下，大变其俗，而天下不知其为变也。释然而顺，油然而化，无所龃龉，而天下遂至于大成也。"他不顾众怒，一方面替新法的部分政策辩护，另一方面又没有一味迎合司马光的心意，显示了一个文人士大夫独立的政治人格。对此，吕公著赞叹道："只谓苏子由儒学，不知吏事精详如此。"南宋时，何万也说"（元祐）九年之间，朝廷尊，言路辟，忠贤相望，贵幸敛迹，边陲绥靖，百姓休息，君子谓公之力居多焉"。（何万《苏文定公谥议》）

岁更三黜

元祐八年（1093）九月，高太后去世，十六岁的哲宗皇帝亲政，

　　《西园雅集图》（局部），宋，李公麟，水墨纸本画。图中从右至左依次为苏辙、黄庭坚、晁补之、李公麟、郑靖老，画家以白描手法，用写实的方式，描绘了当时16位社会名流，在驸马都尉王诜府邸做客聚会的情景。画中，这些文人雅士风云际会，挥毫用墨，吟诗赋词，抚琴唱和，打坐问禅，衣着得体，动静自然。

准备继承父亲神宗的遗志继续推行改革。次年二月，新党李清臣、邓润甫被提拔为执政，李清臣立即在三月份策试进士的试题中力黜元祐之政，倡"绍述"之意。苏辙当即上《论御试策题札子》，列举神宗"所行善政，见今遵行者"十余项，并举几个汉朝皇帝的例子劝哲宗勿轻易变政。结果，这篇文章让苏辙因言获罪。但这次似乎是哲宗有点儿"欲加之罪"了，因为遍读苏辙此文，不得不说，他是竭尽委婉回旋之能事。首先，他未直接否定哲宗的"绍述"之心，而说哲宗是被小人教唆的；其次，也没有否定神宗的作为，当不得不正面否定神宗的"新法"时，也自为开脱，说哪一代都会有做错的事，而且一笔带过，转而去列举历史上的事例，证明儿子可以改变父亲的政策，举例的时候，还特意举到了神宗本人。如此行文也可见其写作时的用心良苦。然而，宋哲宗早就打定了主意，毫不动心，反而从苏辙的回旋文字中找到了把柄，说他用汉武帝比拟神宗，是对神宗的侮辱。他声色俱厉地训斥苏辙说："汉武帝穷兵黩武，末年下哀痛之诏，不是明主，以此比拟先帝，岂不罪过？"苏辙就以这样的罪名被罢去执政，出知汝州（今属河南）。四月，朝廷改"元祐九年"为"绍圣元年"，起用章惇为相，给蔡确平反，大张旗鼓开始"绍述"之政。

哲宗绍圣元年（1094）四月二十一日，苏辙到达汝州。六月，再贬袁州（今属江西）。还未到达袁州，苏辙又被命分司南京，筠州（今江西高安）居住。一年中他先后被贬官汝州、袁州、筠州，真所谓"岁更三黜"（《分司南京到筠州谢表》）。绍圣四年，朝廷又贬苏辙为化州（今属广东）别驾，雷州（今属广东）安置。第二年，苏辙又被贬往循州（今属广东）。

被贬之后的苏辙度过了他人生中的至暗时刻，他不仅要克服远谪

　　元祐更化。神宗病逝后，年幼的哲宗继位，高太后辅政，史称"元祐更化"。这一时期是苏辙作为"元祐大臣"施展政治抱负的时期，大部分时间都处在宋廷的权力中心，直接参与"更化"。

《元祐党籍碑》拓片，现藏中国国家博物馆。原碑在广西融水，为南宋嘉定四年（1211）沈暐据蔡京手书拓片重刻，碑文列司马光、苏轼、苏辙等共计309人的名字。

穷荒、生存环境恶劣的现实困难，还要逃避来自新党的政治迫害。他对于世事似乎已经不太关心了，"君恩许北还，从此当退缩"，"世事非吾忧，物理有必至"。即使在遇赦北归后他还说："臣谨当杜门躬耕，没齿疏食，知生成之难报，姑静默以待终。"

元符三年（1100）正月，宋哲宗去世，哲宗异母弟赵佶继位，是为徽宗。由于新党宰相章惇在皇位继承问题上曾与太后异议，故被排斥。为了打击章惇所领导的政治力量，被章惇迫害的元祐旧党便渐获起用，政局于是又一次发生逆转。苏氏兄弟也从遥远的南方获赦北归，但苏轼迟迟未离开贬地，苏辙几乎一接到赦令便动身北归，年底之前已经回到距京城一步之遥的颍昌府（今河南许昌），可见其急于寻找回朝机会的心态。

宋徽宗初即位想调停新旧两党，调停不成，很快又开始迫害所谓元祐臣僚，朝政在蔡京把持下，对元祐党人和异己分子之打压更为酷烈，刻"元祐党籍碑"榜之于朝堂，元祐党人无论身亡与否，皆予以废黜，党锢之祸空前残酷，许多元祐党人或在流放中丧生，或在闲废中度过余生。

深感党争之残酷，祸患时时可能及身，寓居颍昌的苏辙只得"杜门避祸"。《宋史》记载，他"筑室于许，号颍滨遗老，自作传万余言，不复与人相见，终日默坐，如是者几十年"。《朱子语类》卷一三记载：

> 后来居颍昌，全不敢见一客。一乡人自蜀特来谒之，不见。候数日，不见。一日，见在亭子上，直突入，子由无避处了，见之云："公何故如此？"云："某特来见。"云："可少候，待某好出来相见。"归，不出矣。

《栾城集》内页，苏辙，清梦轩刊本。苏辙的文章立意允当，结构严谨，行文简洁畅达，语言朴实淡雅。

壮心未已

即使这样，苏辙还感觉不太安全，崇宁二年（1103），苏辙独自迁居汝南，"何人自惊顾，未听即安处。亟逃颍州籍，来贯汝南户。妻孥不及将，童仆具樽俎。身如孤栖鹊，夜起三绕树"。考之苏辙之诗作，似乎这种"杜门""避世"之生活占据了他的晚年。但事实真是如此吗？学者訾希坤认为，这只不过是苏辙为躲避党锢之祸而采取的一种避人耳目之手段而已，事实是他虽身处江湖但心存社稷，时刻渴望重回朝廷以实现自己的政治理想。苏辙在汝南闲居时云："城中醉人舞连臂，城外醉人相枕睡。此人心中未必空，暂尔颓然似无事。"看似颓然无事，实际上却是"心中未必空"。大观四年（1110），他又说："闲中未断生灵念，清夜焚香处处通。"他时刻关心着时局的变化，但实际情况却是"眼看世事知难了"。

大观三年（1109）蔡京罢相，苏辙感觉"炎风拂面来"，他渴望重新得到朝廷之重用，但朝廷似乎并未有起用苏辙之打算，故而他深感失落，"未尽炎风早归去，不堪秋后乞哀怜"。感叹自己之才华尚未完全发挥出来，就已经被弃置一旁了。进入暮年的苏辙，"目眩于观书，手战于执笔，心烦于虑事"，"然心所嗜，不能自已"。政和二年（1112），他还作《感秋扇》云：

> 团扇经秋似败荷，丹青仿佛旧松萝。
>
> 一时用舍非吾事，举世炎凉奈尔何。
>
> 汉代谁令收汲黯，赵人犹欲用廉颇。
>
> 心知怀袖非安处，重见秋风愧恨多。

前四句借言扇经秋不用，为人所弃，隐喻自己数十载忠心国事而被朝廷所弃。五、六两句借汲黯、廉颇典故暗喻自己还有用，渴望被朝廷再次起用。最后两句以扇怀袖中非其安处喻朝廷有人才不能用，直到急需人才时人才已不在，朝廷自知其非而不能改，故而"愧恨多"。全诗所蕴含之不辞为世用的经世之心不言而喻。

在去世之前所作的《七十三岁岁暮作》一诗中，苏辙对自己仕宦生涯作了总结，其中最后两句曰："七十三年还住否，获麟后事转难裁。""获麟"语出韩愈《获麟解》："麟之出，必有圣人在乎位，麟为圣人出也。"有待圣人出而欲重新执政之意，可见苏辙终其一生从未泯灭其参政意识。

政和二年（1112），苏辙病逝于颍昌，享年七十三岁，是"唐宋八大家"中年寿最长的一位。

（作者：黄金生）

　　"一门三父子，都是大文豪。诗赋传千古，峨眉共比高"，此为朱德咏三苏祠之作。"大文豪"之称，三苏足以当之。不过，苏辙一直被其兄巨大的光环所掩盖，一提苏辙，必先介绍他是苏轼的弟弟，《宋史·苏辙传》也说："辙与兄进退出处无不相同。"好像他能进入"唐宋八大家"之列，完全是沾了哥哥的光。其实，三苏父子的性格、政治态度、学术思想及文学风格的差异都很大。苏轼一生并未取得宰执之位，而苏辙则做到了副宰相，为文也自成一格，政治上的抱负更大。即使如此，苏轼的风头仍盖过苏辙，苏辙写《黄楼赋》，众人看后击节叫好，但随即就有人说这实际是苏轼代作。弄得苏轼哭笑不得，亲自下场辟谣，苏轼在《答张文潜书》中说："（子由）作《黄楼赋》乃稍自振厉，若欲以警发愦愦者，而或便谓仆代作，此尤可笑。"苏轼甚至说过："子由诗过吾远甚。"

当然，要说苏辙诗文胜过苏轼，肯定是言过其实，但苏辙的文章自有其特色。明代茅坤在《唐宋八大家文钞·颍滨文钞引》中说："苏文定公之文，其镵削之思，或不如父，雄杰之气，或不如兄，然而冲和澹泊，道逸疏宕，大者万言，小者千余言。譬之片帆截海，澄波不扬，而洲岛之棼错，云霞之蔽亏，日月之闪烁，鱼龙之出没，并席之掌上而绰约不穷者，已西汉以来别调也。""其疏宕袅娜处，亦自有一片烟波，似非诸家所及。"

文者，气之所形

苏辙的应进士和其后制科考试的科场之文，全部收录在《栾城应诏集》，其中包含应制科前上交朝廷的50篇策论，当时叫作"贤良进卷"。此进卷由论、策各25篇组成，包含了他在闭门读书期间所形成的一套系统"王道"思想和革弊措施，是他入仕前积极参政思想之理论体现，其内容包括君术、吏治、民政、兵役等方面。论的部分以《夏论》《商论》《周论》为首，据《栾城遗言》说，在苏辙十五岁的时候就写成了，后来苏辙写作《古史》一书时，在该书的《夏本纪》《殷本纪》《周本纪》卷末，将此三文作为史论收入。茅坤在《唐宋八大家文钞》中选录了这三篇，他对《商论》评价最高，说"此文如天马行空，而识见亦深到"。该文全篇以商、周对比为眼目，从《诗经》和《尚书》去体会商、周二代不同的"风俗"，即文化特征，据此解释商强而短、周弱而长的原因，推出治理天下的妥当方案。其所论皆上古茫昧之事，层层进展全仗推理，确实如"天马行空"，却被苏辙说得条理分明，而且气象宏大，让人感受到作者对于历史的深刻洞察力，委实不愧是史论的名作。

"庆历新政"后，在范仲淹、欧阳修等人推动下，经世致用的思想成为一股社会思潮。苏轼云："文章以华采为末，而以体用为本。"苏辙也非常注重文章的经世致用，在《自齐州回论时事书》谓"臣自少读书，好言治乱"，说明苏辙从小就受经世致用思潮的影响，好言古今治乱之事。嘉祐五年（1060）回京途中，苏辙作《初发嘉州》诗，有云"谁能居深山，永与禽兽伍"，表现其不愿久居山野的强烈参与意识。

苏辙及第后，给韩琦写了一封信——《上枢密韩太尉书》。嘉祐二年（1057），韩琦拜枢密使，掌全国军事，所以将韩琦称为枢密韩太尉。当时，苏辙与兄苏轼同试礼部进士及第，苏辙想求见位高权重的韩琦，希望通过这封谒见信，得到韩琦的赏识和提携。

年仅十八岁、不谙世事并被朝廷"赐归待选"的苏辙，虽然想要得到赫赫有名的韩琦一见，但他在文章一开始并没有讨好韩琦，而是说"辙生好为文，思之至深"。接着作者开始阐述自己的作文之道，由此提出"文者，气之所形"之说。苏辙认为："文不可以学而能，气可以养而致。"文章是气的外在表现，然而文章不是只凭学习就能写好，气却可以通过培养而获得，文章的好坏关键在"养气"。孟子的文章"宽厚宏博"是因善养浩然之气所致；司马迁的文章"疏荡，颇有奇气"，乃周览海内名山大川、结交燕赵豪杰所致。

所谓气，虽然看似是一种无影无形、非常玄妙的东西，但在中国古典哲学和文学批评的范畴中，却有着十分重要的意义，其内涵极为丰富而且多变。文中所说的"气"，则大略是指人的胸襟气度、识见情趣、学问阅历等而言。在提出自己的文学见解后，苏辙写道："百氏之

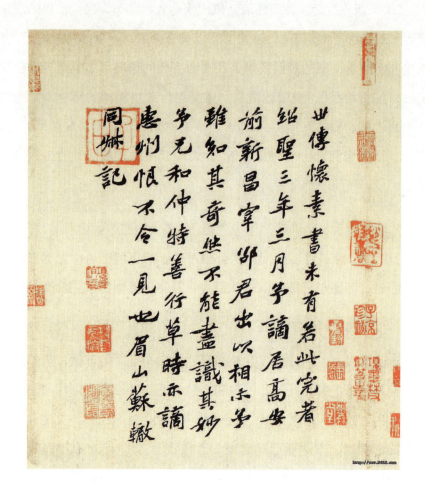

　　《怀素〈自叙帖〉题跋》，宋，苏辙，纸本，行书，高28.3厘米，现藏台北故宫博物院。墨迹释文："世传怀素书，未有若此完者。绍圣三年三月，予谪居高安，前新昌宰邵君出以相示。予虽知其奇，然不能尽识其妙。予兄和仲（苏轼一字和仲）特善行草，时亦谪惠州，恨不令一见也。眉山苏辙同叔（苏辙一字同叔）记。"苏辙书法不多见，此跋真伪亦有争议。

书，虽无所不读，然皆古人之陈迹，不足以激发其志气。恐遂汩没，故决然舍去，求天下奇闻壮观，以知天地之广大。"他认识到蜗居一隅不足以开拓心胸志气，因此去国远游。自己游历名山大川，凭吊秦汉故都，瞻仰天子宫阙之后，视野开阔、志气增长，有了很大的收获。作者采用层层递进的手法，最后申述欲见韩琦的强烈愿望："辙之来也，于山见终南、嵩、华之高，于水见黄河之大且深，于人见欧阳公，而犹以为未见太尉也。故愿得观贤人之光耀，闻一言以自壮，然后可以尽天下之大观而无憾者矣。"

写作此文时，苏辙正当脱颖而出、春风得意之时，因此，与中后期的文风相比，这篇文章处处透露出朝气和锐气，洋溢着强烈的自信，显现出一种"初生牛犊不畏虎"的气概，写得潇洒疏荡而有奇气，成为其散文中的传世名篇。金圣叹评价此文："更不作喁喁细语，一落笔便纯是一片奇气。"

纵论"天下大势"

苏辙"文者，气之所形"说，论述了一个作家因读书、游历、交往、志向的不同，文学风格也就因人而异。他在《开窗》中说："文章自一家"，文章要独树一帜，与众不同。正因为苏辙重视文学的独创性，所以，他赞赏苏轼的文章"凛然自一家"。苏辙强调创新，反对模拟："然余观古人为文，各自用其才耳，若用心专模仿一人，舍己徇人，未必贵也。"创新是作文的生命力，作文要独辟蹊径而不能一味模仿别人。

那么，苏辙是如何在其散文中体现出他在"唐宋八大家"中卓然一家的特色的呢？这就是苏轼概括的："子由之文实胜仆……其文如其为人。故汪洋澹泊，有一唱三叹之声，而其秀杰之气终不可没。"苏辙自己也说："子瞻之文奇，吾文但稳耳。"苏辙的政论和史论文章，不像其父苏洵那样卓厉风发、咄咄逼人，而是纡徐平和，不作剑拔弩张之势。如《君术策》《臣事策》《民政策》等政论，论述当代朝政要事，指陈利弊得失，言中肯綮，令人心服；而在写法上，"其正意不肯一言道破，纡徐百折而后出之"。苏辙之文有学《庄子》的地方，但他自觉地把自己的散文理论与实践结合在一起，故形成了"汪洋澹泊"的风格。"汪洋"，指水的浩荡广大无边，用于文笔，则指思想内容广博，感情充沛横溢。

六国被秦国灭亡的教训，是许多文史家关注的话题。仅三苏就每人写了一篇《六国论》。其中苏洵的《六国论》因入选语文课本最为人熟知，语气沉稳遒劲，意味辛辣隽永。苏辙的《六国论》则是另一种风味，其行文简洁明快，纵横捭阖，势如破竹。开端即云：

> 尝读六国世家，窃怪天下之诸侯，以五倍之地，十倍之众，发愤西向，以攻山西千里之秦，而不免于死亡。常为之深思远虑，以为必有可以自安之计。盖未尝不咎其当时之士虑患之疏，而见利之浅，且不知天下之势也。

全文紧扣"天下之势"逐层深入分析，逻辑缜密，脉络清晰，与苏洵的《六国论》有异曲同工之妙。作者对当时的天下大势，作了如下阐释："夫秦之所以与诸侯争天下者"，不在齐、楚、燕、赵，而在韩、魏两国。"韩、魏塞秦之冲，而蔽山东之诸侯，故夫天下之所重者，莫如韩、魏也。"而六国的不知天下大势有两点：一是韩、魏不知天下大势。韩、魏本为其他四国抗秦的屏障，但却依附秦国，使秦兵出入其间，攻打其他四国，从而失信于其他四国，韩、魏灭亡而四国不救。二是其他诸侯四国不知天下之势。不知厚韩亲魏以摈秦，贪疆场尺寸之利，背盟败约，以自相屠灭。结果是秦兵趁天下诸侯相互攻击疲弱之时，攻灭各个诸侯国。

论述中，苏辙在继承其父手法同时，也做出了些许创新，比如反问句的适当插入。当说到韩、魏两国归附秦国，因此秦国可以在他们的国境内来去自如，对此苏辙直言："委区区之韩、魏，以当强虎狼之秦，彼安得不折而入于秦哉？"

苏洵、苏辙父子二人都在分析六国败亡的原因，但其本意并不在还原历史真实，只是借此抒发对时局的看法，借古说今。苏洵提出"不赂"，是针对真宗之后北宋对外"赂敌"情况提出的，希望朝廷废除这种苟安的政策。苏辙与苏洵均主张六国"并力西向"，但苏辙通篇文章未曾批评六国"赂秦"，而是两次提及"天下之势"。苏辙的《六国论》为《栾城应诏集》50篇之一，作于嘉祐五年（1060），他翌年所撰《新论》，认为北宋"治而不至于安……无急变而有缓病"，原因不在于"赂"而在于"三不立，故百患并起而百善并废"。"三不立"分指"天下之吏""天下之兵""天下之财"的不治，正是这三个根本问题存在，才派生出未能应付战争和议费用的问题。苏辙笔下六国形象如何，是按其意欲表达的天下之势来书写的。其与时政的联系不在于六国局势，而是从更宏观的层面，告诫执政者须知天下之势，不要因小忘大、疏于虑患。其论述不纠缠于一国一事，纵论天下大势，颇符合他汪洋澹泊又有奇气的风格。

苏辙史论的代表作品是《历代论》，论汉光武、唐太宗，分析相当全面。但有时也作翻案文章，其中最引人注目的，是论冯道一篇，立论与特重儒家伦理的欧阳修完全异趣。欧阳修说："予读冯道《长乐老叙》见其自述以为荣，其可谓无廉耻者矣。"而苏辙一翻欧阳修痛斥冯道的无廉耻，认为冯道以宰相事四姓九君，虽不如管仲、晏婴，但"士生于五代，立于暴君骄将之间，日与虎兕为伍，弃之而去，食薇蕨，友麋鹿，易耳，而与自经于沟渎何异"。苏辙认为冯道虽然以宰相之位侍奉过许多君主，但因为五代时期，政权更迭频繁，虽为宰相却并无实权，很多政变并不是他的过错所引起的。他举出两件事例为冯道开脱，第一件是辅佐后唐明宗治理国家。李嗣源是沙陀族出身，性格宽厚，冯道每每以儒家礼法劝之。所以，后唐明宗在位期间，民众得以稍稍安顿。第二件事是讨好耶律德光使其少杀汉人。耶律德光灭晋后见冯道，冯道知不可以礼法对之，所以有"惟皇帝救得"天下苍生之语，实际是为了使耶律德光高兴而停止在中原的杀戮行为。苏辙认为冯道的不幸是时代造成的，后世应当以宽宥的眼光来看待这件事："不幸而仕于朝，如冯道犹无以自免，议者诚少恕哉。"

文势汪洋，笔下雄壮

不仅是政论和史论，苏辙散文所涉及的文体种类十分丰富，触及当时文坛出现的绝大部分文体，如赋、辞、铭、说、叙、记、颂、表、启、诏、状、策等文体，所涉及的内容有政治、经济、军事、边疆、史地、文化、哲学、宗教、文人心态以及对外关系等，真实而生动地展现了北宋中晚期的政治面貌、军事形势、经济状况、哲学思潮等。所有这些，使苏辙散文内容丰富，包罗万象。苏辙《上两制诸公书》

中自叙己学，从诸子百家、孔孟之学说起，涉及内容甚多，非博学之人无以言之。茅坤云："览其文如广陵之涛，砰磕汹悍而不可制，然其骨理少切，譬之挥斤成风，特属耀眼。"

元丰三年（1080），苏辙赴贬谪之地筠州后不久肺疾发作，让他备受煎熬，也因此变得消沉甚至颓废。在贬谪之地，他结交甚多的是两种人：一是淡泊名利隐居不仕的布衣君子，二是参禅悟道遁迹空门的世外达人。在他们的影响下，苏辙逐渐放下包袱，洒脱豁达起来，文学创作也达到一个高峰，著名的《黄州快哉亭记》正是这个时候的作品。

《黄州快哉亭记》抒写苏辙的处世态度与乐观精神。文章气势奔逸，将写景、叙事、抒情、议论熔于一炉，借用典故并加以发挥，把快意之情写得淋漓尽致，一落笔就写出了"江出西陵"的浩大气势，随之点出江边的快哉亭：

> 盖亭之所见，南北百里，东西一舍。涛澜汹涌，风云开阖。昼则舟楫出没于其前，夜则鱼龙悲啸于其下。变化倏忽，动心骇目，不可久视。今乃得玩之几席之上，举目而足。西望武昌诸山，冈陵起伏，草木行列；烟消日出，渔夫樵父之舍，皆可指数。此其所以为"快哉"者也。至于长洲之滨，故城之墟，曹孟德、孙仲谋之所睥睨，周瑜、陆逊之所骋骛，其流风遗迹，亦足以称快世俗。

快哉亭上所见到的山川形胜，从俯瞰、仰观、远眺、近览等各方面加以描绘，不仅写出白昼所见，而且兼及夜间所闻。作者的笔触还从现实伸向过去，凭吊历史遗迹，紧扣"快哉"二字做足了文章。下文，联想及《风赋》中楚襄王与宋玉的一段对话，点明"快哉"的出处，抒发超然物外、无所不适的旷达襟怀。全篇由记事写景自然地转为抒情议论，文笔疏朗奔放，挥洒自如，腾挪跌宕，姿态横生。可与苏轼之《前赤壁赋》相媲美，文字间潇洒散放，弥漫着一种雄杰之气。因此《古文观止》的编者吴楚材、吴调侯评曰："……文势汪洋，笔下雄壮。读之令人心胸旷达，宠辱都忘。"亦说苏辙之散文思想阔大、境界深邃，有瀚海汪洋之势。

《武昌九曲亭记》与之有异曲同工之妙，而更注意把写景与写人结合起来：

> 有废亭焉，其遗址甚狭，不足以席众客。其旁古木数十，其大皆百围千尺，不可加以斤斧。子瞻每至其下，辄睥睨终日。一旦大风雷雨，拔去其一，斥其所据，亭得以广。子瞻与客入山视之，笑曰："兹欲以成吾亭耶？"遂相与营之。亭成而西山之胜始具，子瞻于是最乐。

"子瞻每至其下，辄睥睨终日"一句，写出了苏轼专注地观察思索但未有良策不知所措的神态。雷雨毁掉一棵大树，"亭得以广"，苏轼乐了，说老天要帮他修成亭子。一笑一语把苏轼诙谐的个性传神地刻画了出来，文笔疏宕有致，且不乏袅娜生姿的韵味。

"汪洋澹泊"确实很能体现苏辙文章的风格。其文不像父兄那样"奇峭""雄伟"，充满澎湃的气势，却以"一唱三叹之声""秀杰之气""疏宕袅娜之姿"而独树一帜。

平淡而深造于理

与其兄一样，苏辙在官场虽上下浮沉，历尽风波，但都能以顺处逆，面对困厄而不消沉。"谨重"的苏辙以养气自励，为文"不大声色"，其气度之宁静闲雅与苏轼迥异。"乌台诗案"后，苏辙被贬筠州，当时一位想在山林中隐居的朋友给自己建的居所命名为"浩然堂"，向苏辙请教何谓浩然。苏辙答曰："古之君子，平居以养其心，足乎内，无待乎外，其中潢漾，与天地相终始。止则物莫之测，行则物莫之御。富贵不能淫，贫贱不能忧，行乎夷狄患难而不屈，临乎死生得失而不惧，盖亦未有不浩然者也。"（《吴氏浩然堂记》）这体现了苏辙对待祸患的态度，就是要"养吾浩然之气"，有了这种浩然正气，就能做到"不为易勇，不为险怯"，不为贫贱、患难、生死、得失所动。"不以物伤性"，"不以谪为患"。

宋神宗熙宁七年（1074）秋，苏轼从杭州调往密州担任知府，次年八月他将城中一座破旧不堪的高台增补修葺，并且经常与同僚登上高台观赏风景，恣意抒发情志。苏轼请当时担任齐州掌书记的苏辙为此台命名，苏辙在《超然台赋并叙》中云：

> 天下之士，奔走于是非之场，浮沉于荣辱之海，嚣然尽力而忘反，亦莫自知也，而达者哀之。二者非以其超然不累于物故邪？老子曰："虽有荣观，燕处超然。"尝试以"超然"命之，可乎？

苏辙遂将此台命名为"超然"，他先记述苏轼和同僚登台饮酒、观景之乐，其次感慨"人生之漂摇""苟所遇而皆得兮，遑既择而后安"，

　　《黄楼图》，元，夏永，纵20.7厘米，横26.8厘米，现藏美国大都会博物馆。画面楼阁层次分明，建筑雄伟壮观，远处群峰隐现，天空中道士骑鹤腾空飞去，生动描绘了黄楼的神话传说。作者以蝇头小楷录苏辙散文《黄楼赋》。

只有"诚达观之无不可兮，又何有于忧患"。在这篇赋中，苏辙借物抒怀，表达了一种随遇而安、超然物外的情感。"惟所往而乐易兮，此其所以为'超然'者邪？"为此，苏轼作《超然台记》与苏辙酬唱，以此共勉。苏轼在《书子由超然台赋后》中对苏辙的《超然台赋并叙》大加赞赏："子由之文，词理精确，有不及吾；而体气高妙，吾所不及。虽各欲以此自勉，而天资所短，终莫能脱。至于此文，则精确高妙，殆两得之，尤为可贵也。"

苏辙的散文还表现为"淡中见奇"，不刻意雕琢，语言平淡，行文自然。宋孝宗曾经对苏辙曾孙苏诩说："子由之文，平淡而深造于理。"《东轩记》作于元丰三年（1080），苏辙因乌台诗案一事牵连，被贬为筠州监盐税酒。此年由于大雨成灾，只好借官署的东轩居住。他写其身为小官却事务繁忙：

> 然盐酒税旧以三吏共事，余至，其二人者适皆罢去，事委于一。昼则坐市区，鬻盐沽酒税豚鱼，与市人争寻尺以自效，莫归，筋力疲废，辄昏然就睡，不知夜之既旦，旦复出营职，不能安于所谓东轩者。每旦莫出入其旁，顾之，未尝不哑然自笑也。

"每旦莫出入其旁，顾之，未尝不哑然自笑也"几句，勾画出一个被冗务所累而又无可奈何的小吏形象，委婉而含蓄地表现了作者辟东轩而终不能休憩于东轩的苦楚心情。后半部分抒发感想，表达了作者渴求摆脱官场俗务的复杂心情。作者感到，琐碎忙碌的下层官吏生活有害于读书学习，但是目前的处境还不允许自己放弃这斗升之禄，自己既不能像颜回那样箪食瓢饮，不改其乐，更无法企及孔子的能上能下，无所不可。因此只能寄希望于未来，盼望将来终有一天能归休田里，追求颜回之乐。这些感想，婉曲尽致，把一个下层小官吏在求仕与求学之间纠结徘徊的矛盾心情和自责、自愧的复杂心理尽情倾吐出来，很耐人寻味。

《子瞻和陶渊明诗集引》是苏辙被贬雷州期间所作。当时苏轼被贬海南儋州，嘱托苏辙为其和陶诗作序，文中叙述了苏轼对陶渊明诗作的喜爱及对其"不为五斗米折腰"的精神的敬佩，引出"子瞻之仕，其出入进退，犹可考也。后之君子其必有以处之矣"，为苏轼被贬鸣冤，抑郁不平之气立显而出。总之，苏辙散文之"汪洋澹泊"，如苍茫之大海，浩瀚无际，包容万象，又似洞庭大湖，波光粼粼，看似风平浪静，却是内涵蕴藉，"平稳"只是他和苏轼为文的相异之处。

"天实为之，莫知我哀"

苏辙散文以冲雅澹泊、质朴自然为主要特征，但不是说他就没有刻意为之的作品。他的《黄楼赋》就颇重雕饰。文章是苏辙应兄长之邀于元丰元年（1078）为徐州黄楼落成而作。《黄楼赋》起笔云："子瞻与客游于黄楼之上，客仰而望，俯而叹曰"，继而叙述古今水患情状，描述洪水泛滥时的景象。之后，再议论宇宙人生之感慨："盖将问其遗老，既已灰灭而无余矣。故吾将与子吊古人之既逝，闵河决于畴昔。知变化之无在，付杯酒以终日。"结尾曰："于是众客释然而笑，颓然就醉，河倾月坠，携扶而出。"该文一唱三叹，既写了苏轼率徐州军民与洪水搏斗的场景，又描绘了徐州的险要地势和山川美景，并由此引发出有关人生的思考和探询，可谓事、景、情、理融为一体。

其中的"东望则连山参差""南望则戏马之台""西望则山断为玦""北望则泗水淡漫"一段，酷似班固《两都赋》的铺陈排比。苏轼本来想作《黄楼记》，得到这篇赋后亦为之搁笔，并亲自书写，刻之于石。

苏辙还有一些散文篇章感情横溢，如《为兄轼下狱上书》写于苏轼因"乌台诗案"被拘禁在御史府中之时。"臣早失怙恃，惟兄轼一人，相须为命。今者窃闻其得罪逮捕赴狱，举家惊号，忧在不测……臣欲乞纳在身官，以赎兄轼，非敢望末减其罪，但得免下狱死为幸。"此文将听说兄遭罪时全家惊恐失声，担忧发生意外的情形描绘得栩栩如生。同时，他不顾自身安危，全力营救兄长，情辞哀切，触动心弦。苏轼去世之后，他遵照哥哥的遗嘱为之作了墓志铭。全文约7500字，首写苏轼之死在当时所引起的强烈反应："吴越之民相与哭于市，其君子相吊于家，讣闻四方，无贤愚皆咨嗟出涕，太学之士数百人，相率饭僧慧林佛舍。"次写苏轼的家世，然后依次写苏轼的一生经历，最后叙其妻室、后代、葬地及其著述、书法、性格，终以铭文。铭文结尾云："我初从公，赖以有知。抚我则兄，诲我则师。皆迁于南，而不同归。天实为之，莫知我哀。"

司马光去世后，苏辙作《司马温公挽词四首》，其一写司马光历仕仁宗、英宗、神宗三朝："白发三朝旧，青山一布衾。封章留帝所，德泽在人心"；其二写熙宁初年因反对王安石变法而离朝，退居洛阳著《资治通鉴》："决策传贤际，危言变法初。纷纷看往事，一一验遗书"；其三歌颂他在元祐更化中的功绩："区区非为己，恳恳欲忘生。力尽心终在，身亡势亦成。"最后一首是感谢司马光的知遇之恩：

少年真狷浅，射策本粗疏。欲广忠言地，先收众弃余。

流离见更化，邂逅奉除书。赵孟终知厥，他人恐骂予。

前四句感谢司马光在他应制科考试时力排众议，使其入等；后四句是感谢司马光现在又把他从贬谪之地召回朝廷。赵孟即赵武，春秋时晋国人，相悼公，以知人闻名，最后两句即以赵孟比司马光，充满了对司马光的感激之情。

七十余年真一梦

崇宁三年（1104），苏辙在经历过位极人臣的荣耀和被贬循州的凄惨之后，在颍川定居，筑室曰"遗老斋"，自号"颍滨遗老"，过着田园隐逸生活，杜门不出，以读书著述、默坐参禅为事，所谓"心是道士，身是农夫"。这期间他作了《渔家傲·和门人祝寿》一词，名为祝寿，实为遗嘱：

七十余年真一梦，朝来寿斝儿孙奉。忧患已空无复痛，心不动，此间自有千钧重。

早岁文章供世用，中年禅味疑天纵。石塔成时无一缝，谁与共？人间天上随他送。

这首词延续着苏辙冲雅澹泊的特点，颇具禅意。经历了人生的种种磨难，晚年归于平静的时候，就有一种大彻大悟的感觉。这首词的基调并不悲伤，一切不过是过眼云烟耳。"心不动，此间自有千钧重"，以己之"不动"来应对世间万事之动，极具禅理。"早岁文章供世用"亦颇有深意。苏辙早年作过许多关于革弊的文章，而且也曾位极人臣，费尽心机以求改革弊政，然而时不合宜，党争不断，苏辙的理想未能实现。"石塔成时无一缝"一句源于苏轼《与子由弟十首》中提到的一段典故：

> 明日兄之生日，昨夜梦与弟同自眉入京，行利州峡，路见二僧，其一僧须发皆深青，……手擎一小卯塔"，云："中有舍利。"兄接得，卯塔自开，其中舍利灿然如花，兄与弟请吞之。僧遂分为三分，僧先吞，兄弟继吞之，各一两，细大不等，皆明莹而白，亦有飞迸空中者。僧言："本欲起塔，却吃了！"弟云："吾三人肩上各置一小塔便了。"兄言："吾等三人，便是三所无缝塔。"

这里苏辙重提"无缝塔"，是预言自己将不久于人世。"谁与共？人间天上随他送"，可见苏辙对于生死看得非常通透、豁达。

作为北宋时期伟大的文学家和政治家，苏辙平生创作无数，且不乏上乘之作，亦"凛然成一家"，"自有一片烟波，似非诸家所及"。

（作者：黄金生）

参考文献

《被逆境唤醒的文坛雄狮》

[1] 孙昌武 . 柳宗元传论 [M]. 北京：中华书局，2019.

[2] 刘光裕、杨慧文 . 柳宗元传 [M]. 北京：中国书籍出版社，2017.

[3] 黄云眉 . 韩愈柳宗元的文学评价 [M]. 北京：商务印书馆，2018.

[4] 胡可先 . 唐代重大历史事件与文学研究 [M]. 浙江大学出版社，2007.

[5] 张曙霞 . 柳宗元与永贞革新 [D]. 首都师范大学，2006.

[6] 高平 . 论柳宗元的政治诗文 [D]. 南京师范大学，2007.

《于山水间生发的创作灵感》

[1] 孙昌武 . 柳宗元传论 [M]. 北京：中华书局，2019.

[2] 刘光裕、杨慧文 . 柳宗元传 [M]. 北京：中国书籍出版社，2017.

[3] 黄云眉 . 韩愈柳宗元的文学评价 [M]. 北京：商务印书馆，2018.

[4] 胡可先 . 唐代重大历史事件与文学研究 [M]. 浙江大学出版社，2007.

[5] 翟满贵、蔡自新 . 柳宗元"永州八记"新考 [J]. 华中学术，2017（01）.

[6] 林锦 . 愚——柳宗元的立身之道与散文创作 [D]. 福建师范大学，2020.

《当一介布衣登上北宋文坛》

[1] 王昊 . 唐宋八大家列传苏洵传 [M]. 长春：吉林文史出版社，1998.

[2] 曾枣庄 . 苏洵评传 [M]. 成都：巴蜀书社，2018.

[3] 赖正和 . 窥探苏洵的《上皇帝书》精神内涵 [J]. 乐山师范学院学报，2014（3）.

《从博辩宏伟到文贵自然》

[1] 曾枣庄 . 苏洵评传 [M]. 成都: 巴蜀书社, 2018.

[2] 熊宪光 . 务出己见为至文——读苏洵《仲兄字文甫说》、《名二子说》[J]. 古典文学知识, 2011 (3).

《波折起伏的仕宦之路》

[1] 曾枣庄 . 苏洵评传 [M]. 成都: 巴蜀书社, 2018.

[2] 朱刚 . 苏轼苏辙研究 [M]. 上海: 复旦大学出版社, 2019.

[3] 訾希坤 . 论苏辙诗文创作与北宋党争 [D]. 陕西师范大学, 2007.

[4] 纪彤 . 苏辙公文研究 [D]. 扬州大学, 2020.

[5] 李天保 . 苏辙的政治思想和政治态度 [J]. 贵州社会科学, 2020 (2).

[6] 王连旗 . 北宋嘉祐二年进士研究 [D]. 河南大学, 2011.

《兄长光环之下, "自有一片烟波"》

[1] 曾枣庄 . 苏辙评传 [M]. 成都: 巴蜀书社, 2018.

[2] 牛宝彤编著 . 唐宋八大家通论 [M]. 兰州: 甘肃教育出版社, 2016.

[3] 郭预衡 . 中国散文史 [M]. 上海: 上海古籍出版社, 2011.

[4] 蒁琼 . 苏辙散文理论及其创作 [D]. 西北师范大学, 2010.

[5] 冯志弘 . 勿赂·国之患果不在费·赂以制胜: 三苏《六国论》探赜 [J]. 山西师大学报 (社会科学版), 2018 (05).

[6] 刘洪仁、刘细涓 . 唐宋八大家鉴赏辞典 [M]. 成都: 巴蜀书社, 2018.

[7] 罗春娜 . 苏辙四首词中的人生况味 [J]. 乐山师范学院学报, 2019 (01).

推荐书目

1.《唐宋八大家文钞》

张伯行选编，上海古籍出版社，2007。

2.《韩愈志》

钱基博著，上海古籍出版社，2012。

3.《全唐文》

董诰等编，中华书局，2013。

4.《韩昌黎文集校注》

韩愈著，上海古籍出版社，2014。

5.《柳宗元集校注》

柳宗元著，中华书局，2013。

6.《鹤林玉露》

罗大经著，中华书局，1983。

7.《韩柳文研究法校注》

林纾著，北京联合出版公司，2019。

8.《柳宗元评传》

孙昌武著，中华书局，2020。

9.《欧阳修诗文校笺》

欧阳修著，上海古籍出版社，2009。

10.《欧阳修纪年录》

刘德清著，上海古籍出版社，2006。

11.《欧阳修资料汇编》

洪本健编，中华书局，1995。

12.《嘉祐集笺注》

苏洵著，曾枣庄、金成礼笺注，上海古籍出版社，1993。

13.《曾巩集》

曾巩著，中华书局，1984。

14.《曾巩资料汇编》

李震编，中华书局，2009。

15.《中国历代政治得失》

钱穆著，九州出版社，2012。

16.《王安石诗笺注》

王安石著，中华书局，2021。

17.《北宋政治改革家王安石》

邓广铭著，生活·读书·新知三联书店，2007。

18.《苏轼词集》

苏轼著，刘石导读，上海古籍出版社，2009。

19.《苏轼十讲》

朱刚著，上海三联书店，2019。

20.《苏辙集》

苏辙著，中华书局，2017。